中华文史故事
第二辑

太监故事

◎ 张巨才 主编
至子 编著

中州古籍出版社
·郑州·

图书在版编目(CIP)数据

太监故事／张巨才主编. —— 郑州：中州古籍出版社，2019.1
(中华文史故事)
ISBN 978-7-5348-7006-4

Ⅰ.①太… Ⅱ.①张… Ⅲ.①历史故事-作品集-中国 Ⅳ.①I247.81

中国版本图书馆CIP数据核字(2017)第078140号

出版社：中州古籍出版社
　　　(地址：郑州市经五路66号　邮政编码：450002)
发行单位：新华书店
承印单位：河南大美印刷有限公司
开本：640mm×960mm　1/16　印张：18.75
版次：2019年1月第1版　印次：2019年1月第1次印刷

定价：30.00元
本书如有印装质量问题，由承印厂负责调换。

目 录

太监：第三种人——中国太监小史 …………………… 1

逼宫篡位，狼狈为奸——赵高（秦朝）…………… 23

欺上瞒下，滥杀忠良——石显（西汉）…………… 39

卖官鬻爵，权倾朝野——张让（东汉）…………… 53

权倾一时，死有余辜——单超（东汉）…………… 68

曲意媚主，祸国殃民——黄皓（三国）…………… 82

两厢情深，朝朝暮暮——张祐（北魏）…………… 93

阳奉阴违，深得宠信——高力士（唐朝）………… 106

挟帝为虐，"大器晚成"——李辅国（唐朝）……… 125

嫉贤妒能，恃权干政——鱼朝恩（唐朝）………… 140

因缘得势，欺君抑相——仇士良（唐朝）………… 155

穷奸稔祸，流毒四海——童贯（北宋）…………… 170

七下西洋，名垂千古——郑和（明朝）…………… 186

机关算尽，死于非命——王振（明朝） …………… 200

因奸获用，心狠手辣——汪直（明朝） …………… 216

心狠手辣，威福任情——刘瑾（明朝） …………… 233

淫乱后宫，擅作威福——魏忠贤（明朝） ………… 249

蠹国害政，淫乱后宫——安德海（清朝） ………… 266

贪官聚敛，一代权监——李莲英（清朝） ………… 278

太监：第三种人

——中国太监小史

《诗经·秦风·车邻》：未见君子，寺人之令。

《诗经·小雅·巷伯》：寺人孟子，作为此诗。

《周礼》郑玄注：奄，精气闭塞者，今之谓宦人。

《礼记·内则》：为宫室，辨外内，男子居外，女子居内，深宫固门，阍寺守之。

[法] 孟德斯鸠《论法的精神》：在中国的历史上，我们看到许多剥夺太监一切文武官职的法律，但太监们却老是又回到这些职务上去。东方的太监似乎是一种不可避免的祸患。

在中国宫廷内部，除了皇帝、后妃、宫女外，还有一类奇怪的人——被阉割的男人。这类人在我国古代典籍中名称很多，如中宫、宦官、内侍、内臣、阉人、中涓、内竖、太监等。太监作为一种特殊的政治势力，活跃在君主专制的舞台上，已有数千年的历史。太监的产生，多出自皇帝的需要。在我国奴隶社会和封建社会中，后宫是一个一夫多妻制的政治家庭，皇帝是唯一的丈夫，后妃是妻妾，宫女是丫鬟。这个家庭尽管有众多的女仆，但许多事情还必须由男性来承担，而男性出入后宫往往会节外生枝，因此，宦官成了最佳人选。

其实，宦官的存在不仅是为了防止后宫女子失去贞节，主要是因为皇帝本人需要宦官。皇帝需要真正的奴仆，百官、后妃都不是严格意义上的奴仆，真正的奴仆是宦官。男人被阉割后，等于被征服了，他们由于身体残缺，不能再过人世间的正常生活，这种被征服者只能放弃反抗而代之以效忠；再者，他们与家庭与外界脱离了关系，只能一心一意地效忠他的主人。

皇帝与宦官之间有明确的主仆关系，而君臣之间虽有一定的主、奴色彩，但还有一种"义"存在。传说刘邦做了皇帝以后，便疏远了昔日一同打天下的战友，在他临死的前一年，长期抱病，不见群臣。一日樊哙大胆闯入宫内，见刘邦正枕在一个宦官腿上休息。樊哙见此情景十分悲愤，流着眼泪说："始陛下与臣等起丰沛，定天下，何其壮也！今天下已定，又何惫也！且陛下病甚，大臣震恐，不见臣等计事，顾独与一宦者绝乎？且陛下独不见赵高之事乎？"刘邦却笑而不答。君臣见面有一定礼仪，皇帝是绝不可能枕在宰相腿上的。汉武帝时，汲黯来见，武帝没有戴好帽子，就躲起来不敢出来。因此大臣与手执溺器的宦官绝非一种人。大臣有自己的是非观，不以皇帝的是非为是非；而作为奴仆的宦官则是以皇帝的是非为是非，皇帝妄喜妄怒，宦官从不敢违，而大臣则可以提出规劝。宦官用顺从来显示对皇帝的敬与爱，他们在皇帝面前察言观色，体贴入微，皇帝愈发觉得他们可爱、可信。在宫内，皇帝称宦官为家奴，宦官称皇帝为万岁爷，称后妃为娘娘，俨然一种大家庭的气氛。

宦官入宫以前的割势（也称"去势"，即割掉生殖器官），称为"净身"。阉割的方法，史无明文，仅能从一些零星记载中略知一二。

汉代史学家司马迁曾因"李陵之祸"而受"宫刑"，称"蚕室"。《汉书·张汤传》颜师古注说："凡养蚕者欲其温早成，故为蚕室，畜火以置之。而新腐刑亦有中风之患，须入密室，乃得以全，因呼为蚕室耳。"一般人受宫刑之后，因伤口极易感染伤风，往往须在似蚕室一般的密室内，不见风光，蹲上百日，创口才能愈合。至于去势是将睾丸、阴茎全部割掉，还是只割其一，因史料没有记载，往往说法不一。有说全部割掉，因为历代常有一些太监阉割不净而夤缘入宫，秽乱宫廷。像明代的魏忠贤，清代的小德张，都属于自宫，由于方法不对，阉割不彻底，仍有性冲动。又传说，清之后，太监们散居在北京各地，当时的公厕大便坑前，均立一块挡板，为太监如厕遮羞。另据已故京剧大师齐如山先生介绍，晚清时期的阉人方法，是破坏睾丸。男童出生不久，抱入宫中，由阉官用拇指搓磨童子睾丸，经年不辍，睾丸随之萎缩。

太监的来源，主要有三条途径，将罪人施以宫刑始终是其一大来源，而且在北魏时，这是其唯一来源。因此，人们常称宦官为刑余之人。

民间幼童，通过买、骗等形式，送往专门阉制太监的机构，做去势手术，稍加训练，送往宫中做内侍。被买骗来的幼童往往都是聪明伶俐、相貌俊秀者，他们进入宫中，深得太后、皇后和妃子们的喜爱，不会分给他们繁重工作。明代朝臣剿平南部少数民族反乱后，多次阉割其幼童进献朝廷，理由是剪其逆种，防止他们再行叛乱。明英宗天顺年间，镇守湖广贵州的太监阮让，一次竟将俘获的苗童1565人阉割，术后病死者达329人。明武宗时，福建总兵陈懋向皇宫进献净身幼童达800人。自唐至明，许多宦官都出身于岭南、闽中。这两个地方成为宦官的供给地，唐朝向这些地区征收宦官，如同征粮征税一般。岭南和闽中在唐朝廷看来是化外之地，内地禁止人身买卖，这里却属例外。在这一带产生的宦官，许多被阿拉伯人买走，运往各地。贫困会促使人去冒险，做非人的事情。被充作宦官的岭南人、闽中人并非比其他地方的人更愿意当宦官。不过那一带确实有些人做转手宦官生意发了财，所以宦官市场兴旺不衰，并延续到明朝。

还有怀着个人目的，主动做手术或自宫，钻营报入宫廷当宦官的。自宋以后，宦官逐渐成为人们求问的一种职业，大量的自愿者成为宦官候选人，他们争相被阉为宦官，进入后宫服务。宦官成为令人眼红的职业，恐怕和唐朝宦官得志是有关系的。唐朝宦官专权横行、气焰嚣张，尤其是后期，甚至皇帝的人选都由他们决定。此后，民间对于宦官除了蔑视以外，又增加了许多敬畏。那些世代辗转于贫困而无计改变命运，同时天性懒惰又好妄想的下层人物，会想到去做宦官。绝大多数的人更倾向去走读书科举的途径，求取富贵，而那些根本不可能与书结缘的无业流民更愿意选择做宦官这条路。

其中，更多的人的基本出发点是谋生。衣食男女本是人生之大欲，对于衣食难以周全的穷人来说，能混上一份衣食不虞的差使十分不易；陷于穷乡的男子有些终生都无法实现娶妻生子的愿望，最基本的衣食需要就足以驱使他们去做奴仆。与其在豪门大户做奴仆，不如干脆投身到皇家，伺候皇帝和后妃。

明代每年有近万人自愿净身到朝廷求职，清代每年也有上千人。明清两代，浩大的自宫队伍说起来令人吃惊。在京郊、河北地区，民间自宫甚至成为一种时尚，因为当朝的宦官许多来自这一地区，当地人经常看到或听到某家有人做了宦官，给家族带来了权势和荣耀。这些实例在当地产生了巨大的震撼，某些村庄一村竟有上百人走上了自宫之路。

宦官这个职业对穷且无所依赖的人吸引力极大，甚至引人发痴发狂。有人已经结婚生子了，听说宦官如何威福，痴想着去做宦官，不久毅然走上了这条路。还有一种无赖，在市面上混不下去了，便报到宫中当宦官，如明末最狂妄的大宦官魏忠贤，本是一个赌徒，因还不起债钱，被债主追得又羞又恼，愤而更名改姓，入宫当了太监。

自宫者一批一批地产生，一浪一浪地涌来，搞得皇帝十分被动。自宫者相信，只要后廷还需要宦官，他们就有可能进入皇宫，皇帝也不会一概将他们拒之门外。然而能否被选入宫，要看自己的运气。明宫每隔几年，就选用一批新宦官，人数在二三千人，而候选人却有数万之多，十人中仅有一二人被选入，而未能被朝廷选中的自宫者，处境就相当尴尬了。崇祯在位的十七年中，共选了三次宦官，三次总数上万。未被选中者散居于皇城外有堂子的佛寺，民间称他们为"无名白"。

明代宦官人数达到历史最高峰。清初整理明末宫廷用度时，发现明末宦官有十万人，比宫女人数（九千）多出约十倍。明清之际，从宫中逃走的太监达七万人。到了清代，太监的数量受到了严格限制，共计约两千人。

太监的组织机构，经过历代的不断完善，到明清时期已相当庞大完备。其中，明代的太监组织机构最为完备，共分十二监、四司、八局，总称"二十四衙门"。这些内廷服务机构，把皇帝的政事、生活全部包揽无余。据明代刘若愚的《酌中志》介绍，二十四衙门的职掌是：

①司礼监：提督太监管理皇城内一切礼仪、刑名，及铃束长随、堂差、听事各役，关防门禁，催督光禄供应等事。掌印太监管理内外奏章及御前勘合。秉笔、随堂太监管理章奏文书，按照内阁的票拟批硃。司礼监由于有督理皇城内一切礼仪、刑名的规定，暗中含有管辖其他各监、司、局等内监衙内的权力，所以它在二十四衙门中占有突出的地位。

②内宫监：掌管木、石、瓦、土、搭材、东行、西行、油漆、火药、婚礼等十作，以及米盐库、营造库、皇坛库等。凡国家营造宫室、陵墓、并铜、锡妆奁、器用及冰窖各事，全由内宫监负责。

③御用监：凡是皇帝跟前所使用的围屏、床榻各种木器，和紫檀、象牙、乌木、㯶甸等各种玩物，都由御用监督造办理。又在仁智殿设监工一人，掌武英殿中书承旨所写书籍画册等，呈交皇帝。

④司设监：掌管卤簿、仪仗、帷幕等各项事宜。

⑤御马监：掌管皇帝的马匹和象的饲养。

⑥神宫监：掌管太庙各庙的洒扫及香、灯等事。

⑦尚膳监：负责御膳和宫内食用，并负责开办宴席等事。

⑧尚宝监：负责管理皇帝的宝玺。凡用宝，则尚宝司以谒帖赴监请旨，到女官尚宝司领取，监视外宫用毕，登记注册，交回。

⑨印绶监：管古今通集库和铁券、诰敕、贴黄、印信、勘合、符验、信符等事。

⑩直殿监：管各殿和廊庑的扫除。

⑪尚衣监：负责皇帝的冠冕、袍服和履舄、靴袜等事。

⑫都知监：随皇帝外出前导警跸。

⑬钟鼓司：掌管出朝钟鼓和内乐、传奇、过锦、打稻等各种杂戏。

⑭惜薪司：负责宫中所用的薪炭等事。

⑮混堂司：管宫内的沐浴。

⑯宝钞司：负责制造草纸。

⑰兵仗局：负责制造兵器，下属有火药局。

⑱银作局：负责打造金银器饰。

⑲浣衣局：凡宫人年老和罢退残废者，皆发配到此局居住，待其自毙，防其外出泄露宫中之事。唯此局不在皇城内。

⑳巾帽局：管宫中宦官的帽靴、驸马冠靴和藩王之国诸旗尉帽靴等。

㉑针工局：负责缝制宫中衣服。

㉒内织染局：负责染造御用及宫内应用缎匹绢帛。此局有外属的城西蓝靛厂。

㉓酒醋面局：负责宫中使用的酒、醋、糖、酱、面、豆等各种物品，和御酒房互不管辖。

㉔司苑局：掌管蔬菜、瓜果的供应。

除了上述二十四衙门，还有许多专用库、房，以供宫中生活之需，如内府供应库、承运库、广积库、御药房、御茶房、牲口房、弹子房等。

清朝入关后，顺治帝接受明朝宦官误政的教训，裁撤了二十四衙门，改由内务府掌管内廷事务。额设太监二千四百人，品级到四品为止。太监的最高职位是总管太监，四品，设十四人；以下是副总管太监，六品，设八人；首领太监，七品，设八十九人；副首领太监，八品，四十三人；笔帖式，有敬事房的八品。其余的普通太监，供扫除、守护之役，无品级。

清代太监的主要职掌是伺候皇帝、后妃的衣食，四时所需的冠、袍、带、履及典礼所用的物品，要先期预备，交御前大臣。

太监每日出入内宫庭院，朝夕与帝王后妃相处，狎则无威，亲则不疑，极容易受到帝王的宠信。由于"家天下"是根本的社会原则，帝王为维护自家基业，不信任或防范外廷官员，而宠幸身边内侍，这就往往致使太监秽乱后宫，拨弄是非。晚清时的太监安德海就是一例。

据野史记载，安德海天生有异禀，有势隐藏于肛门之上，长得细皮嫩肉，行动举止忸怩作态，看来完全女性化。他经荣禄介绍，贿使御医没有去势即入宫，很快便和慈禧厮混在一起。咸丰帝死时，慈禧才三十岁，正值"虎狼"之年，性要求特别强烈。这个安德海天生柔媚，处处侍候得服服帖帖，加上异数的床上功夫，慈禧对他既怜且爱，爱称他"小安子"而不称其名，终日陪伴在左右，宠幸日隆。有时候小皇帝同治到慈禧太后宫内请安，小安子就躺在慈禧床上，而不起来迎驾。

对于宦官的个性和性生活，《中国帝王宫廷生活》一书中作了如下描写：

宦官一入宫，就要先认师父，然后是侍候师父。作为徒弟或养子的宦官，每天要侍候师父洗脸、更衣，听候师父的指教。在师父的指导下，学习宫中的规矩，比如见到皇帝、太后、皇后、妃嫔应如何行礼，如何称呼；平时如何端茶、备膳、传旨；每天如何值班；晚上如何值更；等等。

宦官中最底层的是终身洒扫、干力气活的人，在明代他们被称为"净军"。宦官入宫后都先由皇帝、太后、后妃们挑选各自的奴仆，最后剩下的一般都归为净军了。净军们没有机会直接侍候主子，因此那些侍候主子的宦官就看不起他们。

宦官们经历阉割手术，成为没有生殖能力的男性，有人把他们算作第三性。其特征是面白无须，苍颜丰体，年纪稍轻的宦官，形似女扮男装者；年老的宦官，则不堪端详。宦官的声音尖而调高。古代西方教会中，曾用被阉割过的男性充当女高音。明清时期的宦官也有被用来唱戏的。由于泌尿系统致残，宦官们多有尿裤子的毛病，从人们身旁走过时腥臭气味令人恶心。

宦官的性格表现为情绪不稳定，自我哀怜，很容易伤感或者气愤，心胸比较狭窄，爱耍心计，或者一副无赖相。但是宦官们也大都心肠较软，颇具有同情心。《旧京琐记》中讲了一个故事：清代为内廷置办果品的商人蒋某，借了许多宦官的例钱，长时间赊账。一日某宦官上门讨债，蒋某赶紧逃避，让家中女人相见。宦官一脸怒气地进屋，拍案声称若今日再不还钱，必以性命相拼。女人待宦官气息稍平，端上茶来，然后哭诉，说家中处境如何艰难，不如一死了之。宦官听着她的哭诉，被感动了，不禁随之落泪，边擦泪边婉言相劝，最后说："这真是不得了，我们多年的友谊，怎忍坐视？"从怀中掏出一把钱交给她，安慰道："区区相助，度此数日，不要过于伤心。"

宦官们不会放过利用职权收敛钱财的机会。凡是掌管采购、置办工程材料的宦官，大多善于侵吞银两、以次充好，而那些掌管接收上贡物品的宦官，总爱找对方的麻烦，若对方私下给他们一定数目的钱，事情就可完结；如果对方不明此理或者不愿填其欲壑，那么宦官也会想出令对方窘迫的办法，拖延、刁难，让对方完不了差。宦官们的积蓄，就是这样得来的。其实得势的大宦官并不一定需要绞尽脑汁挖钱，钱就会到手，财源之一是皇帝的赏赐，之二是大臣或攀附者的巨额馈赠。这就使众多的普通宦官望尘而莫及了。

年轻的太监们闲来无事时，喜欢赏花、唱曲。宦官们爱把花插在头上作为装饰，就连丑类魏忠贤者，也爱戴花，夏天发簪上戴着茉莉、栀子花。明代宦官经常从外面购买奇花异卉，种在皇帝的辇路旁。当时的异花有红水仙、蛱蝶菊、番兰柿等。番兰柿即美人蕉。有宫词云："春风香艳知多少，一树番兰分外红。"

清代宫中戏班子都由宦官组成，聪明、伶俐、相貌俊秀的小太监被选来演戏，他们学戏、唱戏，引得宦官们大多成了戏迷。有的小太监把演戏的做派移到生活中，平时出入不由得走着台步，还低声按拍；与人调笑，也借用戏曲中的词句，十分有趣。

太监们每天站班或者干活，都得小心翼翼、规规矩矩，不敢妄说、妄笑。在听候吩咐时，须全神贯注，恭耳聆听，不能让主人重复一遍，所以精神非常紧张。只有在晚上，各宫门都上了锁，那些不值更的太监才可以放心地玩乐。宫词中描述说:"卫道严更鼓第三,重门深锁尽封函。中人许作逍遥戏,醉舞酣歌彻底潭。"

过节的时候,宦官们互相馈赠瓜果,以联结友情。重阳节前后,宦官们设宴相邀,叫作迎霜宴。备宴时,宦官们喜欢陈列菊花,叠至数十层,望之如菊山。菊花五色绚烂,令宦官们心喜。

普通宦官在宫中受到的是非人的待遇,他们每天在主子面前赔着笑脸、讨好,而不能有自己真实的喜怒哀乐,委屈、怨怒不能表现出来,对屈辱还要表现出乐意承受的样子。他们是各级主人和大太监寻开心的对象。皇帝有时高兴,撒一些小钱在地上,让太监们争相捡取,这就是恩赐,一个个还要谢恩。主人有时候让他们学猫、狗叫,为了让主人开心,他们有时主动学猫、狗叫,甚至装成畜生模样。明建文帝一次进膳时,太监吴诚在旁执酒侍候。建文帝正吃着小鹅,不小心一片肉掉在地上,吴诚来不及把酒壶放下,就学着狗的姿势,把地上那片肉舔着吃了。这件事令心慈的建文帝有些感动,多年后他还记得这个场面。

为在宫中混得出人头地,得到主子的赏识和信任,他们往往会殷勤侍候,以邀其亲;投其所好,以邀其宠;大表忠心,以邀其信;溜须拍马,以欢其心。

明代规定,犯有过失的太监,按其职位和过失轻重,或遣出宫闲住,或降为普通宦官,或发往孝陵司香,或充净军，或到孝陵种菜，或上刑后发往南海子打更。

清代有过失的太监，或发往打牲乌拉为奴，或到黑龙江给官兵为奴，或被交付给内府总管，用九条链锁身。罚款应属较轻的处罚，罚月银四个月或六个月。

年老、有病的宦官，便走上了生命的末途，境遇十分凄凉。明代年老太监不允许回到民间，怕泄露宫中秘事，他们退居到京城内外的寺庙，每日烧香，宫中供给他们柴米、冬衣、鞋子，以终天年。在北安门外的安乐堂，是安置有病宦官的地方，他们在此接受医治，病好后可以回宫继续供职。如病故，则由负责送终的宦官料理其后事，送棺材出北安门，到西直门关外的净乐堂焚化。

宦官都是经过阉割手术入宫的，然而古人却发现他们的生理外貌并不划一，有个别宦官显示出不似阉人的特征。如北宋宦官首领童贯，状貌魁梧，骨骼刚劲，颔下还生有数十根胡须。宦官一般性格懦弱，气力不足，而有的宦官如唐朝的杨思勖，却臂力过人且残忍好杀，甚至以残杀为乐事，将囚犯生剥面皮，甚至连头皮一起剥下来。玄宗命他杀了受贿的宦官牛仙童，他竟将其掏心、断足、割肉吞吃。

宦官虽然失去了作为男性的重要器官，但仍有程度不同的性意识。从医学上讲，人的性意识受到早在胎儿时期就已经形成的脑组织的支配，即使在婴儿时做了变性手术，其原来的性意识在成年后仍有遗存。

自古宦官就有娶妻之例。西汉大宦官石显就有妻室，石显被贬后曾与妻子双双回乡。石显是少年时受腐刑入宫的，娶妻当然在入宫以后。东汉宦官单超等，立功封侯，势力大增，抢娶良家美女为姬妾，还把这些姬妾妆饰得如同官眷。北魏宦官大多有配偶。唐代最有名的宦官高力士娶吕玄晤之女为妻。吕氏容貌俊美，举止娴雅，然而中年病故，而高力士没有续娶。李辅国由唐肃宗做媒，娶元擢的女儿，即元载的从妹为妻。

　　宦官娶妻，是生理和心理上的双重需要。宦官既然有男性意识就会有性需要。情欲的强弱可能各不相同，然而心理上的需要应是相同的。宦官无不想被人视为正常的男人，无不想证明自己的男人本色，娶妻正是他们不次于正常男人的外在证明，让人忽略他们曾受过阉刑。元代有位太监赵伯颜不花，本是契丹才子，受刑入宫前已经娶妻，后来把妻子接入宫中，继续生活在一起。

　　性的需要是宦官寻求配偶的内在动力。历代不乏得势的宦官抢掠民家妻女的事，他们往往以此为乐。如东汉宦官侯览到民间掠夺民女以为己有，恶名昭著。明初河南按察使曾微行民间，闻一家悲哭之声，前去探询，得知该家的女儿被宦官逼奸而死，这种逼奸完全是凶徒式的残害。明朝景泰初，镇守大同的宦官韦力转，强求某军官的妻子与其奸宿，对方不从，韦力转就命人乱杖打死了该军官。后来韦力转又与养子之妻淫戏,被养子发现,韦力转竟将养子射杀,又强娶部下的女儿为妾。

北魏时有宦官高菩萨,与孝文帝冯皇后私通,人们怀疑高菩萨不是阉人。孝文帝得知后,亲自审讯了高、冯,并没有得出高非阉人的结论。孝文帝在审讯冯皇后时说:"汝有妖术,可具言之。"试想,如果查出高菩萨不是阉人,与秦朝的嫪毐同类,那么孝文帝就不会说冯皇后有妖术了。熟读史书的孝文帝大概知道汉武帝的陈皇后挟妇人媚道之事。陈阿娇被武帝疏远后,寂寞难耐,令女巫穿男子衣冠,与她同寝居如夫妇般。这种女而男淫便是妖术。

如果说正式娶妻尚不能说明性需要的问题,而私通应能说明问题。高力士在幼童时被阉割,当然不会是假宦官。当时宰相裴光庭娶武三思之女为妻,此女后来成为高力士的情妇。下面的事例更能说明问题:元顺帝时的宦官罕失有一妻一妾,妻妾相忌恨,被妒火烧得疯狂的妾,杀了其妻,还剁成了肉酱,喂了家犬。

宦官们的淫戏对象常是妓女。宋宦官林亿年告老休息后,养娼妇以盈利,传出艳闻。另一宦官陈源因过失被贬,在贬所与妓女淫乱。林、陈的事迹传布以后,人们怀疑他们是不是真太监,这又是误会了太监的能力。明代宦官有的与娼妓交好,然后娶为己妇。当时京都有些下层妇女与宦官相径还,甚至有弃其夫而跟随宦官的。万历年间曾有这样一例事：禁中查出了一个女扮男装者。经问讯，知是该女与某宦官私通已久，而宦官不交纳夜合之资，躲进宫中不出，该女遂决定身着男装，闯入宫中找宦官索钱。

明熹宗的乳妈客氏是个淫荡的妇女，她可以作为宦官性能力的验证人。客氏与宦官首领魏朝交好，后来听说魏忠贤能力比魏朝强，又和魏忠贤寻欢。客氏把二魏都当作情夫，致使二魏相敌视。本来魏忠贤属于魏朝名下。一天夜晚，二魏在乾清暖阁为争宠而斗殴，惊动了熹宗。客氏和二魏到熹宗面前说明情况，熹宗没有生气，对客氏说："客奶只说心里要谁管事，我替你断。"客氏示意倾向于魏忠贤，熹宗乃将魏忠贤判给客氏。魏朝不久发落到宫外苑囿。客氏与魏忠贤奸情甚浓。由于客氏帮忙，本不识字的魏忠贤当上了司礼监秉笔太监。而明廷严格规定，司礼监的秉笔太监应当从内书房出身的精通文理的太监中选任。

宦官首领权力炙手可热，为所欲为，近乎无所不能，唯一缺失就是阉物不能复生。他们四处探寻复生的办法，往往弄得满城风雨、啼笑皆非。明万历年间，到福建办税收的宦官高策，听说吃了童男的脑髓管用，便出巨额买童男的脑髓。杀手们是赚了钱，而不计其数的无辜儿童却死于刀下。魏忠贤听说这种"药方"后，也杀了七名囚犯，狼吞了他们的脑髓。古人在讨论宦官的淫行时，对他们生殖器官复苏的可能作过推测，认为在旧的伤口上多年以后会长出新的组织，但从未闻哪个宦官被验证出来过，而宦官们使用假阳具倒有确证。明武宗时大太监刘瑾曾用假阳具淫死过宫女；万历时有个宦官也用此法，把一个卖艺的女孩弄死，被官府杀头抵罪。

皇室内廷除使用太监外，还有女婢服侍帝王后妃的生活起居。宫女们被幽禁在皇宫内院，除了皇帝、太子和皇子外，很少和男性接触。即使到了情窦初开的年华，也只有孤灯寂寞，寡乐少欢。明宪宗时的贵妃万氏，因生了儿子，被封为贵妃。她的孩子没活成，以后再没有生养。可是，她正当虎狼之年，欲火强烈，明宪宗朱见深曾向内阁首辅万安求房中术和春药，以对付这个饥渴难耐的万贵妃，宠幸始终不衰。万安也因此得了一个"屌阁老"的雅名。万氏为了不失宠和不失掉当太后的机会，发现哪个妃嫔怀孕，就派人以治病为名，使其堕胎。但是，绝大多数宫女，幽闭忧怨，性爱无从发泄，她们只好在太监身上打主意，偷偷地和上层太监勾搭。

由于朝夕相处，宫女们经常托内监代她们购买食盐蔬菜、针线布帛等物，寻机接近。久之则双双结为"配偶"。据说，也有"媒妁"牵线说合，先同床共枕，类似试婚，费用花不多少。太监无势（生殖器），根本不能有性行为，可是"怨女旷夫"无聊，饥饿难忍，借以解馋止渴而已。

　　早寒天气换吴绫，月下针楼袖半凭。
　　相约今宵西苑去，金敖桥上看河灯。

此宫词是说一个宫女在月下等约会她的宦官,七月十五日是中元节,他们相约去河上看灯。明宫中,普通宦官和宫女自愿结成配偶,叫作"对食"。"对食"一词最早出现在西汉,是指宫女之间私下结偶。明代宫中宦官十多万,宫女近万人,这种结偶现象无法不出现。普通宦官无资格正式娶妻,而宫女被皇帝看中的可能性极小,宦官和宫女相匹配是自然而然的了。

开始时,值房宦官和司房宫女接近的机会较多,逐渐产生了情意,结为伴侣。又有负责替宫女造办食物、衣物、首饰的宦官,追慕宫女,大献殷勤,被人称为"菜户"。他们对所爱的宫女任劳任怨,为之驱使,甚至不愿再供养宫外的父母兄弟,久之"菜户"成了宫女对象的代名词。开始别的宦官斥责"菜户"们没有骨气,后来宦官们都争当"菜户"和宫女们"对食"。

据说宫女们十分懒惰,她们整月无所事事,只有闲散和闲愁,有了"菜户",她们就等于有了佣人。许多"菜户"并不是宫女的意中人,如果被宫女看上,就不会再让他干太多的活儿,而另雇别人去干。地位最低贱加上貌丑年岁大的宦官不可能被宫女看上,他们甘心做宫女的仆役,为之执炊、扫除、浆洗,宫女每月付给他们三五两银子。他们穿着窄袖衣,衣上有油渍,背着菜筐。在宫中,近侍太监因值房靠近皇帝的寝宫，怕引起火灾而不能在宫中设炊，而宫女在宫中有炊室。她们争相雇用善烹饪的宦官，这种人被其他宦官称为"镟匠"。

宦官和宫女"对食"在明中期处于地下状态，他们对此事十分隐讳。到万历年间发展到公开。如果一个宫女久无配偶，其他宫女就会嘲笑她为弃物。又有好事者做"对食"的媒人。"对食"的双方，有的在花前月下彼此誓盟，终生不再和他人相爱，宦官如若和有了配偶的宫女偷情，被"其夫"发现，便会引起一场冲突，不过宦官们在此事上不会凶恶到杀人。有这样一件真实的事情：宫女吴氏与宦官宋保相爱已久，后来她又和张进朝结好，宋保不胜愤恨，万念俱灰，出宫为僧不返，宦官们给予他很高的评价。大多数宫女与宦官以守节相尚，如其中一方死后，另一方终生不再选配，便被周围人敬重而津津乐道。

从记载中可以发现宦官一般很看重与宫女的感情，这种感情深而持久。这大概是他们人生的唯一寄托。万历时人沈德符曾在一个寺庙读书，发现寺中有一间紧锁的小屋，是宦官用来祭祀宫女的地方，屋中摆放着已殁的宫女的牌位。一天一位宦官前来致奠自己的女伴，捶胸顿足，恸哭不止。

若是宦官不顾宫女不从，强与宫女结好者，被称为"白浪子"。"浪子"是"无赖"的同义词，而"白"是宦官的代称。一个中元节之夜，某宫女从外归来，过大高玄殿时，一老宦官见宫女貌美，动了淫念，把宫女诱至石旁逼淫。该宫女本有配偶，事后控诉了老宦官的丑行。

年轻而貌美的太监是其群体中的宠儿，得到大家的爱怜。明熹宗时有位叫高永寿的"御前牌子"，其人丹唇鲜眸，姣好如处女，宦官们都称他为"高小姐"。凡宴饮时，众宦官都对他献殷勤，如果他不参加，大家都没有兴致。后来高永寿与另一宦官陪熹宗在太液池荡舟，风起船翻，熹宗被救起，高永寿却被淹死，大概是"红颜薄命"。"高小姐"之死令宦官们大为痛惜。

中国皇帝可以做任何想做的事——只要能够做到。不少皇帝对男色感兴趣，但没有一个皇帝是专一的同性恋者，玩弄男色只不过是他们的业余爱好。皇帝的男宠包括美男和宦官两类。

汉武帝是个雄武而多情的皇帝，也继承了祖上的同性恋的癖好。他为了把当时一流的音乐家李延年纳为己有，就给他施了宫刑。武帝不仅让他作曲、弹唱，还经常把他引入卧内。李延年之妹李夫人也受宠于汉武帝。李延年的弟弟李季借兄姐之宠，也入宫骄恣无法，淫乱武帝的宫女，武帝一气之下把李延年兄弟宗族杀光了。

皇帝给太监定有严格的宫规。清代规定，太监行路时不准手舞足蹈；不许高声喧哗；在宝座或主人面前要恭敬快步；遇主人问话要跪拜回奏，在宫外遇雨有泥水时可不跪

拜,但要躬身答应;行路遇人要让路;遇王公大臣进宫,必须起身恭立;必须衣冠整洁;遇宫女必须让路;不许掺杂争行;不准在宫中赌博;不准吸食鸦片;不准偷钓鱼虾;不准私藏武器;不准外传宫内事务等。皇宫中的用物器皿,都是稀世珍品,如果太监私藏偷拿,要被当众活活打死。也有的太监因受不了苦役虐待而自寻短见的,宫中认为自杀不吉利,处分更严。规定如有太监自杀未遂被人救活者,本人判处绞监候;身亡者,将尸骸抛弃荒野,任狼吃狗啃,其亲属还要被发配伊犁给兵丁为奴。

太监因老、病死后,尸体不是用棺材土葬,而是火化。据《明宫史》记载:"净乐堂在西直门外,亦有内宫数人经管。凡宫人,内宫无亲属者,死的于此焚化。"又说:"堂有东西二塔,塔下有眢井(即枯井),皆盛贮骨灰之所。"这就是太监一生的结局。

逼宫篡位，狼狈为奸

——赵高（秦朝）

赵高，秦朝太监，出生于一个十分低贱的家庭，原为赵国人，因犯法而受宫刑。号称"千古一帝"的秦始皇到了晚年，"乐以刑杀为威，专任狱吏而亲幸之"，致使伪善狡诈、包藏祸心的赵高钻进了秦王朝权力的心脏，作恶多年，致使秦朝"及二世而亡"。

（一）

但不幸的是，不久后赵高就横遭了一场噩运，它迫使赵高完全倒向了胡亥，谋立胡亥为太子的念头更加膨胀。事情起因于赵高的某次犯罪。相传赵高身强体壮，在后宫中颇得后妃们的垂爱……

公元前221年，中国历史上第一次出现了一个统一的中央集权封建专制大帝国——秦。它的创立者秦始皇，以其"包举宇内、囊括四海"的气魄，建立了名垂百世的伟大业绩。但曾几何时，这个前所未有的大帝国竟在传国十五年之后便"及二世而亡"了。这强烈的历史落差，令人震惊，并从中引出许多的议论。其中颇有代表性的一说，便是西汉桓宽在《盐铁论》中所说的"秦使赵高执辔而覆其车"，即指出了覆灭秦的罪魁祸首——赵高。

赵高出生于一个十分低贱的家庭。赵高的父亲是赵国国君的一个远房本家，因为偶犯家法，被国君处以宫刑。他的母亲受到株连被罚做官奴，赵高弟兄数人也一个个地入宫当了太监。公元前222年，秦灭赵国，赵高也被掳往秦国，在秦宫当了太监。

赵高自小虽长得粗壮高大，但心灵聪慧，小小年纪便很会察色行事。秦始皇听说赵高力气很大，而且还通晓法律，于是把他从一般的宦官群中提拔起来，任命他为中车府令，掌管皇帝的车马，这使赵高有一个既可接触朝廷机密、又可博取秦始皇欢心的机会。

秦始皇统一了六国之后，为了统一全国文字，将原来烦琐且六国不统一的大籀改作小篆，令丞相李斯写了《仓颉篇》，让赵高写了《爱历篇》，让太史令胡毋敬写了《博学篇》，作为小篆范文颁行全国。以赵高这么一个卑微的宦官荷此重任，可见秦始皇对他的信任；但同时也可以看出，赵高本人也是有着非凡的才气的。

赵高并不以此而满足，他把目标放到了秦始皇的身后。有谁会继承秦始皇的皇位呢？善于体察人意的赵高，很快便发现秦始皇对小儿子胡亥分外疼爱。于是，他便有意识地利用一切机会接近胡亥，很快便博得了胡亥的欢心。赵高还投胡亥之所好，经常给他讲解法律条文，并广征博引案例，还主动教给胡亥书法。就这样，赵高成了公子胡亥的心腹。

但不幸的是，不久后赵高就横遭了一场噩运，它迫使赵高完全倒向了胡亥，谋立胡亥为太子的念头更加膨胀。事情起因于赵高的某次犯罪。相传赵高身强体壮，在后宫中颇得后妃们的垂爱。当年秦始皇并吞六国，把六国宫妃全部网罗到自己宫中，并建了阿房宫，尽情享用。一次赵高正在后宫与后妃们淫乱，被秦始皇撞见。秦始皇大怒，立即唤人把赵高拿了下去，并交给了大将军蒙恬的弟弟蒙毅，要求以死罪论处。

蒙毅不知事情真相，秦始皇更不愿启齿，因此他也猜不透秦始皇的用意，但又不敢徇私情，就按规定判处赵高死刑，并剥夺了他的宦籍。

就在千钧一发之际，秦始皇突然改变了主意，念赵高办事精明，有能力有才干，就开释了赵高并使他官复原职。"朕即天下"的秦始皇有着至高无上的权威，随心所欲，晴雨无时，朝令夕改。

但这一次赦免，严重点说，却使他断送了大秦江山。因这次事件也使同处权力中枢的赵高和蒙氏兄弟结下了怨。赵高认识到，一旦秦始皇驾崩，扶苏即位，蒙氏兄弟势必会受到重用，自己的结局则可想而知，这就迫使赵高把希望全部寄托在胡亥身上。一心梦想着使秦朝江山传之万代的秦始皇压根儿没想到，自己的一念之差，为自己的万世伟业留下了隐患。

（二）

机会往往会特别青睐那些处心积虑寻找机会的人。始皇帝三十七年（公元前210年）十月，秦始皇开始了他一生的最后一次出巡，"亲巡天下，周览远方"……

到各地名山大川封禅祭天，这既满足了秦始皇好大喜功、炫耀虚荣的欲望，客观上也是加强对各地统治的一种手段。这一次出巡，随行的有左丞相李斯、中车府令赵高、上卿蒙毅等人，赵高还被授予了"兼行符玺令事"，负责保管皇帝的玉玺。年已二十一岁的幼子胡亥竟也心血来潮地提出了同行的要求，并得到了秦始皇的同意。巡行队伍浩浩荡荡开出咸阳，在南方巡视了一大圈，最后渡海到了琅玡。由于一路的颠沛劳累，等车驾走到平原津时，秦始皇突然得了急病。六七月的天气，酷暑难耐，得病的始皇很快就奄奄一息了。秦始皇意识到自己的死亡已是不可抗拒时，便给长子扶苏写了一封诏书，让他把军队交由大将军蒙恬统领，然后速回咸阳主持他的丧事。

诏书封好后，由赵高保存，但赵高并未马上交由信使送出。七月丙寅，秦始皇在沙丘平台驾崩，时年五十岁。沙丘平台在原赵国境内，离首都咸阳有两千里之遥，秦始皇生前没有明文册立太子，一旦消息传出，很可能会被在京的公子和散处各地的反秦势力利用，后果将不堪设想。此时，作为最高决策者的李斯，采取了他能够采取的最稳妥的做法：秘不发丧，迅速赶回咸阳。他们将秦始皇的尸体放在辒辌车内，让太监照常坐在车上，传递奏章，奏答百官，就像秦始皇还活着一样。这个秘密除了李斯、胡亥、赵高和几个近侍太监知道外，其他人一概不知。

秦始皇生前虽未明确册立太子，按例死后应由长子扶苏继承皇位，特别是秦始皇临终前就给扶苏留下了一封让他速回咸阳主持丧仪的诏书，实际上已承认扶苏为继承人。这是赵高最不希望看到的事实。眼前的天赐良机，赵高是绝不会错过的。他先把诏书扣压下来，然后跑去挑拨胡亥说：

"皇上已经驾崩，没有给其他公子留下只言片语，可单单给大公子写了封诏书。大公子一旦接到诏书，定会立赴咸

阳。到那时,皇位可就是他的了。而您呢,却没有一尺一寸的封地,以后可怎么立足于朝廷呢?"

胡亥听后,却说:"按照祖宗家法,当然结果应该是这样。我曾听说过这样一句话,英明的君主了解他的臣下,明智的父亲了解他的儿子。现在,父皇去世了,没有分封他的儿子们,还有什么可说的呢?"

赵高说:"话可不能这样说!目前,天下的大权能否到手,就在于您、我和丞相李斯了,希望公子早作打算。况且,统治别人与被别人统治,制服别人与被别人制服,那可不是同日而语的呀!"

"把哥哥废掉而拥立弟弟,这是不义啊;不遵从父亲的命令,这是不孝啊;才能不够高,勉强依靠着别人才能成功,这是无能啊。不义、不孝、无能这三样都是不道德的,天下人也不服气,不但自己有生命危险,祖宗也要跟着受累断绝祭祀呀!"

"我听说商汤、周武杀了他们的君主,天下的人都说他们仁义,而不是不忠;卫国的国君把自己的父亲也杀了,卫国还称颂他有道德,孔子还特意写了一笔,不算不孝。可见,干大事业,要不拘小节,有大德行的人不会计较小的责备之辞,乡下有各自不同的活计,官吏们也各有不同的职务。所以,顾小而忘大,以后必定有害处;犹豫不决,以后一定会后悔;果断而敢于行动,鬼神也会躲避你,以后一定成功。希望公子就这么干!"

胡亥喟然叹道:"现在父皇逝世的消息还未发布,丧事尚未办完,怎么能用这事去麻烦丞相呢?"

赵高连忙说:"时机啊,时机!刻不容缓。备足了粮草,催开战马,只怕错过时机啊!"

公子胡亥终于被赵高打动了,听信了他的劝告,决定篡夺皇位。赵高就说:

"不同丞相商量,恐怕大事难成。请让我出面代表您去跟李丞相商议。"

赵高于是就去找左丞相李斯。见到李斯,赵高屏退左右,对李斯说:

"皇帝现在已死,留下了一封遗书给大公子扶苏,要他到咸阳参加葬礼,继承皇位。这封信现在还在我的手里。皇帝死了,这事除了你我和公子胡亥,再没有别人知道。确立谁当太子,继承皇位,全凭丞相您一句话了。"

李斯知道赵高与公子胡亥过往甚密,但还是一本正经地说:

"你怎么说出这亡国的话来了?这事不是当臣下的人能够议论的!"

赵高微微一笑,慢条斯理地说:

"丞相,请您自己考虑,论才能您比得上蒙恬吗?论功绩您能高得过蒙恬吗?论谋略您能赶得上蒙恬吗?论得信于

天下您能超过蒙恬吗？论与大公子的关系以及获得大公子的信任的程度，丞相，您同蒙恬比，谁又能占上风呢？"

丞相李斯沉吟了一下，说道："这五点我都比不上蒙恬。可是，您怎么能这样苛求于我呢？"

赵高说："我赵高本来不过是宫廷内的一个干杂活的，所幸我懂得点法律，到了秦国以后，负点小责任也有二十多年了。我就看见过秦国那些罢免的丞相和功臣们之中，没有一个是有好下场的，富贵都没超过两代人，结局都是一个——杀头！"

赵高停顿了一下，接着说："皇帝有二十多个儿子，丞相对他们也都了解。大公子刚毅勇武，威望很高，即位后一定用蒙恬做丞相，丞相您可就不能佩带着侯爵印信回故乡了，这不是很明白的吗？我受先帝委派，教授胡亥法律，已经好几年了，从没发现他有什么不对的地方。公子胡亥为人老实厚道，不贪图财物，敬重读书人，思维敏捷，不轻易表态，礼贤下士。秦国的所有公子中，没有一个人能赶得上他！继承皇位之人，公子胡亥是最好的人选了，丞相，您难道还下不了决心？"

赵高的一阵软硬兼施，丞相李斯有点招架不住了，他说：

"先生且先坐下！我李斯遵奉先帝的命令，听凭天意，何必考虑什么决心呢？"

"平安可以变危险，危险可以变平安。安危没个一定，又从何谈什么聪明睿智呢？"

"我李斯本是上蔡一普通老百姓，皇帝赏识我，封我为丞相，赐我侯爵，子孙们都当上了大官，享受厚禄，所以先帝将关系国家安危存亡的大事交付予我，我怎么能辜负先帝呢？忠臣不怕死也就差不多了，孝子不勤劳可就有危险了，为人臣者各守其职而已。先生不要再讲了，恐怕要让我犯罪了！"

赵高说："我听说圣人变化无常，常跟形势而变化，看见梢就知道根，看见去向就知道归宿。事物是永存的，怎么能按老法子一成不变呢！方今天下的大权和命运都操在胡亥的手中，我赵高不愁不得志呀。可是话又说回来，在野的要制服在朝的，那叫糊涂；居下的要制服居上的，那叫犯上。所以，秋天一下霜，花草就凋零了；春天冰一化，水波一兴，万物就生长了。这可是必然的结果呀！老丞相怎么遇事这么犹豫呢？"

如此又劝说几番，李斯怔了半天，仰天长叹，流着泪说："唉！我单单碰上了这乱世，既然不能一死拉倒，我的命运又寄托在何处呢？"说罢，便向赵高表示，一切听从他的安排。

赵高满意而归，他一见胡亥，就扬扬得意地说："臣奉太子命令去通知丞相，李丞相怎敢不答应呢？"

（三）

一天，秦二世在后宫玩得正在兴头上，前后左右围满了妃子宫女，淫笑之声不绝于耳……

就这样，一场篡夺皇位的大阴谋开始了。赵高、胡亥、李斯三人共同策划，把秦始皇写给扶苏的信毁掉了，并伪造了一道秦始皇在沙丘留给李丞相的遗诏，遗诏上说立胡亥为太子。同时，还伪造了秦始皇让扶苏、蒙恬自尽的诏书，诏书声称："我巡视天下，为了延长寿命，向名山、诸神祷告。现在，扶苏与将军蒙恬领兵数十万驻守边疆，已有十年余，不能开疆扩土，花费又大，没有立下一点功劳，反而三番五次上书，肆无忌惮地指责我的一切行动，而且还因不能回京当太子而日夜埋怨。扶苏作为儿子很不孝顺，现赐你宝剑一口自裁；将军蒙恬与扶苏一道驻边守疆，对公子不进行帮助，作为臣下不忠，现将你赐死！兵权交由偏将王离。"

扶苏接到诏书，泪如雨下，泣不成声，回到内宅，就要自杀。蒙恬劝阻扶苏道："皇帝陛下一直未立太子，派我率领三十万大兵驻守边疆，命公子您来做监军，这是天下的重任啊！现在，只凭一个使者来念了一封信，公子您就要自杀，又怎么能知道这里面没有诈呢？我请您写奏章再请示一番，如果上边答复仍让您死，那时再死不迟。"

使者在外边不停地催促扶苏按诏书去办。扶苏为人忠厚仁义，对蒙恬说："父命儿死，何必还重新请示！"说完，就自尽了。蒙恬却不然，他不肯自杀。使者就把蒙恬交给了当地的官吏，将他关在阳周城的监狱里。

赵高一行一看大功告成，喜出望外，赶忙离开沙丘，取道井陉，经九原，返回咸阳。当时正值炎夏酷暑，天气非常炎热，秦始皇的尸体腐烂了，发出恶臭。赵高为了掩饰其臭，就以秦始皇的口气伪造了一道命令，让随从的官吏拉一车臭鱼，紧跟在秦始皇的座车后面，这样一来，人们就很难分辨出尸臭鱼臭了。堂堂大秦帝王，威风一世，却落得与臭鱼为伍，何其悲惨！

大队人马回到咸阳，才公布了始皇的死讯。大办葬礼，举国戴孝。胡亥也顺顺当当地登中了皇位，称为秦二世。赵高被封为郎中令，全面负责宫廷警卫。

为了掩盖沙丘之事，并防宫中作乱，秦二世听从赵高的劝告，处死许多朝中大臣，蒙毅就首当其冲；秦二世对亲兄妹也没放过，一次就杀了十二个兄弟，车裂了十个姐妹。秦二世另外三个哥哥也在关押中自杀身亡，一个哥哥主动请求自尽。这一场血淋淋的大屠杀，弄得满朝文武人人自危，害得黎民百姓鸡犬不宁。

丞相李斯因为在沙丘之变中效过犬马之劳，在胡亥登基后，又大力吹捧巴结，也勉强保住了官职。但是，赵高却不愿放过他，因为他是赵高专权的唯一障碍。经过一番苦思，陷害李斯的计划终于完备了。

一天，赵高去见李斯，他面带愁容地说：

"现在函谷关以东，盗贼遍地，可皇上还急着修阿房宫，从四面八方搜罗钱财，这于国不利呀！我几次想劝劝皇上，可是我的地位太低了，劝说皇上可是丞相的事啊。"

李斯连忙表示："应该！应该！我早就想劝劝皇上，可现在皇上也不上朝，整天待在深宫，我也深有不便呀！"

赵高见李斯中了圈套，心中暗喜，故意又将了李斯一军："丞相如果真想劝劝皇上，我给丞相留心，找个机会见皇上。"

一天，秦二世在后宫玩得正在兴头上，前后左右围满了妃子宫女，淫笑之声不绝于耳。

赵高急忙去找李斯："皇上现在正闲着没事，在后宫看书，丞相现在去正是时候。"

李斯急忙赶到宫门，请求觐见皇上。守门太监一连通报几次，说丞相李斯求见。二世一听大怒："我平时得闲不来，现在刚想玩一会儿就急着要见，这不是成心跟我过不去吗？"赵高在一旁更是火上浇油，说李斯父子私通盗贼，阴谋作乱，等等。

李斯听说之后，连忙找秦二世去申诉，可是，秦二世正在甘泉宫看摔跤，不接见他。李斯见不到皇上，就写本章给秦二世，揭发赵高有野心，要害死皇上，篡夺君权，请求二世趁早除掉赵高，以免后患。

二世接到本章以后，召见了李斯，说：

"赵高是个太监，很忠厚老实，我很信赖他，可是你却怀疑他，这是为什么啊？我年纪轻轻就死了父皇，也不太懂治理国家统治百姓，而丞相又老了，我不重用他重用谁呀？"

李斯一看秦二世不相信他，为了除掉赵高，就一反常态，说：

"赵高本是下贱之人，不懂什么道理，贪得无厌，利欲熏心，他现在权势仅仅次于皇上，可是他还不满足，所以，应当除掉这个人！"

秦二世十分信任赵高，害怕赵高被李斯杀了，便把此事告诉了赵高，赵高吓出一身冷汗，又赶忙花言巧语，弄得二世与李斯反目成仇，并逮捕了李斯，交由郎中令赵高处置审理。

李斯一落到赵高手中可就惨了，赵高用尽了酷刑，逼他承认同儿子李由一道造反。李斯受刑不过，只得屈招了。

秦二世二年七月，李斯依法被判腰斩、夷三族。李斯被押赴刑场的时候，回过头来对他的儿子说："我同你牵着黄狗，出上蔡县的东门去撵兔子，那样的日子是不可能再有了！"爷儿俩哭哭啼啼地离开了人间。

李斯最后这几句话，是后悔当初根本不该出来追求名利富贵呢，还是后悔中间没有急流勇退呢？也许二者兼而有之。

李斯一死，秦二世立即封赵高为丞相，事无巨细，都一应由赵高裁决，而自己却终日待在后官，淫欢作乐。

（四）

> 秦二世笑着说："丞相错了，怎可指鹿为马？"说完，就问左右之人，是鹿还是马。许多人惧于赵高声威，都说是马……

赵高在上演篡权正剧之前，先进行了一次预演，这就是历史上有名的"指鹿为马"的故事。

一天，赵高把一头鹿牵入宫中献给二世，却说："皇上终日处理朝政，心疲神累，臣下献上一匹马，供皇上享用。"秦二世笑着说："丞相错了，怎可指鹿为马？"说完，就问左右之人，是鹿还是马。许多人惧于赵高声威，都说是马，只有几个人说是鹿。昏庸的秦二世以为是自己没有分辨清楚，才把马当作了鹿，于是，命令大臣给算卦。算完卦，大臣说："因为陛下祭祀时没有很好地斋戒，所以才出现这种现象。现在，亟须进行斋戒。"秦二世信以为真，立刻躲进上林苑里去了。秦二世一走，赵高就暗里把那几个说是鹿的人杀了。

秦二世躲在上林苑中，每天照样吃喝玩乐。一次围猎时，碰上一个路人经过上林苑，秦二世一箭失手，把那人给射死了。赵高听说后，就让自己的女婿咸阳县县令阎乐上奏章，说："不知是谁杀了个人，还把尸体移到了上林苑里。"

赵高又假惺惺地劝二世说："皇帝无缘无故杀了一个没罪的人，上天和鬼神都会生气的，一定要降灾，皇帝快躲远点吧。"

秦二世听了赵高的话，到咸阳县东南八里地的望夷宫去躲灾。

后来，赵高又伙同弟弟赵成、女婿阎乐，三人一起商量，准备干掉秦二世，立秦二世哥哥的儿子子婴当秦朝的傀儡皇帝，自己则在幕后操纵。

在赵高一伙的逼迫下，秦二世竟然拔剑自杀了。因为赵成是郎中令，可以自由出入宫廷；阎乐是咸阳令，手中有兵。他们团结起来，二世是非死不可的。

子婴把赵高的阴谋看得一清二楚。他对两个儿子说："赵高把二世皇帝杀了，他怕众大臣反对他，所以才立我当秦王，其实，是他自己要当关中王。他肯定还要找机会对我下毒手。赵高已经告诉我了，叫我到宗庙去接受王印，我看，他是想在宗庙中杀我！现在，我装病不去，赵高一定来见我，等他一来，你们就一齐动手杀掉他！"

果然，赵高看子婴没去，就派人来催几次，子婴回说病了。最后，赵高自己亲自去了子婴府上，一见面他就说：

"这可是件大事呀，大王您怎么可以不去呢？"

子婴没容他说完，就发出了信号，子婴的两个儿子，还有几个亲信太监，一拥而上。太监韩谈手疾眼快，一刀就将赵高砍死了！赵高死后，子婴当众宣布了他的罪状，并杀光了他的三族。

赵高死了，秦朝此时也气数已尽。四十多天之后，刘邦带兵打到了咸阳城郊灞上，子婴只得白马素车，捧着玉玺向刘邦投降，秦朝遂告灭亡。

赵高以阴谋家、乱臣贼子的形象被载入史册，其导演的"指鹿为马"一幕，也成为颠倒黑白、混淆是非的同义语，后人也都从赵高亡秦的事例中汲取着各自的教训。

欺上瞒下，滥杀忠良

——石显（西汉）

太监，把时间往前推一点又叫"宦官"，皇帝老爷子发脾气时也可以呼之曰阉人。他们踽踽宫中，嘴上没毛；阴阳怪气的嗓音，沙哑中带着凄凉，似笑非笑，尖锐刺耳。然而在中国几千年的封建历史中，这些帝制大厦中的"尤物"却往往有着至高无上的权力，一度达到足以翻云覆雨、改朝换代的田地。

秦朝的赵高让人们第一次目睹了宦官的不寻常，到了汉代，是谁又一次兴起了宦官专权的高峰？首当其冲，我们不能忘记西汉时期那位秽乱宫廷、造事生端的大宦官石显。

（一）

石显在宣帝时期并没有得到多少好处，于是他便把贪婪的目光移向了汉宣帝的太子刘奭……

石显,字君房,今山东人,生年不详。据时人贾捐之所言,石显出身于"山东名族""礼仪之家",就是说他们家是一个世代书香的豪族大地主家庭。石显小时候当然不是太监——要是,除非他的祖上当过。然而,正是这种衣来伸手、饭来张口的生活风气使他走向刑余之人的行列。这个纨绔子弟,以目空一切的气魄,无视国法,被处腐刑。汉朝时期,宦官的来源主要是犯人。罪犯有的被斩首,有的被流放,还有的被加工一下,收入宫中,成为宦官。故而在当时,宦官的身世比较卑微,他们有着众所周知的难堪之处——受过宫刑,遭到阉割。这在受儒家思想统治的封建时代(尤其是汉代),可谓奇耻大辱了。"行莫丑于辱先,而诟莫大于宫刑",这种似男非女的声貌,使他们时常自惭形秽,感到元气大伤。然而对于石显,就不一样了。石显之所以能够活下去,是因为他早已养就的贪欲尚未得到满足。

他既然来到宫中,必要开始重新做人了,他收敛起往日的骄纵放荡,小心谨慎地侍奉着汉宣帝和他的妃子们。他干得有声有色,贾捐之曾在奏章上称赞他:"持正六年,未尝有过","出公门,入私门"不到处乱跑。石显虽然有些"幼稚",但仗着逢迎的天才,很快就勾结了皇帝身边的另一个宦官弘恭。此人明习世故,熟知汉廷之深浅,处世老练。石显很快就从他那儿学到了十足的媚态、奸诈狡猾的处世经验，石、弘二人患难相扶、苦心钻营，陆续爬上了中尚书的职位，直至中书和中书仆射。石显是很精通于汉律的，他知道中书的职位虽然很低但掌握的权力并不小。

秦代以来的官制曾在汉武帝时期发生了一次重大的变革。武帝面对着贤祖圣宗们的牌位也不甘寂寞，兢兢业业地干出了一番丰功伟绩。但他是个地道的独裁者，始皇给予丞相的权力在他这儿抠了又抠、剥了又剥，还严加防范；动辄得咎，频频更换，五十年换了十二个，其中九人都是因获罪被罢黜，只有三个唯唯诺诺、言听计从的人能够寿终正寝于相位。与此相反，内宫那些低级的尚书、宦官手中的权力却云蒸霞蔚。而且武帝晚年也颇神衰意懒，政事抛于脑后而骄于淫乐，宠信内竖，因此，国家大事的探讨和决定权在武帝时很快就转至皇帝身边的顾问——宦官，还有尚书、中书手里头了。丞相仅坐而论道，尸位而已。所以说，西汉尤其是其后期的中书、尚书机构就是处于这样一个侵朝夺权的过渡时期。

石显当上中书仆射是在汉宣帝时期，但在历史上享有"中兴之主"美誉的汉宣帝毕竟是一个长于民间、有些能耐的主儿。在用人方面，尤能任人唯贤、知人善任，所以他虽然任用了石、弘二人，但并没有把朝廷大权交给他们。石显在宣帝时期并没有得到多少好处，于是他便把贪婪的目光移向了汉宣帝的太子刘奭，他认为宣帝驾崩之日也就是他石显出头之日。

公元前49年，汉宣帝带着"乱我家者，太子也"的哀叹，无可奈何仙驾而去。奭儿便胆怯怯地爬上了皇位，他便是汉元帝。元帝即位后，宣帝的不瞑之目果然目睹了朝纲大乱、刘奭成了傀儡的真实场面。

（二）

阴暗的角落里，他们窃窃私语，制订干掉萧望之的计划，像两把杀人的钢刀，一前一后，捅向萧望之。

汉元帝上台时，石显已经追随弘恭多年，饱览了宦海沉浮和官场烟云，这在他贪婪的性格中又添了份奸诈，造就了一个钻营利禄的老手。石显油嘴滑舌，内心歹毒，他能娓娓动听地说出皇帝想让人家明白又无法说出口的意思。凭着这几手，石显很快征服了优柔寡断的汉元帝。随着宠信的加深，石显也渐露原形，愈发肆无忌惮起来。他竟然要杀死元帝的老师、朝廷重臣萧望之。

萧望之也是山东人，曾教授小刘奭《论语》和《礼记》，历事宣、元两帝，名声赫赫，德高望重。宣帝病中拜萧为前将军光禄勋，临走之前，把朝政大权交给了他和另外一位太子少傅周堪，还有外戚史高。元帝即位之初，频频诏见，商讨国家大事，并且准他随便出入宫门，参与机密。究竟是什么原因，才使石显对这位两朝元老起了歹意，并想致之于死地呢？

武帝以后，士大夫受到儒家正统思想的影响，在萧望之等人看来，宦官们无论如何故作贵态，永远只是刑余之辈。他忠心耿耿地向汉元帝提出建议，要求光明正大、名正言顺地废除弘、石二人操纵的中书署，理由是："尚书百官之本，国家枢机，宜以通明公正处之。武帝游宴后庭，故用宦官，非古制也，宜罢中书宦官，应古不近刑人。"讲得很有道理，这就是要端掉弘、石二人的饭碗，打破他们升官发财的美梦。弘、石大为愤慨，面对萧望之，浑身不自在。阴暗的角落里，他们窃窃私语，制订干掉萧望之的计划，像两把杀人的钢刀，一前一后，捅向萧望之。

萧望之废除中书署的奏章，只有元帝批准才能生效。弘、石像要现形的妖狐，在元帝面前百般讨好谄媚，恳求元帝不要采纳萧望之的建议。柔弱的刘奭，向上瞧瞧刚直的恩师，向下看看涕泗纵横的宠臣，最终采取了没有态度的态度——对萧的奏议久置不决。

石显、弘恭站稳脚跟之后，便疯狂地向萧望之发动报复行动。他们慑于萧的名望，所以制订了借刀杀人的诡计。

郑朋和华龙是两个极为恶劣的后备官员，在石显给他们带来"福音"之前，两人早已上足发条，想往上爬，但一直苦于没有机会攀附达官贵人。石显以在皇帝前多多美言极力保举为诱饵，让二人诬告萧望之排斥外戚史高，清除异己，企图独擅朝政。在石显的安排下，告章很快就到了皇帝那儿，刘奭让中书令审核。石显借这个机会把萧请来，用花言巧语诱使萧望之说出了自己的心里话："外戚在位多奢淫，欲以匡正国家，非为邪也。"话刚说完，弘、石二人，一个研墨，一个执笔，第二天便呈上一道振振有词的奏章："望之、堪（周堪），更生朋党相称举，数谮诉大臣，毁离亲戚，欲以专擅权势，为臣不忠，诬上不道，请谒者召致廷尉。"云云。元帝凑在奏章上眼珠上蹿下跳看了半天，就是没明白这末一句"请谒者召致廷尉"是怎么一回事。他一边念叨着一边批准之。后来，他有事找周堪、刘更生时才知道他们已经被"召致"到狱里。元帝大吃一惊，马上斥责弘、石二人，让他们出狱理事，心里道："这官文里头名堂可真不少啊！"

石显在叩头谢罪的当儿就醒悟了，单凭他们二人的力量是很难搞倒萧、周等人的，于是他又联合外戚史高，准备"以毒攻毒"。史高后来在刘奭那儿说："上新即位，未以德化闻于天下，而先验师傅，即下九卿大夫（周堪）狱，宜因决免。"为汉元帝找台阶，于是元帝将错就错，罢免了萧的官职，以免出尔反尔，有损于自己的威严。事后，元帝还是觉得对不起恩师，便以"国之将兴，尊师而重傅"为由欲拜萧为丞相，弘、石二人万般作梗，无奈只让萧做了郎官。

弘、石二人上蒙下骗的阴谋败露，引起了满朝文武的关注。刘更生（刘向）上书元帝，揭露弘、石二奸，萧望之的儿子萧伋也向万岁鸣冤。石显等人凭着其中枢这个关卡，卡住了上书奏章，并以"诬罔不道"之罪将刘向打入牢笼。而萧伋的上书，则成为石显向惊魂未定的萧望之射出的第二支致命的毒箭。石显、弘恭二人操纵了复查萧案的部门，向元帝呈交了一份奏章："望之前所作明白，无谮诉者，而教子上书、称引亡辜之《诗》，失大臣体，不敬，请逮捕。"为了壮大声势，赢得元帝信任，中书又奏一份："望之前为将军辅政，欲排退许、史（史高），专权擅朝。幸得不望复赐爵邑，与闻政事，不悔过服罪，深怀怨望，教子上书，归非于上……非颇诎望之于牢狱，塞其怏怏之心……"元帝对于这两份来自不同部门的奏章，不好轻易否决，又不忍心批许，因为他知道师傅为人耿直，一生忠烈，怎能受得起逮捕入狱这个罪名的打击呢？更怕萧太傅一时气上心头，自杀而亡，所以迟迟不敢落墨。这时，站在一旁的石显好像看出其心事，他知道如果不迅速骗取逮捕萧望之的圣旨，将萧捉拿入狱，那么一旦露出尾巴，不但皇帝不再信任他，恐怕他的脑袋也难以保住。他连忙凑到元帝跟前用刺耳的娘娘腔说："人命关天，区区逮捕小事，何足以让萧自杀？况且，萧为两朝元老，万岁对他皇恩浩荡，他也知道您即便将其捉拿归案，最多莫过于跟上次事件一样，作宽大处理，出狱后，仍然高官厚禄。您放心，他不会自杀的，而且，小臣我一定谨慎行事，态度尽量温和。"

等到元帝朱笔刚刚落下，石显就立即派两批人马，一批将所下诏书交给萧望之本人，一批人马汹涌地奔过街市，将萧家围了个水泄不通。一生清高耿介的萧望之何曾受过这种侮辱？诏书一到，他知道事情不妙，就要自杀。萧夫人强力劝阻，安慰说这不是万岁的意思。其门客朱云是个刚直之士，他劝萧宁可自杀也不入狱。望之眼噙热泪，仰天长叹："我一生清廉，官至将相，而如今，年逾六十却要被押进牢狱，苟且偷生，何其下贱！"遂服毒自杀。时年初元二载，元帝即位刚两年。石显以这样闪电般的方式逼杀了萧望之，连元帝后悔都来不及。

(三)

朝中的显贵们，大都明哲保身，成为石显的附庸，连耿臣贡禹对他也保持缄默。

石显杀死了萧望之，日子仍然不好过，一时间成了众矢之的。他害怕得要死，为了躲避罪责，欺骗舆论，他迅速地找到一根救命稻草——名士贡禹，决定借助贡禹的盛名来为自己解除罪行。贡禹博学多才，为人高风亮节，敢于直言进谏皇上，颇受人们尊敬，这些品质正是石显所要借用的东西。他一面在皇帝面前极力推荐贡禹，一面极度夸张地向贡禹献殷勤，对他礼亲备至。礼尚往来，贡禹对石显不便拒绝，默认了这份送上门的交情。他和石显的私情帮了石显的大忙，他作为一位冒死直言的骨鲠之臣，在谏书中没有一处提到石显的不是。当时的人们，尤其是知识分子，看着石、贡二人亲密无间的背影，就不再怀疑萧望之的死与石显有着直接的关系了。贡禹的盛名帮石显把舆论压下去了，他自己也平步青云，直至御史大夫。

石显的这次胜利使他忘乎所以，此后，他更加为所欲为，气焰嚣张。周堪是他第二恨之入骨的"老不死"，因为周堪也曾竭力排斥过宦官当权。永光二年，天象异常，这在当时叫"天变"，并且与地上人们的某种不敬天的行为有关。石显抓住这个机会，力排周堪。众口铄金，元帝无奈，只得贬周堪为河东太守，调离京都长安。无独有偶，周堪走后不久，宣帝庙阙便发生火灾，元帝"聪明一时"地质问石显："你不是说上次天变是周堪所致的吗？那么这次呢？这不是上天表示对调任周堪的不满吗？"石显只得叩头认罪，周堪回朝理政。

萧望之去世，以萧周为首的朝中正直派官僚们元气大伤,周堪秉性公直,虽有心杀贼,但也"无力回天"了。周堪名义上是石显的头儿,但实际上,元帝染疾,周堪与他无法面对面议论朝政,全靠宦官传达,石显巧慧阴险,完全架空周堪。周堪又已年迈体弱,势孤力单,不久病发,口不能言,活活气死。

萧周一死,石显更疯狂地向正直派发动攻击,迫令张猛自杀于公车署,罢刘向官职,促其还乡,正直派忠臣良民被残害殆尽。灭了正直派官僚,石显并未满足,他睁着血红的双眼又扑向那些朝中政见与之不同的人。此时经过节节胜利的石显已显得轻松自如,得心应手了。

当时,汉元帝打算搞功法试点,整顿吏治,任用郎官京房。京房认为宦官专权,无功而有害于民,因此要进行吏制改革,必先除去石显,并且多次以周幽王、周厉王为例,劝元帝多加防范石显等人。汉元帝还没有表态,石显的魔掌就已经伸向了京房。他向元帝大肆吹捧京房,硬让元帝把京房从刺史"升"到了魏郡(今属河北)太守。京房知道此番远行,凶多吉少,虽奏密章三次,揭露石显的阴毒用心,但一切无济于事。石显终于以一个绝妙的理由杀了他。

汉初诸侯王所搞的七国之乱给西汉各朝皇帝的心里留下了一块抹不去的阴影。石显抓住痛处,在元帝耳边轻轻地点了下"房与张博通谋,诽谤政治,归恶天子"。元帝过敏的神经一触即跳,何况宣帝死前还有传位于淮阳王的意思呢!

石显告中，京房、张博皆被处死，妻子徙边，家破人亡；御史大夫郑弘也因为支持考功法而被免官，后来自杀。

残缺的生理，导致了石显变态的心理，他气量狭小，睚眦必报。与他对阵的人或入狱服刑，或免官归田，或全家流放，而更多的是被送上断头台。石显的步步胜利使他的权势越来越大，"贵幸倾朝，百僚皆敬事显"，他极端仇恨异己，但同时拉帮结伙，扩大地盘，与当时的中书仆射牢梁、少府五鹿充宗等人结为党友，他们上下勾连，相互利用，在朝中形成了一个中书势力网，并且向朝外延伸成一个实力雄厚的政治集团。朝中的显贵们，大都明哲保身，成为石显的附庸，连耿臣贡禹对他也保持缄默。

（四）

一个隆冬日暮，天寒地冻……失势的石显犹如丧家之犬，凄凄惶惶，最终绝食而死。

石显知道自己的地位是靠欺骗得来的，很不得人心。虽然，那些大臣表面上对他很敬重，但他们的眼睛都睁得大大地注视着自己的一言一行，有点差错，必然会招来许多攻击。为了以防万一，石显决定再让元帝服一剂定心丸，要让他除了我石某再也听不见别人的话了。为了这个目的，石显以退为进演出了一幕苦肉戏。

深秋的一天，石显外出办事。临行前，他对汉元帝说自己深夜才回宫，担心宫门关了进不来，请万岁允许他以陛下的诏命让守吏开门，汉元帝点头应允。当晚，石显果然很迟回来，大呼守门吏，以诏命的名义让其开门，然后大摇大摆地进入宫中。第二天，果然有人在皇帝面前告状，说石显夜里假借君命私开宫门。汉元帝笑着把状书递给石显，石显看了一眼，立即跪倒在地，爬至元帝面前，涕泪横流："陛下信赖小臣，委以重任，致使群臣小人妒火中烧，欲加害于我，干尽诬陷栽赃之事。幸亏圣上明鉴，逐一识破害臣勾当。小臣卑贱之躯诚不能使万人称心，无可奈何！恳求万岁免去小臣官职，奴才甘愿于后宫扫除打杂，劳累而无遗憾！"石显一把鼻涕一把泪，深深地触动了元帝那副柔弱心肠，一个少年即受刑入宫的宦者，既少骨肉之亲亦无婚姻之家，内无亲，外无党，这次宫门事件无非是出于群臣的妒忌。元帝可怜了石显，对他百般抚慰，还让他接着做中书令。从此，无论朝中大事小事，都由石显决定，而汉元帝则在一边凉快，让宠臣独擅朝政十余载！

石显面临比自己强大者便摇尾乞怜，卑躬屈膝，一旦得势便露其本性，表现出极其强烈的权力欲与残忍。大耍淫威，时时不忘表现自己尊贵的身份，出则侍卫环列，前呼后拥，入则珍楼宝物，雕莹璀璨，常常以个人的喜怒哀乐决定国家大事。在朝中，那些身披官服、头戴高冠的国家蛀虫，也是石显统治人民的魔爪。他们贪污受贿，搜刮民膏，聚敛财富，极度贪婪，荒淫腐朽。仅以石显为例，他所受的贿赂加上皇封嘉赐数以万计！汉朝宫廷在石显的独裁专权之下，黑白混淆，秽乱不堪。

"一朝天子一朝臣"，这是封建社会的一条规律。石显在汉元帝时期，利用了汉元帝的柔弱昏庸，造成了中央机构中君臣之间的信息壅障，一旦恢复正常，他就如同朝霞昙花。这时中央要求诛灭石显，收回权力，同样也是轻而易举的事，因此当新皇帝刘骜（成帝）决定除掉石显时也易如反掌。成帝一即位就借故把石显调离中书，迁为长信中太仆。石显一离宫，就遭到群臣的纷纷上书攻击。成帝面对着御史、丞相二府的状纸，决心进行一次大清扫，石显集团很快便土崩瓦解，石显本人也被罢黜一切职务，遣送还乡。整个长安人心大快，人们奔走相呼："伊徙雁，鹿徙菟，去牢与陈实无贾。"与以前那首民谣（即"牢邪石邪，五鹿客邪，印何累累，绶若若邪！"）形成鲜明的对比。

一个隆冬日暮，天寒地冻。石显一家人磕磕绊绊向东归往济南故里，失势的石显犹如丧家之犬，凄凄惶惶，最终绝食而死。

（五）

> 西汉的中书机构多方侵夺朝权，已非一日，积久成制，这也是石显能够独揽朝政的重要因素。

石显专权是继秦朝赵高之后的又一次宦官专权的高峰，这是汉武帝时期制定的重用宦官政策的具体实践。它给西汉王朝带来严重的危害，诚如班固所云："汉世衰于元成，坏于哀平。"石显对于西汉王朝的衰落负有不可推卸的责任。

西汉王朝的极度专制制度造成了它的致命缺陷，即：神秘莫测的帝王与群臣之间等级森严，宫闱与朝堂之间有一道不可逾越的鸿沟。在正常的情况下，尚书、丞相起沟通作用，但一旦这条狭窄的渠道受到一点阻碍，必然会造成君与臣之间的隔阂和猜疑。这就为石显上台提供了可乘之机。另外，西汉的中书机构多方侵夺朝权，已非一日，积久成制，这也是石显能够独揽朝政的重要因素。同时，石显又为中书机构以后更大的发展加了一把力，所以到东汉时期，宦官专权比起西汉就更加集中。

石显死了，西汉王朝也急剧地滑向了末日。

卖官鬻爵，权倾朝野

——张让（东汉）

张让，东汉时期大太监。生于汉安帝延光年间，永和六年入宫，是汉桓帝至灵帝时代的重要人物。张让一生，颇具戏剧性，他自小与桓帝闹同性恋，得势后又勾结黄巾党，又纠合十常侍，卖官鬻爵，无恶不作；累官至中常侍，封列侯。灵帝中平六年，为袁绍围困，投河自杀。

（一）

梁皇后驾崩后，汉桓帝便彻底解放了。他立了邓猛女为邓皇后，并下诏从民间选调许多女子供其终日在后宫淫乐。后宫宫女，多的时候竟达五六千人……

张让，颍川（今河南境内）人，生于安帝延光年间。

永和六年,他尚在幼年时,即经人推荐进入尚书省做杂役。按汉代制度,非皇室人员未经圣诏是不能进入内宫的。大臣奏疏或文件主要通过尚书省转递给皇帝,皇帝要发布的诏书,也由尚书省起草下传,有时皇帝也直接到尚书省处理政务。张让自幼聪明机灵,精于鉴貌辨色,所以深得皇帝的欢心。

在尚书省与内宫之间有一道黄色的门墙。内宫与尚书省以及外界的联系就由宦官负责,宦官被叫作"黄门",并根据宦官的地位以及其职责分别称为"小黄门""中黄门"。延熹二年,汉桓帝依靠宦官赵忠、左悺等人平息以梁冀为首的外戚之乱后,宦官的势力开始上升。汉桓帝以前在梁冀的监视下,很少能有机会与宫外大臣联系。而张让长期在尚书省服役,熟悉尚书省以及官僚们的情况,又与不少宦官是同乡,交游不错,于是,他被看中,从尚书省调出,正式担任小黄门之职。

中国皇帝的生活是极其奢侈腐化的,但汉桓帝从十五岁登基做皇帝,一直到二十八岁时除掉梁冀,他的私生活也始终在梁冀、梁太后和梁皇后的监督之下无法放纵。梁皇后薨逝后,汉桓帝便彻底解放了。他立了邓猛女为邓皇后,并下诏从民间选调许多女子供其终日在后宫淫乐。后宫宫女,多的时候竟达五六千人,真是美女如云。

邓皇后是汉和帝皇后邓绥的侄女,她的母亲曾改嫁给梁冀的亲戚梁纪，年幼的邓猛女也随继父姓而改称梁氏。梁冀的妻子见邓猛女长得妖媚漂亮，就举荐她入宫。但其当皇后不久，因与皇帝宠妃争风吃醋，被废了。之后，又立了窦皇后，不懈淫乐。

永康元年，汉桓帝因纵欲过度而驾崩，临终前还立下遗诏，封他平生最喜爱的田圣等九个采女为"贵人"。汉桓帝死后，因窦皇后没有生育子女，就立宫中十二岁的刘宏为帝，是为汉灵帝。因年岁太小，窦皇后则以太后的身份临朝摄政。

汉桓帝死后，窦太后和汉桓帝的宠姬以及举荐这些采女进宫的宦官之间的矛盾开始激化。在汉桓帝灵柩还停在宫中时，窦太后就杀死了田圣等贵人。很显然，窦太后这一招是杀鸡儆猴，矛头是冲着曹节、张让等太监来的。于是，张让联合了一大批太监，要与窦太后斗到底，窦太后也慑于太监集团的威力，而放弃了进一步诛杀的行动。

窦太后深知后宫太监对自己的权势威胁极大，而以自己一人的力量又无法对付。于是，她开始拉拢官僚一起行动，她和大臣窦武、陈蕃等人制订了一整套行动计划，准备将后宫太监集团一网打尽。但是，他们的行动计划被管理朝廷文书的官吏捅了出来。宦官朱瑀还把他们上给皇太后的奏章偷了出来。太监们掌握了窦太后的行动计划后，决定先下手为强。他们各处联合，歃血为盟，决定抢在窦武行动之前动手。曹节心生一计，强迫汉灵帝"拔剑踊跃"冲在前面，同时矫诏收捕窦武、陈蕃等人。窦武在大兵追杀之下，知道已难活命，只得拔剑自尽；陈蕃也被抓来，打入水牢，久而病死。一场预谋已久的打击太监的行动就这样被张让他们反戈一击而溃败了。

因张让在平息窦武的战斗中有功，被封为列侯，并被提升为负责管理皇帝的文件和代表皇帝发表诏书的"中常侍"。

同时为中常侍的，还有赵忠、夏恽、郭胜、孙璋、毕岚、栗嵩、段珪、高望、张恭、韩悝、宋典等人，年俸也由一千石增加为两千石，他们不仅可以封侯贵宠，就连族人也可做大官，史称"十常侍"。

（二）

张让小时候长得白白净净，说话娘娘腔，未语先羞，调皮的桓帝越看越发觉得可爱。久而久之，桓帝对宫女们的侍候也逐渐失去了兴趣……

张让和窦太后结怨，还应从头说起。据《历代名太监秘闻》：

张让永和六年进宫，年仅七岁。桓帝即位时，他已经十三岁。当时汉桓帝十五岁，两人年龄相差无几，但张让毕竟见多识广，比常年待在后宫的汉桓帝懂事多了。

由于当时桓帝太小，大权旁落在梁太后之手，桓帝每下朝回宫，都与张让混在一起。

桓帝是刘翼的儿子，父母身教、言行不那么拘谨，而且性放荡，尤其喜欢和宫女们嬉耍。张让小时候长得白白净净，说话娘娘腔，未语先羞，调皮的桓帝越看越发觉得可爱。久而久之，桓帝对宫女们的侍候也逐渐失去了兴趣。城门校尉窦武，把自己的女儿送进宫，之后被立为后（即后来的窦太后）。但桓帝对窦皇后十分冷淡，整日和张让待在御书房中，足不出户，此时宫中则流言大起，有人传说张让本来是一个女的。

其实张让根本不是什么女的，但也不能算真正的男人。

有一天，皇后的一名小宫女，奉命前往御书房，发现大厅中空无一人，觉得十分奇怪。突然，后帏传来隐约的嬉笑声。宫女蹑手蹑脚地走过去，轻拨帘帏，一看之下，不禁满面羞惭地掩面而去。

原来，桓帝正和张让赤身相拥，做着翻云覆雨的勾当。

"皇上，刚才好像有人进来！"

皇上搂着张让，倾耳细听，随即笑道：

"没有的事，别胡说，让我再亲亲你！"

皇上抱着张让的头，一阵狂吻，张让想躲也躲不掉，这位小皇上的热情，几乎使张让透不过气来。

再说小宫女奔入后宫内寝，满面绯红，无法消退，春意荡漾，神志恍惚。皇后一看大为诧异，细细一问，方知内情。窦氏柳眉一挑，冷哼一声：

"看来传说是真的了！"

傍晚，皇后进了长乐宫向梁太后请安，然后就闷坐一旁，满面凄楚。

"怎么啦！皇上为什么没有来？"

太后这么一问，皇后不禁悲从心生，一时克制不住，便落泪抽泣不已。

事实上，皇后窦氏年仅十三岁，在梁太后眼里，也不过是个小孩子而已，她见皇后抽泣不语，颇表不悦，因此生气地说：

"不要哭哭啼啼，有事尽管说。"

皇后一惊，立即下跪："皇上荒淫，请母后做主！"

"荒淫！是嫔妃，还是哪个贵人？"

"都不是，是……是小黄门张让！"

太后大感意外，她也曾经听过后宫有些流言，如今虽出自皇后之口，仍无法相信这是事实。

"胡说！哪有这等事！"

"启禀母后，是宫女珠儿亲眼所见。"

太后一愣，沉吟半晌，终于说："你先回宫去吧！我会

查明此事。"

接下来,梁太后即召大将军梁冀进宫相商。梁冀是太后的哥哥,二人沆瀣一气。

梁冀想杀掉张让,太后以为不妥,认为不如制服张让,让他监视皇帝的一举一动。兄妹二人略施小计,想让张让死心塌地为他们效忠。

当天晚上,张让即被捕下狱。在狱中一连三天,不闻不问,张让也不知自己究竟犯了何罪,心中不免有点发毛。第四天夜里,狱卒送来一份宫女珠儿的口信,张让一看,吓出一身冷汗,心想,这条小命算完了。

就在张让完全绝望的时候,突然被押往长乐宫。他看到太后,一时抑制不住,放声痛哭,哀求太后救他一命。

太后暗暗一笑,说:"我了解你的苦衷,照大将军的意思,要赐你死,念你对我的忠心,总算说服了大将军。"

"谢谢太后,赐奴才再生之恩!"张让兴奋得泪如泉涌,一时磕头如捣蒜。

"起来吧!"

张让如获大赦,起身垂立一旁。太后一挥手,两名御前侍卫下去了。

随后,太后又与张让耳语一阵,张让更是言听计从。次日,张让被遣往章德宫。

几日之后,张让又出现在汉桓帝身边。

（三）

> 汉灵帝的生活逐渐糜烂、荒淫无度起来，又宠信这批小人，视张让、赵忠如亲生父母……

与先帝相比，汉灵帝只出身于亭侯大家，与皇室相比要穷多了，所以，汉灵帝生活还好，甚至有点小家子气。自当上皇帝后，看到后宫如此奢侈，颇为感慨。

但是，自张让一帮出现在他身后，灵帝的生活用度逐渐变了。他让张让为他存钱，张让为了讨汉灵帝的欢心，动用了大量国库收入用于建筑宫殿，并私自挪其一部分入灵帝账上。当钱仍不敷用时，他又怂恿汉灵帝发布诏令，要全国的土地税每亩多征十文，在当时来讲，这也是一个十分巨大的数目。

汉灵帝的生活逐渐糜烂、荒淫无度起来，又宠信这批小人，视张让、赵忠如亲生父母一般。史书有载："张常侍为我公，赵忠为我母。"这句话出自一位皇帝之口，可见当时张让的得志程度。

光和元年，张让又怂恿汉灵帝公开在西园设立官爵买卖所。张让是"西园卖官"的开创者，同时也是卖官的操纵者，当时希望通过张让而买到官职的人的车辆在他家门口排成了长队。

那是光和三年的事。当时有不少人想巴结张让，皆不得其门而入。扶风人有个叫孟佗的，做生意很有钱。他打听出张让府中有一名采购，常上街买东西。那天，这名采购经过一家戏院，里面正上演《孟姜女》，想买票进去，却早已满座，忽然有人送给他一张票，却是明天的。

第二天，这采购小太监到了戏院，楼上楼下，没有一个人，但戏却如时上演了。一直到戏演完，仍然没有第二名观众，他感到很奇怪。不想从后台走出一个穿着考究的年轻人。

"小哥！戏还算满意吧？"

这采购愣了半天，方说：

"尊姓……"

"哦！我姓孟，单名一个佗字，扶风人氏，小哥，你是……"

"我叫吴世勇。"

"吴大哥！咱们投缘，如果不嫌弃，饮两盅如何？"

吴世勇正喜欢那杯中之物，一看对方举止阔绰，彬彬有礼，也就满口答应了。

进餐乐饮中，孟佗绝口不问吴世勇的来历，而且两人越谈越投机。因此，一个时辰下来，吴世勇已喝得酩酊大醉。

等吴世勇酒醒之后，窗外已是万家灯火，自己则躺在一家豪华客栈中，室内有不少箱子，都未上锁，桌上留着一张条：

"吴大哥！小弟因去咸阳经商，约一月始得回返，室内财物，可尽管取用，已向客栈掌柜交代，吾兄可随时前来居住。孟佗拜上。"

吴世勇下得床来，好奇地打开一只木箱，一看之下，两眼发直，原来尽是些金银财宝。

吴世勇算是官府中人，可不敢随便动这些东西，再说，这些钱财是否有问题，还难以说定。

"咸阳？"吴世勇心里想，这家客栈老板何大掌柜，不也是咸阳人吗？于是，吴世勇就找来掌柜。

"啊哟！吴大哥！"何掌柜惊讶地说，"你不知道呀！他就是咸阳如意坊的孟少东家，在大江南北，谈起做古董珠宝生意的，哪有不认识他的大名的！"

吴世勇总算摸清了孟佗的底细，难怪有此大手笔，将整个戏院包下来，给自己一个人看戏。

但是，孟佗的动机何在？这又让吴世勇百思而不得其解。

其实，孟佗根本没去咸阳，等吴世勇一离开客栈，孟佗便从另间屋子走出来，何掌柜便极为赞佩地说：

"少东家！看样子是有门道了！"

孟佗笑笑，随后双眉一挑，内心又有了盘算。

此时，地方小吏、名士、乡绅，欲求一见张让者，竟日车水马龙，川流不息，史载：

"时宾客求谒让者，车恒数百千辆。"

如此浩大的阵容，可见张让的声势，真是吓人。

一月之后，吴世勇又与孟佗见面了。从此，孟佗对吴世勇，即所谓"倾谒馈问，无所遗爱"。吴世勇深受其惠，渐渐心感不安。一天，吴世勇便坦率地问：

"老兄如此厚交，究竟有何意，图谋在下为之效劳？"

"不瞒小哥，只想能引见一下，让在下拜见让侯一下。"

吴世勇至此，方恍然大悟，遂同车直入张府。大排长龙的宾客们，见孟佗俨如贵宾，大感惊骇，不久，这些宾客转向孟佗求助，赠给孟佗财宝无数。一夕之间，孟佗竟然落得名利双收。

原来孟佗确实是咸阳如意坊少东家，只因家道中落，所经营的生营，已岌岌可危，于是，便倾尽全家仅有之财物，以取得一官半职。他打听出吴世勇是张让的亲信，因此设计故意炫耀，以进入张府，现在果然如愿以偿。

孟佗将收来的礼物，选了些名贵珍奇的，呈送给张让，张让十分高兴，最后便荐孟佗为凉州刺史。

《三辅别录》对此载：

"孟佗，字伯郎，以蒲陶酒一斗送让，让即拜佗为凉州刺史。"

（四）

何进的行动引起了张让的恐慌，虽然……这个作恶一世的中常侍，也只得跪在儿媳何氏（何皇后之妹）的脚下……

汉灵帝在世时觉察到东汉政权已岌岌可危，他亲手组建了一个以"西园八校尉"为核心的卫戍部队，任命小黄门蹇硕为上军校尉。

蹇硕与何太后、何进间的关系因争权夺势，已达到了你死我活的紧张程度。他企图说服其他中常侍共同诛杀外戚集团，但中常侍中不少人与何太后的关系密切，如张让就与何进是姻亲。蹇硕得不到中常侍的支持而无法行动。不久，何进便命黄门令逮捕了蹇硕，并处死了他，何进当上了军校尉。

何进以皇帝舅舅的资格辅政后，权力日益膨胀，不久，他又拉拢"累世宠贵，海内所归"的袁绍、袁术。他们多次谋划铲除宦官势力，但是许多宦官都是曾帮过何太后大忙又与之关系密切的人物；同时何进的弟弟何苗以及何进的母亲又接受了宦室的大量好处。当他们知道何进、袁氏集团要对宦官下手，就多次通过何太后加以钳制，同时张让、赵忠横行宫中数十年，如果何进真的与张让、赵忠等厮杀起来，鹿死谁手无法肯定，因此许多支持何进的中层官吏只是持观望的态度。

何进准备铲除宦官的行动一时不能实施，但计划仍在秘密进行。他任命袁绍为司隶校尉，控制京师一带的动静，还派出大批官员到各地调查宦官劣迹；并调动董卓带兵驻扎在京畿附近，随时准备向洛阳和太后驻地平乐观进发。这样一来何太后害怕了，被迫解散中常侍、小黄门，嘱他们归还故乡，而仅把部分与何进关系较好的宦官留在宫中，张让也被勒令禁止入宫。许多宦官纷纷到何进处谢罪求饶。这一下何进手软了，他又命令袁绍等停止行动，但袁绍决心干到底。

何进的行动引起了张让的恐慌，虽然张让与何太后有密切的关系，但大批宦官被解职归乡，势必也会影响他的地位和安全。这个作恶一世的中常侍，也只得跪在儿媳何氏（何皇后之妹）的脚下，带着威胁的口吻祈求说：

"我果当有罪，你是我的儿媳也必得同我一起返乡；只是我世受皇恩，在即将离别之际，希望能见太后一面，这样我死而无憾了。"

他的儿媳通过母亲将其意转达于何太后，于是太后又允许他自由进出内宫。

张让决定除掉何进。

一日，何进进宫密谋诛杀宦官之事，张让亲自率领兵丁

埋伏在宫中。当何进刚从长乐宫中出来,张让即矫太后诏再请何进进宫,并领他到了嘉德殿中。张让突然出现,指着何进说:

"当今天下混乱也并不全部是我们宦官的过错,先帝曾多次准备废除何太后,还是我们宦官叩头求情,才保住何太后以及你何进的地位,我们这样做是为了什么呢?还不是为了使你们何家可以作为我们的倚靠,你这忘恩负义的家伙现在要动手杀恩人,这不是太过分了吗?你们口口声声讲我们宦官贪赃枉法,难道你们外戚和官僚们个个都是清白的吗?"

说毕,即命尚方监拔剑刺杀了何进。

张让杀死何进后即矫诏任命以前的太尉樊陵为司隶校尉,原少府许相为河南尹。诏书下到尚书省时,尚书省官员产生了怀疑,提出请何进出来共同讨论。张让一不做二不休,干脆叫黄门把何进的头扔到了尚书省,说:

"何进谋反,已伏诛矣。"

何进部曲将领吴匡、张璋获悉何进被害后,急忙调动部队包围了皇宫,袁术也调动了军队向皇宫发起进攻,由于皇城坚固,一时无法攻下。这时已到了黄昏时刻,袁术怕有变化,又命令以火烧南宫的九龙门以及东宫、西宫等处,想以此强迫宫内交出张让等人。张让见情况紧急,就对太后讲外面的大将军们造反了,并强迫少帝刘协以及宫内皇族从北门匆匆而逃。

袁绍得知宫内发生兵变后，与叔父袁隗矫诏把刚任命的樊陵、许相杀了。袁绍与何苗又带兵直冲入皇宫，在袁绍与何进密谋诛杀宦官时，何苗始终摆摇不定，吴匡怀疑何苗与宦官串通一气，于是对将吏们喊道：

"那个骑在马上的，就是杀害大将军何进的人！"

何进平时对将士们不错，于是大家随吴匡以及董卓的弟弟奉车都尉董旻蜂拥而上，把何苗给杀了。袁绍命令把所有的城门都关闭，到处搜杀宦官，以致许多没留胡须的人被误杀，不少不留胡子的人只好脱下衣服验明自己不是太监，才得以幸免。

张让等宦官挟持着少帝等人从北城沿北邙山北逃，好不容易挣扎到了巩县黄河边的小平津，同时，由尚书卢植以及河南中部掾闵贡带领的追兵赶到了。闵贡手持利剑当场砍杀了几个宦官，张让见已走投无路，便哭泣着对少帝说：

"臣等殄灭，天下乱矣，惟陛下自爱！"

说完，张让便投黄河自尽了。

权倾一时，死有余辜

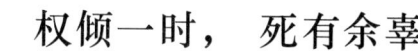

——单超（东汉）

公元159年，汉廷天子刘志联合以单超为首的宦官集团对外戚大将军梁冀发动了"闪电式"的突然袭击。

在铺天盖地的马蹄声中，一支由宦官具瑗和校尉张彪率领的骑兵驰出皇宫，杀向洛阳城内，以迅雷不及掩耳之势，重重包围了梁家府第。

外戚梁冀此时正在家中饮酒作乐，丝竹之声不绝于耳。得到急报后，老家伙如雷轰顶，坐在椅子上半天爬不起来。不过片刻，袁盱捧着圣旨直入大厅，宣布收缴梁冀大将军的印绶，贬其为比景都乡侯。

梁冀两眼呆滞："完了！完了！什么都没了！"他贪婪地盯着那布置得如同皇宫一样的大殿堂。

桓帝刘志没有杀死梁冀，似乎是念及当年自己登基时，梁冀出了大力。然而梁冀心里清楚，以前自己身居高位，做了许多不是人干的事，也不知结下多少生死冤仇。如今一旦被贬，大将军的职位一丢，自家性命一旦悬于他人之手，那日子可就不堪设想了。想到这儿，梁冀大将军再也没有活下去的勇气，同他那位"色美而善为妖态"的夫人孙寿一道自杀，命赴黄泉了。

"树倒猢狲散"，元凶一被除去，桓帝再也无所顾忌，紧接着对梁冀的同党们进行了一次大规模的清洗。抄家，灭族，血腥的政治风暴肆虐了一个多月，取得了辉煌的战绩："收冀财货，县官斥卖，合三十余万万"——这个数字相当于全国一年税租的一半——全部充公。

摧毁了作恶多端的梁氏集团，这似乎给命蹇运乖、日暮途穷的东汉王朝带来了一丝转机。天下百姓、朝廷百官无不把希望寄托于汉桓帝刘志，巴望着能出现"异政"，一扫过去的乌烟瘴气。

果然，桓帝不负众望，梁冀被诛不过五天便下了一道诏书，说："奸臣梁冀，浊乱王室，罪大恶极……现在依靠上天和列祖的保佑，还有中常侍单超等人献策献力，内外协同，顷刻之间便将梁氏集团消灭干净。对于群臣，应该大加赏封，以示皇恩浩荡。"

于是乎，外戚打倒，宦人弹冠。单超、徐璜等五人同日封侯，史称"五侯"。其中，单超为新丰侯，食两万户，其他四侯每人食邑都在万户以上。金银车马的赏赐，更不待言。浩荡皇恩，永无涯际。

饱经外戚、宦官交替专权的东汉群臣到这时才如梦方醒。汉桓帝前门拒虎，后门引狼。梁冀自杀，而招来的却是更为士大夫羞于为伍的宦官。倾朝大权又旁落到冷酷险狠的阉人手中！这就是他们如大旱之盼云霓般盼来的"异政"！

历史画卷犹如色彩斑斓的万花筒，杂然驳色，五彩缤纷，其中的一些偶然更让它显得神秘莫测。东汉时期，这幅宦官与外戚狗咬狗的动人画面便是如此。

（一）

> 梁冀也有自己独特的发家史……梁冀挑动桓帝先后杀死了太尉李固、杜乔、清河王刘蒜，又将自己的两个弟弟封侯……权势达到了极点。

单超，河南人，桓帝即位之初，和徐璜、具瑗同做中常侍。中常侍在宦官的等级中是上等官衔，俸禄为两千石，出入宫廷，传达皇帝诏令，权力很大。东汉王朝自从和帝以来，宦官势力逐渐增长，多次参与宫廷斗争。血雨腥风中，单超耳濡目染，掌握了一套套诡谲奸诈的手段，这在日后同梁冀的斗争中被发挥得淋漓尽致。

梁冀也有自己独特的发家史。

建康元年八月，汉顺帝病死，由皇后梁氏和她的哥哥梁冀主谋拥立仅仅两岁的太子刘炳即位，即汉冲帝。梁氏被尊奉为皇太后，临朝垂帘，实权则由梁冀控制。也许是老臣们的繁文缛节折煞了冲帝的阳寿，几个月后，可怜的小皇帝就一命归西，引起朝中一片混乱。顺帝只此一子，梁太后本想将刘氏诸王侯征召进京，再宣布冲帝丧事。太尉李固说：

"皇帝虽然年幼，但仍然是天下之父。现在崩亡，人神感泣。哪有做儿子的掩匿父亲死亡消息的道理呢？"

他还远举秦始皇驾崩沙丘、近比刘懿病逝，分别导致赵高胡亥、阎显兄妹篡夺朝权，劝诫太后。

太后听从了李固的劝告，一面发丧，一面征召顺帝的旁支清河王刘蒜、勃海王太子刘缵同入京城。

刘蒜年长，为人稳重，公卿都倾向于他，李固跟梁冀说：

"现在拥立新帝，应当选择年长、高明有德、能亲任政事的人，希望大将军三思而后行。"

梁冀当然听不进这些话，拥立刘蒜，皇帝亲自主持政事，自己就什么都没了，从梁氏利益考虑，显然拥立刘缵好。因此他和妹妹把八岁的刘缵迎进宫中，扶上皇位。这就是汉质帝。刘蒜什么也不是，愤愤地，被遣送还乡。

质帝虽然年少却很聪明，见梁冀不可一世的骄态，心中甚为不平。有一次朝会时，目视梁将军说："这是一个专横跋扈的大将军!"质帝小孩子家什么都不懂,他也不想想是谁让他做了皇帝。梁冀大为恼火,如此小小年纪对自己就抱有成见,长大以后还了得。一气之下,索性命侍仆将毒药放在煮饼中进呈皇帝。质帝吃了几块,就觉得腹中绞痛,急忙对李固说:"吃了煮饼……觉得腹中气闷,饮点水……大概……还能挨过去。"

不一会儿,宝座尚未焐热的小皇帝便稀里糊涂地离开了人世。

质帝一死,大臣们又要商议拥立新皇帝。许多人又主张拥立清河王刘蒜,梁冀当然不干,他只后悔自己在干掉质帝之前没有先把刘蒜杀了。他又开始搜寻新的傀儡。

宦官曹腾有次会见刘蒜,蒜没有以礼相待,招来曹腾的嫉恨,两人暗地里斗了几个回合。曹一听说要拥立刘蒜当皇帝,吓得屁滚尿流,深夜赶往大将军府游说梁冀:

"梁大将军,你们家几代都是皇亲国戚,皇帝让您日理万机,委您以重任。您又爱结交朋友,宾客纵横天下。然而,人多事杂,您在办理政事时,难免有些过错,跟别人有些冲突。"

这些梁冀十分清楚,他点点头,示意曹腾接着往下说。

曹腾凑到梁冀跟前道:"如今,朝廷百官许多人都打算立清河王刘蒜做天子。他素以明德闻名于天下,假若他真的做皇帝,您倒霉的日子也就不远了。我认为,不如立蠡吾侯刘志，他是您的妹婿。这样，您的富贵就能永世长存了！"

正是出于长保富贵、权势的卑劣欲望，梁冀与曹腾不谋而合——把刘志扶上皇帝的宝座，号称汉桓帝。

"投之以桃，报之以李"，不出曹腾所料，刘志一当上皇帝，立刻大封梁冀一家。高官厚禄、金银财宝任其挑选，只差没有把国库拱手送给梁冀。

不久，梁冀挑动桓帝先后杀死了太尉李固、杜乔、清河王刘蒜，又将自己的两个弟弟封侯。此后梁冀更为嚣张，政事无论大小，都由他一人裁决，宫卫近侍都是梁家亲信。官员升迁，必先入谢梁冀；四方财物，必先入贡梁府，否则不是明杀就是暗害。梁氏一门，前后七人封侯，三女为后，六女为贵人，两人为大将军，权势达到了极点。桓帝完全处于梁冀股掌之上，形同傀儡。

（二）

桓帝……秘密准备力量，企图除去梁冀。单超等人也缘机而起，充当桓帝的同谋和打手。

在外戚和宦官两大集团的斗争中，胜负的关键取决于九五之尊的万岁爷。桓帝虽然昏庸，但也不甘心长期充当傀儡。这个"可以为善，可以为非"的"汉之中主"刘志随

着斗转星移、年龄的逐步增长，与梁冀的矛盾也愈来愈加尖锐，这很自然。朝廷内外，布满梁冀耳目，就是在深宫，也有梁太后、梁皇后两个坐探。汉桓帝的一举一动都处在别人的严密监视之下，他活得浑身不自在。对于梁冀的凶狠暴虐，桓帝如履薄冰，稍有不慎，被毒死的质帝便是前车之鉴。

桓帝想做个堂堂正正、气吞山河的天子，但在梁冀的白色恐怖之下，他只得引而不发，敢怨敢怒而不敢言，他在等待时机。

和平元年，梁太后驾崩，桓帝也逐步疏远了梁皇后，秘密准备力量，企图除去梁冀。单超等人也缘机而起，充当桓帝的同谋和打手。

外戚和君宦联合势力之间的公开角逐是从一个多少带些神秘色彩的闹剧开始的。

永寿三年，在柳宿附近出现了日蚀。这在阴阳五行思想盛行、天人感应观念弥漫的东汉时代，自然不容忽视。处心积虑想打倒梁冀的单超也赶紧趁机发难。

单超对皇帝说："据古书说，日蚀是不好的征兆啊！太阳，是人君之象，如今，它有所亏损，说明君道为阴气所摄，所以才亮而无光啊！"

桓帝心里明白，单超这番意思是指梁冀独擅专权，叹了口气，没有言语。

单超见桓帝没有太大的反应,便把话挑明了:"万岁,这次日蚀发生在柳宿附近,按星宿分野来说,柳宿属南方朱雀七宿之一,正主周地——咱们的京城洛阳。那么就是说,是洛阳城里的哪位臣子不能敬忠皇上以致君道有亏,陛下,天变示警了,您为事可应该小心啊!"

桓帝站起来,气愤地说:"据汉朝律制,每当遇到日蚀,天子都要罢免三公的职务,让他们回家闭门思过,以献臣子辅政不敏之罪。而如今,梁冀却当着众臣宣布,梁某根本不信这套,让我难堪!"

单超探得口风,目的已经达到,不想惹桓帝发火,于是话锋一转,道:"这倒无所见怪,只是太史令陈授在记录这次日蚀时,应付了事,去重见轻,根本不追究责任,甚至还为人家申辩理由,可恼!"把矛头对准陈授。

桓帝怒火中烧,马上召来陈授,严词拷问,逼得陈授没有办法,只好写出皇帝和单超的心里话"日蚀之咎在大将军冀"。他笔提手上,脑袋可别在裤腰带上,不到半个月,陈授便被梁冀以"七失经仪不肃"的罪名给杀了。

这一次,单超虽然处于主动,但终究输了。此后,他恨梁冀便更咬牙切齿了。而梁冀却不然,他日见嚣张,更不把桓帝放在眼里。

和帝时,邓香是国舅,死后,其妻宣改嫁梁纪;其女邓猛女姿色动人,被孙寿献给桓帝。梁冀怕因此而使自己的妹

妹失宠，但又慑于妖妻孙寿的威严，只好用补救的办法，认邓猛女做义女。为了表示亲密，梁冀让邓猛女改姓梁。不料邓猛女的姐夫邴尊出面劝阻，反对改姓。一个小小的邴尊竟然敢捋大将军的虎须，梁冀当然不能容忍，一气之下又迁怒于宣。当晚，他便派刺客去杀邴尊和宣。

刺客杀掉邴尊后，又摸黑赶往宣家，登上宣邻居宦官袁赦的屋顶，准备慢慢地向宣的卧房靠近。慌乱中一脚踏空，弄出声响，细心胆小的袁赦一声尖叫，吓得那个刺客骨碌碌滚了下来，当场被擒。

宣得知后，连夜赶往桓帝面前哭诉。此时梁皇后去世不久，桓帝准备册封邓猛女为皇后。梁冀如此嚣张，竟连未来的皇后生母也敢刺杀，新仇旧恨一起涌上桓帝的心头，发誓要除去国贼。

（三）

图穷匕见，再无回旋余地了。桓帝瞪着血红的双眼……咬破单超的胳膊，歃血为盟。

除去梁冀，谈何容易？桓帝深恐走漏风声，于是在上厕所的时候，见左右无人，也顾不得"君子谋于庙堂之上"的遗训，急忙地问近侍唐衡说：

"喂,左右宦官,有谁与外戚梁冀不和呀?"

唐衡心领神会,立刻禀告:"单超、左悺等人与梁冀不和。"

桓帝为了可靠,又接着问:"你怎么知道呢?"

唐衡道:"他们与梁冀早就有摩擦了。有一次,单超和左悺在见梁冀的弟弟梁不疑时,礼仪不周,事后梁不疑为了泄愤,把他俩的兄弟投入了监狱。单、左二人不得不上梁家赔不是,梁不疑方才放人。"

"真有这回事?"

"单超他们早就痛恨梁氏一伙横行不法,只是口中不敢说罢了。"

桓帝听罢,心中激动,没去厕所,中道就折回去了。

桓帝一回内室,马上召见单超、左悺等宦官,向他们诉道:

"梁冀兄弟专擅朝政,满朝公卿没有不秉其风旨的。"接着,恒帝把声音压得很低,"朕要除去梁冀,诸位意下如何?"桓帝苦笑着,比哭都难看。

桓帝的话说得单超心中无比熨帖,他立即又同其他几位同行者把梁冀一家痛骂一顿。

单超城府很深,他深恐桓帝临事动摇,到那时,不但梁冀杀不了,恐怕自己的小命也得赔进去,于是,他试探着问:

"我们这些人，虽有心杀贼，但也无力回天啊！此事成败，关键在于陛下，不知您有何良策啊？"

桓帝虽然痛恨梁冀，但如何惩治却无定见，一听单超如此发问，便尴尬地说道：

"多年来，朕一直想除去他，但苦无良机，今日诸臣一定要助朕一臂之力啊！"说得气氛骤然紧张起来。

单超对懦弱多疑的桓帝紧追不放："除去梁冀不难，只怕陛下腹中多有疑虑，这样反遭奸臣所害。"

图穷匕见，再无回旋余地了。桓帝瞪着血红的双眼，从座上蹦起来，大喊道："奸臣当道，朝权旁落于他人之手，除去梁冀是替天行道，是毫无疑虑的事。"

桓帝当场咬破单超的胳膊，歃血为盟。

单超忍着疼痛，一再叮嘱桓帝道："现在大计已定，请陛下不要多言，以免隔墙有耳，横遭飞来之祸。"

一场诛灭梁冀的行动就这样议定了。

尽管防范如此严密，梁冀对他们的密谋还是有所耳闻。没过几天，便派死党张恽入宫，名义上是戒严巡逻，实际上就是看住桓帝和单超，禁止他们接触。

事态发展到一触即发的地步，不是鱼死，就是网破，单超等人不甘心束手待毙，便先发制人，以"辄从外入，欲图不轨"的名义杀了张恽。桓帝马上召集各位朝臣对梁冀发动了宫廷政变，演出了文章开头的那一幕。

至此，宦官与外戚两大集团之间长期酝酿的角逐，以梁冀的彻底失败而告终。

（四）

一是因为单超的阴险，二是因为梁冀的可怕，使桓帝对"五侯"极度宠信和依赖。

在清除祸国殃民二十年之久的外戚集团的行动中，单超的谋略给惶惶不可终日的桓帝以莫大的慰藉。一是因为单超的阴险，二是因为梁冀的可怕，使桓帝对"五侯"极度宠信和依赖。长期以来被梁冀压得喘不过气的他，以为自己彻底地解放了，可以重新做人了。激动、欢喜的心情无法言表，胜利冲昏了头脑，不知不觉中，自己用脑袋换来的国家政权顷刻之间又拱手送给了以单超为首的"五侯"集团。

以单超为首的"五侯"短短六年的专权史也就是一部罄竹难书的罪恶史。"一朝权在手"，单超等人迫害朝臣、荼毒生灵的逆行劣迹，较梁冀有过之而无不及。

单超把持朝政，其亲属也随之"升仙"。

单超的侄子单匡为济阴太守时，依仗他叔父的权势贪污贿赂，横行不法。兖州刺史第五种准备将他绳之以法，便召来平素正直、疾恶如仇的部下卫羽，对他说："听说你不畏

强暴,现在我想委你以重任,如何?"便向他说了自己的打算,卫羽爽快地答应了。

卫羽出来后,便驰往定陶,以迅雷不及掩耳之势,将单匡的随从及亲近的属吏四十余人抓了起来,经六七天的审讯,查出单匡贪污赃款五六千万的底细。

这下罪证俱在,第五种便立刻向朝廷奏告单匡,并连带弹劾单超。单匡狗急跳墙,派遣刺客刺杀卫羽。卫羽觉察,将刺客抓进监狱审得全部口供,此举使国内震动,朝廷正直的官员佩服不已。

但单超对第五种恨之入骨,便捏造事实,陷害他,硬将他判了罪,发配朔方。

朔方太守是单超的外孙董援,他正含着怒气等待着第五种的到来。可想而知,第五种到了这里还能有好结果吗?不久,便郁郁而死。

单超在灭了梁冀不久,自己也生病了。他病得不轻,躺在床上整日里哼哼唧唧。桓帝得知后,非常难过,为了给他以安慰,便派特遣使前去慰问单超。

在单超病榻前,特遣使宣布单超被拜为车骑将军。意识已经模糊的单超口中高呼"万岁"并腾猛地坐了起来,两眼定定地瞪着前方,像一个被噩梦惊醒的人,接着便倒了下去,脖子一歪,再也没什么反应了。

桓帝追赐单超车骑将军的名誉称号,并为他大办丧事,赐东园中的珍珠宝玉，装入单超的棺材。单超入土以后，又派五营骑士和许多工匠给他修起富丽堂皇的坟墓。此次葬仪规模之大，可以与宣帝时大将军霍光的葬礼相比。

单超死后，"五侯"的势力大大被削弱，到了延熹八年，左悺被迫自杀，具瑗被贬为都乡侯。同时，"五侯"的后代封赐者也一并降为乡侯。至此，炙手可热的"五侯"集团方才烟消云散。

东汉王朝在宦官、外戚昏天黑地的统治下，迅速地走上了灭亡的道路。距单超的死不过五十年，罪孽深重的宦官集团与东汉王朝，一同在黄巾大起义的狂飙中寿终正寝了。这种结局的出现，以单超为首的"五侯"也是肇其事端者。

曲意媚主，祸国殃民

——黄皓（三国）

黄皓，三国时蜀汉宦官。籍贯、家世均不可考。约在幼年时入宫，服侍太子刘禅。刘禅即位后，黄皓以谄谀自进，渐获宠爱。在后主刘禅统治后期，黄皓身居要职，专擅朝政，排抑忠良，诽毁有功，是蜀汉后期黑暗政治的代表人物之一。

（一）

黄皓在宫中受驱使、服杂役，他虽然出身低贱，但因经常服侍后主左右，善于逢迎拍马以谄媚后主，因此……

黄皓幼年入宫，服侍太子刘禅。刘禅昏庸无能，遇事不知如何处断，自己整日深居后宫，宫外大事都由诸葛丞相一人承担。

刘禅即位后,黄皓利用后主刘禅的昏庸无能、不辨时事,以花言巧语取悦于后主,渐获后主的宠爱,并一步步地窃取朝中大权。

蜀先主章武三年四月,刘备在四川白帝城(今四川奉节县东)的永安宫卧病不起。临终之前,刘备把诸葛亮从成都召来受遗命,以托后事。他望着守在病榻前的,跟随自己征战多年的诸葛亮说:

"以你的才能,胜过魏主曹丕十倍,一定能治理好蜀国,完成统一国家、兴复汉室的大业。我把太子阿斗交付给你,如看他还有治国之才,你就辅佐他;如他没有治国之才,你可将他废掉,自己做皇帝。"

听完这番话,诸葛亮已是泪眼蒙眬,感激满怀了。刘备随后又强打精神在病榻上嘱托刘禅:

"阿斗,丞相辅佐你治理蜀国,你要像对待你父亲一样对待丞相。"

诸葛丞相看着眼前的一番情景,禁不住泪流满面,他哽咽着说:

"臣一定竭尽全力,辅佐和效忠于幼主,誓死不变心!"

不久,刘备便与世长辞了。

刘备死后,后主刘禅即位,改元建兴。后主即位时年仅十七岁,为人懦弱无能,但他基本上能遵循刘备"父事丞

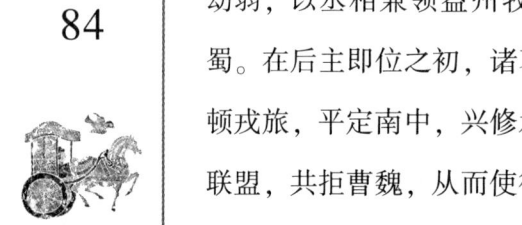

相"的遗训，事无巨细都交给丞相处理。诸葛亮也因为后主幼弱，以丞相兼领益州牧，总理内外，尽心尽力地辅孤治蜀。在后主即位之初，诸葛亮对内务农植谷，修明法令，整顿戎旅，平定南中，兴修水利，开疆拓土；对外则修好吴蜀联盟，共拒曹魏，从而使得蜀汉政权稳定，经济发展，军力日益强盛。

可是，随着时光的推移，后主刘禅日渐长大。他久居深宫，不理政事，什么打天下的艰难、治天下的不易，对他来说都一窍不通。他每天只知道吃喝玩乐，还亵近群小，渐渐地喜欢上了宦官黄皓。黄皓在宫中受驱使、服杂役，他虽然出身低贱，但因经常服侍后主左右，善于逢迎拍马以谄媚后主，因此逐渐获得后主的信赖。不久，后主便提升黄皓为黄门丞，充任内侍之职。

后主在宫中的所作所为，令丞相诸葛亮十分担忧。建兴五年春，诸葛亮率大军出屯汉中，准备北伐曹魏。在汉中军营里，诸葛亮经常陷于沉思之中。他想：自永安受命以来，自己夙兴夜寐，为治理蜀国操碎了心。今南中已定，兵甲已足，正是挥师北上的大好时机。但是，后主即位已经五年，正当年轻有为之际，怎奈其为人昏庸卑弱，根本不懂如何治理国家。尤其是最近一段时期，他贪图享乐，亲近小人，朱紫不辨，贤愚不分。如果自己领兵北伐，常年在外，宫中一旦出事，岂不辜负了先帝的托孤之恩？

忽然，诸葛亮想起一个人来。此人就是董允。董允在东宫时曾做太子舍人，后任太子洗马，及后主即位，又升为黄门侍郎。董允性情刚直，疾恶如仇，而且一直侍从后主左右，如果举荐他来主持宫中之事，一定可以辅助好后主。

建兴六年，诸葛亮第一次出征北伐，临出发前，他写了一篇名垂青史的《前出师表》，向后主推荐董允等人主持宫中之事，其中写道：

"亲近贤臣，疏远小人，这是先汉富强繁荣的原因。亲近小人，疏远贤臣，此乃后汉败亡覆国的原因。先帝在世的时候，经常和臣谈论此事，每每叹息不止，万分痛恨桓帝、灵帝这些昏庸之君。侍中郭攸之、董允、费祎等人，都是秉心公亮、忠诚勤勉之臣，也是先帝在世时就为陛下选拔的难得之才。臣以为宫中之事，事无大小，都应征询他们的意见，然后再施行，如此才能够裨补缺漏，有所广益，愿陛下任用忠良，疏远小人，这样，先帝北定中原，兴复汉室的大业，也一定可以早日成功。"

从建兴六年开始，到建兴十二年八月诸葛亮病死在五丈原，其间，诸葛亮先后六次北伐曹魏。当诸葛亮率众在外，统兵北伐时，董允先任侍中，领虎贲中郎将，统宿卫亲兵；后又以侍中守尚书令，主持宫省之事。

这时后主刘禅的声色之欲日渐暴露，他宠爱嫔妃，迷恋女色，并常想从民间选来美女，以充任后宫。董允力谏后主不可只顾迷恋声色而不理朝政，却最终得不到采纳。后主还亲近小人，喜欢听谗言，愈加喜爱黄皓。黄皓则利用接近后主的便利条件，阿谀奉承，迷惑后主，以狐媚求荣。但是，在董允主事期间，他"常上则正色匡主，下则数责于皓"，对黄皓屡加制裁。因此，后主非常敬重董允，黄皓更是畏惧董允，不敢为非作歹。一直到董允去世，黄皓只不过是个黄门丞的微官，权力很小，根本无法施其奸诈。

（二）

当时黄皓有权有势，朝中大臣大都依附在他这棵大树下乘凉，唯有罗宪不买他的账。

延熙九年，董允死，陈祗继董允为侍中。

陈祗性情奸诈。汉末中原大乱，陈祗随许靖入蜀，"弱冠知名"；陈祗初为选曹郎，以善弄权术而得到大将军费祎的赏识，故董允去世后，费祎将他破格提升为侍中，入宫内侍。延熙十四年，后主让陈祗以侍中守尚书令，并领镇军将军，主持宫中之事。不久，费祎死去，由姜维任大将军，总统国事。但是姜维虽位高于陈祗，却常领兵在外，于是，陈祗遂"上承主旨，下接阉竖"，与黄皓互为表里，操纵着朝中大权。

自陈祗有宠于后主，黄皓便和陈祗暗中勾结，开始试图参与朝政。他们为了讨得后主的欢心,一面对已经去世的董允横加诬蔑,说什么董允主事时经常劝谏后主,是眼里根本没有陛下;一面又曲意奉迎,怂恿后主出去游乐,"增广声乐",使后主荒废政事,日益沉湎于声色之中。当时蜀汉的许多大臣对陈祗、黄皓的行径大为不满,太子家令谯周就曾上疏劝谏后主说:

"如今雄哲之士都思念明主,盼望陛下能实现先帝遗志,使国家复归于统一。可是,现在宫中的池苑之观不断,土木之作屡兴,臣下深感不安。今汉室遭难,天下三分,诚非尽情享乐之时。愿陛下省乐宫,减后宫,息增造,以复蜀汉人民之望。"

情辞殷切,但最终还是没能打动后主的心。

景耀元年,陈祗死,由董厥任尚书令,樊建为侍中,诸葛瞻为尚书仆射,共掌宫省之事。陈祗死后,后主更加宠信黄皓,黄皓也因此由黄门丞始升为黄门令,再升为中常侍、奉车都尉,开始独执政柄。时董厥、樊建、诸葛瞻等人目睹黄皓窃权弄国,却无力过问阻止。他们受黄皓抑制,既不能辅助后主,也不能制裁黄皓,因此黄皓得以擅朝专权达六年之久,直到景耀六年,司马昭兴兵伐蜀,蜀汉灭亡。

在黄皓专权用事的六年当中,蜀汉朝政混乱,政治非常黑暗。黄皓为了巩固自己的权力地位,大搞顺我者昌,逆我者亡。他结党营私,排除异己,对凡不依附和不顺从自己的蜀汉宗室、朝臣肆加谮毁和排斥。后主之弟刘永，先主刘备封其为鲁王，后主即位后改封为甘陵王。刘永对黄皓的所作所为早就不满，曾多次当面指责他的专权。黄皓对此一直耿耿于怀，等自己重权在握后，又在后主耳边多次进谗言，致使刘永十多年不得进宫朝见。宣信校尉罗宪，少有文才，为官正直，他曾经两次出使东吴，为巩固和加强吴蜀关系作出了突出的贡献。当时黄皓有权有势，朝中大臣大都依附在他这棵大树下乘凉，唯有罗宪不买他的账。"仅靠一张信口开河的破锣嘴巴和无耻下流、丢尽人格的曲意奉迎而爬上了高位，位虽是高，人却真正的变矮了！"罗宪对黄皓的鄙视，是一种人格上的鄙视！黄皓渐渐看出了罗宪对他不恭，就下令将罗宪降职为巴东太守。还有一位观阁令史陈寿，少时受业于史学家谯周，"聪警敏识，属文富艳"，有良史之才。及"宦人黄皓专弄威权，大臣皆曲意附之，寿独不为之屈，由是屡被遣黜"。后来陈寿整理三国史事，写出了杰出的史学著作《三国志》，成为我们今天研究三国历史的宝贵资料。还有秘书令郤正，久在宫中任职，与黄皓比屋相处长达三十年。郤正秉性耿直，淡于荣利，及黄皓小人得志，亦不为之所动。"澹然自守，以书自娱，既不为皓所爱，亦不为皓所憎，故官不过六百石。"后司马昭兴兵灭蜀，后主刘禅作为亡国之君，被东迁洛阳，当时蜀汉大臣竟无随从者，只有郤正和殿中督张通舍弃妻室儿女，只身相随。后主见状万

分感慨地对郤正和张通说：

"早知你们有如此忠心，真后悔当初错用了小人！"

知正恨晚，空白悔！

（三）

但黄皓竟以厚赂买通邓艾左右，保住了一条性命。从微到贵，前后三十余年，黄皓走了一条小人得志的让人不齿的道路。

黄皓专政期间，对大将军姜维的排抑和钳制是有目共睹的。

姜维曾任魏国天水郡参军，在诸葛亮第一次北出祁山时，因佩服诸葛亮的才能和品行，归服了蜀汉。姜维为人宽厚忠实，有胆有义，精通军事，有帅才。因此，诸葛亮在世时就对他进行了精心的培育，挑选姜维作为自己在军事方面的继承人。诸葛亮死后，姜维同蒋琬和费祎等人密切合作，精诚坦荡，并按照诸葛丞相北伐曹魏的原订计划，继续组织北伐。延熙十六年，蒋琬和费祎先后去世，姜维任大将军，掌管蜀汉军权，毅然挑起了从军事上北伐曹魏的重任。他曾多次率军北伐，屡立战功；但也因连年兴师动众，使蜀汉的国力受到很大的损失。

早在姜维连续出兵攻魏期间，黄皓就在朝中与陈祇勾结，阴谋排抑姜维，窃取权力。时"姜维虽位在祇上"，而"权任不及祇"。及黄皓专权用事，他又和右大将军阎宇朋比为奸，"阴欲废维树宇"。他们串通一气，诬告姜维"身为重任，兴兵累年，功绩不立"，企图罢黜姜维，以便让阎宇执掌蜀汉军权。姜维见黄皓弄权于内，将要败亡国家，曾当面规谏后主说：

"黄皓奸巧专恣，祸乱朝政，将败国家，请陛下杀掉黄皓。"

但后主听后，却回答说："黄皓只不过是个供驱使的小臣，是我身边的奴才。以前董允曾憎恶黄皓，我至今追恨不已，你又何必介意呢？"

姜维见后主如此宠信黄皓，又见黄皓在朝中枝叶交错，畏惧失言被害，遂不敢再提此事。

景耀五年冬，姜维出兵攻打洮阳，被魏将军邓艾所败。姜维本羁旅蜀国，在朝中孤立无援，时黄皓专擅朝政，气势熏天。于是，洮阳败后，姜维为了躲避黄皓一党的陷害，遂以供给军粮为理由，请求前往沓中种麦。此后，姜维一直领兵在外，不敢复还成都。

蜀汉后期，由于后主昏庸，黄皓专权，加之连年兴兵北伐，使得蜀汉政治黑暗，国力虚耗。东吴孙权时派往蜀汉去的使臣说：

"主暗而不知其过，臣下容身以求免罪。入其朝不闻正言，经其野民皆菜色。"

司马昭伐蜀之前，东吴屯骑校尉张悌也曾说："今蜀阉官专朝，国无政令，而玩戎黩武，民劳卒弊。"

黄皓专权期间，蜀汉的政治腐败与广大劳动人民所受封建剥削的苛重是可以想见的。在这种情况下，蜀汉政权再也难以维持下去了。

景耀五年冬，魏大将军司马昭看到蜀国已是"帅老民疲，我今伐之，如指掌耳"。遂让钟会等人在关中整饰军旅，准备伐蜀。景耀六年，正在沓中屯守的姜维得到这一消息后，马上报告后主说：

"听说钟会正治兵关中，欲图大举攻蜀。宜派左车骑将军张翼、右车骑将军廖化督率诸军，分别守护阳安关口和阴平桥头，以防患于未然。"

但是，在司马昭准备大举攻蜀之际，黄皓却"征信鬼巫，谓敌终不自致，启后主寝其事，而群臣不知"。果然，这年的春天，司马昭即派钟会、邓艾等数路伐蜀。十月，邓艾出奇兵连克江油、涪县、绵竹，直趋成都。在魏军大兵压境的严重时刻，由于后主听信黄皓的鬼话，蜀国毫无防御准备，蜀汉群臣也束手无策。当邓艾进抵成都城北时，后主刘禅只得用绳子把自己缚起来，带着象征蜀汉政权已经灭亡的棺材，亲自去向邓艾投降。这样，由刘备、诸葛亮以及蒋琬、费祎、姜维等人流血流汗，苦心经营了多年的蜀汉政权，竟被黄皓这个小人给葬送掉了。

据载，等魏军走出阴平险道，突然出现在剑阁后方的江油时，蜀守将马邈不战而降，邓艾乘胜连克涪县，进攻绵竹。绵竹距成都一百余里，是成都北部屏障，绵竹倘若失守，成都便门户大开，无险可守，魏军就可以长驱直入，直趋蜀都。在这关键时刻，诸葛亮之子、蜀卫将军诸葛瞻率领军队，驻守绵竹，列阵以待。魏军则分作三队，进攻绵竹。绵竹之战，魏师初战不利，各路领兵相继败退，并告诉邓艾说：

"蜀军人多势众，难以击破。"

邓艾闻听大怒，厉声吼道："灭蜀之役，在此一举，蜀军有何难以击破！"说完，便跃马横刀，督率各军再战。

在魏军的猛烈冲击下，蜀军全线溃败，主帅诸葛瞻临阵被叛贼杀死。诸葛瞻之子诸葛尚见父亲阵亡，大势已去，仰天长叹道：

"我父子世受蜀国恩遇，但恨未能早斩黄皓，以致今日惨败。蜀国将亡，我还有什么面目活在世上？"

说完，遂单骑驰赴魏军阵中，搏杀而死。绵竹遂溃。

蜀平之后，邓艾听说黄皓专权乱政，祸国殃民，下令将其收捕入狱，准备杀掉黄皓以谢蜀汉人民。但黄皓竟以厚赂买通邓艾左右，保住了一条性命。从微到贵，前后三十余年，黄皓走了一条小人得志的让人不齿的道路。

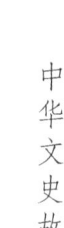

两厢情深，朝朝暮暮

——张祐（北魏）

张祐，字安福，北魏时期安定石唐人。太平真君十一年，与文明皇后同时入宫，彼此相恋，发乎情，止乎礼。文明皇后受尊摄政，则相辅革新，尤其是对推行汉化不遗余力。初为小黄门，后置给事中，并拜散骑常侍，安南将军，尚书左仆射，最后晋爵为新平王。殁于太和十年九月。三年后，文明皇后因张祐之死，也郁疾而终。

（一）

文明说完，脸上便露出些微羞涩，但张祐却觉得她此刻非常动人，便直愣愣地望着她，一直等到她将饭团放在自己手中，方才回过神来，为了掩饰一下自己的窘态……

张祐，字安福，安定石唐人。在历史上，张祐虽然是一名宦官，但他与北魏文明皇后之间的恋情，却成为一段极为感人的佳话。

张祐和文明皇后都是汉人。文明皇后的父亲冯朗，原是西城郡公。太武帝时代，因事坐株，文明皇后不到十岁便被选入宫中。她从小聪明颖慧，异于常人。当时她的姑母是太武帝的左昭仪，雅有母德，对文明皇后的遭遇极为同情，因此对她也就十分照顾，专心教养。十四岁时，文明已出落得楚楚动人，艳冠群芳，被册封为贵人，并在不久后即为皇后。

张祐的父亲张成，太武帝时为扶风太守，与西城郡公冯朗，是世交好友，也因同一案子同时坐株。张祐自小与文明交往，两小无猜。张祐在三月出生，文明出生在十月，两人相差七个月。两人同时被选入宫中做奴婢，可谓同病相怜。不同的是，文明在宫中遇到了姑姑，命运要好得多，而张祐一入宫就被阉为太监。

也正因为此，两人的爱情故事愈加感人。

那是在太平真君十一年，司徒崔浩因小人陷害，以叛国罪被诛，冯朗、张成同时也被株连，除崔浩被夷灭九族之外，其他官宦之后，择其姿色较优的男女童子，一并选入宫中。

古时候的囚车，一如现在的货柜，密不透风，关入车中，伸手不见五指。每天只有在中午进一次餐，这时犯人可以走出囚车透透风。

张祐和文明被关在同一囚车之内，他们将要被送入宫中。在离京师不远的一个中午，囚车停下了，车门被打开。

"孩子们听着，只有一个时辰的活动时间，不准离开监视之内，否则，格杀勿论！"

车门一打开，一阵强烈的光线射进来，孩子们都睁不开眼睛。这些十岁左右的孩子，生在官宦之家，过去都养尊处优，哪里受过这样的苦头。长途跋涉，空气污浊，进食又少，沿途因身体羸弱而在囚车中死去的不计其数。死者经随行禁卫军验明后，即弃于郊外。因此，等接近京师，所剩也不过十余人了。

孩子们一个个由于囚途困顿，精疲力竭地自车上爬下来。车下放着一筐饭团，算是午餐。较健壮的孩子，仍能伸手去拿，但许多孩子爬下车来就再没力气动弹了，特别是一些娇气的女孩子。

张祐最后一个自车上爬下来。当他俯身去看时，突然发现一名鬓发散乱的女孩昏倒在车中，再四处一望，没发现冯文明的身影，一想便知车中的就是文明。

张祐略一思忖，便从筐中拿了两个饭团，准备给小文明一个。突然，他感到后背一阵火辣辣的疼，手上也被禁军抽了几鞭。

"放下，人小心倒不小，一人只准拿一份！"

身在皮鞭下，张祐只好放下手中的一个饭团，并用手指指囚车内的一名女孩，意思是想替她拿一个。

禁卫军冷冷地问："死啦还是睡着啦？"

"是……是睡着啦！"

张祐也不知她是死是活，整整一天，囚车内黑漆漆的不见人影，他也不知道文明到底怎么了，但他怕她真的死了，会被扔在旷野。

禁卫军终于说了声："嗯，拿去吧。"

张祐如获大赦，急忙又爬上车，将文明的头扶起来，让她依靠在自己身上。他用食指拨弄着她的面颊，并急切地说：

"醒醒！小文儿，醒醒！"

文明果然睁开眼睛，张祐大为高兴，将手中的饭团塞进她嘴里。她咬了一口，就不再吃了，然后用无神的眸子瞟了张祐一眼，微弱地说：

"水……我要水……"

张祐一想，到哪儿去找水呢？他将饭团塞在文明手中，然后将她轻轻放下，四处一望，意外地发现一名马夫，正提着一桶水走过来。

"这位大爷，我想喝点水。"

马夫怔了一会儿，向四周看了看，终于放下水桶，自腰间取下一个铁盅，递给张祐说：

"这水还干净，刚从溪里打来，快喝吧。"

张祐心中一阵感激，喝了一口，便又央求说："车里还有个女孩，能不能端给她喝点？"

马夫看看车内，果然有一个女孩，便悄声问："怎么啦，病啦？"

"没有！一会儿就会好，渴得难受。"

"那快去照顾她！"

冯文明看样子渴得够厉害，一口气喝了半盅，脸色也略现红润，看看自己手中的饭团，便伸手递给张祐。

"你还没吃！"

"你先吃吧！我还不饿。"

文明挣扎着坐起来，说：

"那……咱们一起吃！"

文明说完，脸上便露出些微羞涩，但张祐却觉得她此刻非常动人，便直愣愣地望着她，一直等到她将饭团放在自己手中，方才回过神来，为了掩饰一下自己的窘态，急忙猛吃了一口，不想又哽在喉咙，脖子伸得老长，说不出一句话。

文明见此情景，抿着嘴乐，一边还伸手摸抚着张祐的胸脯，关切地说："快喝点水！"

他俩默默吃了一会儿，不想文明却暗自伤感起来，一边流泪一边说：

"张祐哥！我想家……"

张祐一怔，立即握住文明的小手，算是一种无言的安慰。

不想，小文儿突然扑在他的肩头，放声地抽噎起来。

张祐不知该如何安慰为好，停了半晌，才说："小文儿，别想家了，到了宫中，我会想法子常常去看你！"

小文儿突然破涕为笑，张着两颗明眸说："真的？你知道宫中怎样？"

张祐摇摇头，他也不知等待他的生活将会是一番什么样子。

时辰一到，车门"砰"地关上，车内又成了一片黑暗。

（二）

冯太后是个很重感情的人，只要身边没人，都亲昵地称呼张祐为"张祐哥"，但张祐却丝毫不敢失礼……

囚车一进入宫中，立即将男女分隔，小文儿眼巴巴地看着张祐被一名太监带走，两人的眼睛一直对视着，张祐的眼光显得惊恐而又无奈，小文儿再也忍不住，掩面哭了起来。

也不知过了多久，她感到自己被人拉着，默默地走着。

突然，她停了下来，感到有一双温柔的手，拉开她的双手，她微微地睁开模糊的泪眼，却愣住了：一个熟悉的面庞在她眼前出现，此人豪华的衣着使她不敢相认。

"姑姑！"她惊叫一声，便扑倒在姑姑怀中。

这就是她五年前被选入宫中，后又被封为左昭仪的姑姑。

左昭仪抚摸着小文儿，看她一路颠簸的狼狈相，不禁流着泪说：

"可怜的小文儿，你受苦了！"

由于左昭仪的照顾和教导，文明很快适应了宫中生活，并学会了许多宫廷礼仪。但是，她内心一直思慕着张祐。一个安静的深夜，小文儿终于把她的心事告诉了姑姑，不料姑姑却深深叹了口气说：

"文儿，死了这颗心吧！男孩子进宫都要被阉割，将来……"

"什么叫阉割？"

姑姑一怔，对着还是孩子的小文儿，自然无法启齿。但为了避免过分刺激她，便说：

"将来你会知道的，总之，你要专心学习，将来才能出人头地。"

小文儿从此便增添了一份疑惑，但是，很快她便知道了阉割是怎么一回事，是一个宫女偷偷告诉她的。当时，她呆了半天，晚上蒙在被子里，着实痛哭了一场。

小文儿十四岁时，被封为贵人。这时她已进宫三年，三年来一直没见过张祐的面。

其实张祐一进宫便被阉割了。本来内向的他，因此惨痛遭遇而更加沉默寡言了。由于他的忠厚勤劳，很快便升任给事中，被派去监造新贵人的宫邸。他也知道这位新贵人就是小文儿，但自腐刑之后，他便设法去忘掉她，不敢再有任何非分之想。

现在，终于有一个为她服务的机会，他做得很认真，每日必到现场监督，务使这座宫邸尽善尽美。

一日傍晚，冯贵人亲自来到宫邸。他率领两人，叩伏在地上。

"卑臣张祐叩见贵人！"

冯贵人大吃一惊，不敢相信跪在自己面前的竟是昔日朝思暮想的张祐。

"起来吧！"随侍宫女说。

冯贵人敷衍地看了一会儿工地，趁一个机会，她支开了随侍的宫女，只剩下她和张祐两个人了。

"张祐哥！你为什么不抬起头来，看看我。"

张祐内心不禁一震，缓缓抬起头，发现冯贵人已经转过身，并以一双深情的眸子望着他。

这一瞥之间，冯贵人立时感到欣慰，三年不见的张祐，

长得白皙而富态，根本不像她想象中那样瘦弱和憔悴。

但张祐却在这一瞬间赶紧又低下了头。她出落得更加明艳照人，更加富丽华贵。他极力抑制住自己的激动，并惶恐地说：

"卑臣请贵人恕罪！"

冯贵人略略一愣，终于长叹了声说：

"唉！这是命！张祐哥，如有可能，我将不会委屈你。"

"多谢贵人！"

次年，冯贵人被立为皇后，张祐也因之而拜为黎阳男。献文帝登基后，冯皇后被尊为皇太后，张祐被迁升为散骑常侍，总管宫中一切。

冯太后是个很重感情的人，只要身边没人，都亲昵地称呼张祐为"张祐哥"，但张祐却丝毫不敢失礼，每次都毕恭毕敬。

"张祐哥！"

"卑臣在！"

"我们的先父都是被胡人所杀，现在我已当了太后，且临朝听政，你看我应该怎么做？"

"禀太后！我国传统，女随夫亲，既已执掌胡人江山，为免历史谴责，自不以倾覆胡朝为宜，何不施以教化，立大汉之威，将来也可以在青史流芳百世。"

张祐的这番话，说得非常有道理，使冯太后一心想报复胡人的念头从此打消。

(三)

两种矛盾的心理，在他内心交织着，他不知该如何处理为好。但太后却不容许他再犹豫，软绵绵的玉体，轻轻依靠在他的怀中。

冯太后对张祐另眼相看，但张祐并未因此而变得骄横不可一世，相反，他仍坚守自己做人的原则，诚恳朴实，待人温文宽厚，受到百官称颂。

有一次，太皇太后到方山游玩，山川如绘，景色宜人。太皇太后游兴甚浓，感慨万端地说："这地方太好了，将来我在百年之后，希望能葬身此处。"

孝文帝一听，立即命人营建寿陵于方山，又建造一座永固石室为清庙。工程历时三年，终于完工，并立碑详载太皇太后的功德。后来太皇太后去世，并未葬于方山。只是在工程落成不久，太后和张祐静静地度过三天情侣似的生活。

"张祐哥！"太后仍然一往情深地叫着，"你今年该是四十五岁了吧！"

"禀太后，卑臣再过三个月，整整四十六岁了。"

"好啦！别太后太后的，也不要卑臣卑臣的，这里很安静，左右都是亲信，你就不能改变一下称呼？"

"这……"

张祐正犹豫不决，不想太后突然走到他的面前，吐气如兰，满面娇态地说："搂住我，和以前一样，叫我一声小文儿。"

张祐真是有点左右为难了。虽然他曾经和她青梅竹马，又相偎相依，但那毕竟都是三十多年前的事了，当时的情况和年龄已成为了记忆，如今更有君臣之别，他怎敢稍有逾越。

然而，在内心，他真想再抚慰她一次，尽管他已阉净男子之身，不会有太大的欲念冲动，但往日甜美的回忆，仍不免使人黯然神伤，悠然神往。

两种矛盾的心理，在他内心交织着，他不知该如何处理为好。但太后却不容许他再犹豫，软绵绵的玉体，轻轻依靠在他的怀中。他感到周身发烫，像一股火在燃烧，不自觉地伸出双臂，将她紧紧搂住，口中梦呓似的念叨着：

"小文儿！几十年来，这名字在我内心呼唤了千万次，真没想到，有这么一天，又让我叫出声来了！"

"为什么不能叫呢？"太后略略抬起头说，"至少在这三天之内，你可以尽情地叫。"

"你打算住三天？"

"嗯！"

太后又将头埋在他的怀中。

但，愕然中的张祐，突然清醒过来，将她微微地推开，坚决地说了声：

"不！"

太后愕然地望着他。

"我不能，你知道，在情欲方面，我对你没有丝毫帮助，这，我很痛苦，你会更痛苦，再说宫中耳目众多，社稷毕竟是你自己的啊！一旦出事……"

太后莞尔一笑：

"你错了！情欲不一定是肉体的，精神上也可以满足一切，我一点也没有什么罪恶感。再说，社稷嘛，我要还政于他，这孩子蛮孝顺，即使祖奶奶有些微过错，谅他也不会做出对不起你我的事情来。"

张祐反复思索之后，终于说：

"好吧！我们君子协定，三日之内，我陪着你，但是坚守原则，发乎情而止乎礼，如何？"

"好极啦！"太后高兴地说，"我知道你的心意，不以现实逾越为乐，应为后世名声着想。"

"对，对！"

就这样，两个人果然仅止于拥抱的慰抚，三天之中，他们足不出户，悄然度过了一段纯情的爱侣生活。

回宫之后，张祐便接到诏旨：有生之年，许以不死。

但太和十年九月,张祐因病而逝,时年仅四十九岁。太后及孝文帝亲自挽送,对丧事极尽哀荣。

太和十四年春天,太后也去世,史书上说:

"太后郁于心疾,情终而逝,哀莫大于心死。"

阳奉阴违，深得宠信

——高力士（唐朝）

高力士，唐朝太监。本姓冯，潘州人，少时因岭南流人谋反案被阉割，后为岭南讨击使李千里掳获入宫，初侍武则天，后转投效临淄王李隆基复国。玄宗即位，大受宠信，拜银青光禄大夫、行内侍，破格擢升为正三品，并加右监门卫将军。马嵬坡兵变，随帝出之。还都后，受宦官李辅国排挤，被流放巫州。代宗即位诏赦，死于返京途中之郎州。

（一）

渐渐地，子夜时分到了，高力士向两名亲信点头示意，只见两条人影在月光下穿梭，迅速掩身到门后。

高力士本姓冯，祖籍隋唐边陲潘州，即今广东高州一带。土豪大族冯家在此生活已有数代，颇有名望，成为当地部族的大首领。

高力士出生于嗣圣元年。当时潘州一带盗贼横行，兵荒马乱，冯家也在一次贼乱中被洗劫一空，从此家道中落。后来，高力士被送到了岭南讨击使李千里那里。过了几年，李千里见他颇为聪慧，便把他同另一个男孩一起净了身，分别取名为力士和金刚，送入宫中。

这时的大唐女皇武则天已经七十多岁了。从她自高宗时执政以来，已有四十余年。这些年中，为了巩固自己的地位而百般操劳，兼之烦琐的庶政在身，使她耗尽了心力。政务之余，希望能够有人给她解闷。力士入宫后，很快以其行事聪慧、口齿伶俐博得了武则天的喜爱，让他留在自己身边听候使唤。

后来，高力士因为一点小事触怒了武则天，被痛打一顿，赶出了宫廷。高力士无处安身，就拜大太监高延福为干爹，从此改姓高，在高家侍候高延福。高延福与武则天的侄儿武三思过往甚密，高力士经常跟随高延福出入武三思的家。当时，武三思权势倾人，大有继武则天为帝之势，高力士就极力巴结武三思。

后来借高延福的脸面，武三思在武则天面前美言了高力士几句，说他有"推拿之技"，武则天一生极为骚媚，喜淫乐，一听说高力士有此技，便立即把他召进宫来，并赐封其

为禁中隶司官,专门为武则天按摩。为一位垂死的老太太按摩,实非力士所愿。好在第二年武则天崩驾,中宗复位,改元神龙。

先天二年,有一天,高力士的一个耳目告诉他,太平公主有谋叛之举。

高力士一听,大惊,惶惑而肃然地问:"这话可是真的?"

"三天以前,太平公主府中,召开了一次秘密会议,逾三个多时辰,事后,大家表情凝重,显然有重大决定。"

"与会的有哪些人?"

那耳目一一说出,全是一些朝中权贵。后来,高力士心生一计,决定到私邸绑架左羽林大将军常元楷。

高力士率领亲信十余人,清一色是黄门太监,各人内藏兵甲,隐身在私邸树林里。

渐渐地,子夜时分到了,高力士向两名亲信点头示意,只见两条人影在月光下穿梭,迅速掩身到门后。

当高力士率人冲进内寝,常元楷正抱着爱妾好梦方酣。但是,常元楷毕竟是练武之人,立时惊醒,正想取过床架上的佩剑,高力士的尖刀已指向他赤裸的胸膛。

"大胆叛贼,还不束手就擒!"

"高力士!"常元楷略感惊讶,然后又厉声说,"本将军一向忠心朝廷,何来叛逆之罪!"

"哈哈！"高力士朗声说道，"大将军，太平公主早已束手就擒，并全部招供，你还想狡辩！"

高力士原无太大的把握，不料此言一出，常元楷大为惊骇，忽然长叹一声说：

"国家大事，谋及妇人，休矣！"

常元楷刚说完，室外一阵骚动，走进兵部尚书郭元振、太仆少卿李会周、殿中少监王守一，个个面带寒霜，怒目而视，常元楷见此情景，黯然低下头，落下两行泪珠。

由于高力士的果断和机智，终于将这场宫廷大阴谋揭穿。睿宗下诏："太平公主赐死，附从叛逆一律诛杀。"更因这次阴谋，睿宗对政治权力大感厌恶，正式让位给皇太子李隆基，是为玄宗，自称太上皇。

玄宗即位，改元先天。论功行赏，高力士居首位，拜银青光禄大夫，行内侍，正三品，并加右监门卫将军。从此以后，高力士知内侍省事，连朝中的奏折，玄宗也交与高力士批阅。

高力士对玄宗是十分忠顺的。朝臣王毛仲自恃平叛有功，日渐骄横。一次，他的妻子生了小孩，唐玄宗派高力士到王毛仲家去宣读圣旨，封王毛仲的儿子为五品官。高力士回宫后禀报唐玄宗："王毛仲听说封他的儿子为五品官，两眼盯着我瞅了好半天，才说：'这个孩子当三品官也满够格吧？'"唐玄宗听后很不高兴。高力士一看唐玄宗不满王毛

仲了，过了几天，不紧不慢地对玄宗说："北门那些奴官，都是王毛仲委派的，不除掉，早晚会闹大乱子。"

唐玄宗在高力士的启发下，后来，找了个借口将王毛仲贬官处死了，他的四个儿子也无一幸免，一个个地被贬官流放，跟王毛仲受株连的，有上百人之多。

还有一次，唐玄宗在斋戒时，对高力士说："我有十年没离开过京城了，现在四境平安，天下太平，我今天要专心一意练练气功，朝廷大事，一应交给宰相李林甫处理，你看这个主意如何？"

"现在国家是挺富裕，可是，我总担心国库不足。至于说把朝廷大事交由宰相处理，臣下以为不可，天子大权不可旁落，只要有权威，别人才不敢说三道四。"高力士侃侃相对。

唐玄宗一听，觉得很扫兴，脸上立刻现出不悦之色。善于察言观色的高力士，立即跪在地上连连磕头，口里不住说道：

"奴才发疯了，胡说一通，奴才罪该万死，还望万岁爷息怒。"

从此，每遇什么事，高力士都倍加小心，斟酌再三。

（二）

少女居然没有走，眼睁睁看他进餐，似乎对高力士的咽食极为欣赏，对高力士来说，他从未吃过如此香的一顿饭……

高力士对人颇有怜悯之心。一日，高力士见一名宫女因病倒在御花园中，见四下无人，便为宫女推拿把脉。不想偏巧被武则天看到了，太监与宫女相亲，这在唐朝，算是犯了宫中之大忌，武则天命人将高力士一顿鞭打，便逐出了宫门。

高力士认为这可是天大的冤枉，但又有口难辩。出宫之后，为了养伤，就暂住在一家客栈之中。

这天中午，客栈里极为忙碌，人客川流不息，店小二也许照顾不过来，忘了给躺在床上的高力士送餐。刚复原的高力士，等到晌午过后，饥肠辘辘，但仍不见店小二的影子。

高力士勉强起了床，被挞伐的双腿，仍然使不上力，刚跨出房门，便摔倒在地。长长走廊，居然没有一个人影。

高力士想挣扎起来，突然，有人自身后搀扶他的左臂，高力士扭头一看，竟是一位绝色少女，年约十二三岁。

少女将他扶进房中，让他躺回到床上去，落落大方地说：

"你不像生病嘛，受伤了？"

高力士默默点点头，细细打量这名少女，看衣装和打扮，似乎还是位千金小姐，但模样儿俏丽动人，他一时不禁怔然出神。

"你为什么这样看我？"

少女说着，一脸娇态，显然对高力士有点好感。

"姑娘！你误会了，我……"他本想说自己是一名太监，但话到嘴边又留住了，接着说，"我没想到，一位没有出阁的大小姐，居然会帮助从不相识的陌生男子！"

"人，都是要相互帮助的嘛！"少女神态自若地说，"瞧你，受了伤，为什么不好好躺下，却摔在走廊上？"

高力士尴尬地挤出一丝苦笑："不瞒你说，我是饿急了，才……"

"哦，我知道了，你是付不出房钱，小二才不给你饭吃，真可恶。"

"不……不……"高力士自然是有钱的，因此他说，"也许是他忘了。"

"那更不可以呀！你等等，我去叫小二。"

高力士见她灵巧可爱，真不忍她遽然离去，但少女说完，一溜烟就走了出去。

少女领着店小二，端上饭菜。高力士见店小二对少女极为恭顺。

少女居然没有走,眼睁睁看他进餐,似乎对高力士的咽食极为欣赏,对高力士来说,他从未吃过如此香的一顿饭,尤其还有一位小美人在陪。

往后的几天,少女常来,并告诉他,她本是瀛州人,父亲在京师长安做官,她还说她的名字叫吕丹凤。

由于经常相见,两人谈得颇投缘。吕丹凤天真无邪,高力士的病好得很快,双方相差五六岁,彼此的感情也日增。

但是,高力士有内心的痛苦,他一直没有勇气告诉她自己原是一名宦官。尽管他很钟情吕丹凤,而吕丹凤也极为倾心他,但他们的结局是不会圆满的。

高力士想到这点,为了不耽误少女的青春和前途,他决定不辞而别,并让店小二转赠她一份礼物,这就是他贴身携带的一串神珍念珠。

(三)

当高力士停住身子,方发现吕丹凤已云鬟松散,双臂绕着他的脖项,黑亮的眸子浮现出一片泪水。吕丹凤再也抑制不住自己内心的激动⋯⋯

高力士回到宫中,心中一直念念不忘吕丹凤。为了怀念吕丹凤，他命人打造了一串精致的佛珠，大小样式和以前那串相同。

此时，吕丹凤对高力士也是朝思暮想，都快三十岁了，还不愿出嫁，整天就数念珠。

一日，吕夫人对丈夫吕玄晤说："官人！俗话说，朝中无人莫做官。"

"夫人，你说得正是，当今朝廷，炙手可热的人物是皇上的一名内侍供奉，可是我们和宦官都攀不上关系。"

"哦！"吕夫人惊讶地说，"小小一名宦官，竟有这么大的权力，他是谁呀？"

"高力士！"

一句话，使得吕丹凤的刺绣失手跌落在地。吕玄晤和夫人愕然地望着女儿，发觉吕丹凤的脸色，突然惨白如纸，双手有点颤抖。

"凤儿，你怎么啦？"

吕丹凤凄然一笑："娘，没什么。"不一会儿，吕丹凤借故回房去了。

在闺房中，吕丹凤伏在床上哭泣起来，她没想到，高力士的不辞而别，有他自己的苦衷，她更没想到，她所企盼快二十年的理想伴侣，终于有了消息，却是一名宦官。

吕丹凤埋藏在内心的怨尤，在此刻，如江流溃堤一般，她哭得伤心欲绝。

第二天，吕丹凤突然离开了洛阳，来到了人生地疏的长安。在禁城附近的一家小客栈中，她每日早起，候在紫禁城外，一直到日落为止，但是，她并不失望，仍然日复一日，转眼十多天过去了。

一天，一名小太监自城内走出，她急忙迎了过去。

"大人！你认识高公公吗？"

"高公公？"小太监愕然地说，"宫中高公公多得是，你问的是哪一位呀？"

吕丹凤怔住了，她自然不便提高力士的名讳，因此，眸子略一转动，便说："自然是皇上最宠信的高公公嘛！"

小太监脸色一正，向吕丹凤上下打量半晌，方说："姑娘，你认识高公公？"

"嗯！我是他远房亲戚。"

"别乱攀皇亲国戚，当心拿你治罪。"

吕丹凤莞尔一笑，说："你才要当心咧！高公公如果知道你对我不尊敬，不拿你治罪才怪！"

小太监毕竟年轻，果然被吕丹凤一句话给吓住了，吕丹凤随后说：

"别害怕！我有一样东西，你呈给高公公，公公一定会给你重赏！"

吕丹凤说着，递给他一只绫缎小包袱，扭身便往回走。

"姑娘！姑娘！"小太监喊着说，"万一高公公要找你的话，我到哪里去找姑娘呢？"

"吉祥客栈！"

高力士当天回到内寝，已经很晚了，并未注意到桌上放置的绫缎小包袱。沐浴之后，坐下来喝了一碗羹汤，方无意地瞧了一眼。

这是什么东西？如此小小包袱，既然送进内寝，一定是很名贵的珍玩，高力士缓缓坐下，顺手打开。

忽然，高力士像着了魔似的激动起来，里面包的正是那串念珠。

"来人哪！"

一名小太监匆忙躬身进来。

"这是谁送来的？"

"小吏寇国庆。"

"叫他来！"

小太监见高公公神色激动，找到寇国庆，一再叮咛小心回话。

当寇国庆据实以告后，高力士两眼含泪，紧紧捏着佛珠，满面激动之情，久久无法平静。

寇国庆总算落下一颗心，半晌，方听见高力士说："请李大人！"

李守静很快到了，这时候的李守静，已升为羽林军的校尉。

高力士屏退左右，向李守静嘱咐几句，李领命而去。

夜深人静，肃寂的京师街头，没有一个人影，远远传来打更声。一辆马车正穿街越道，驶往南城。

马车中的吕丹凤，一直回忆和高力士初见的情景，岁月悠悠，虽然已经过去十七年了，却仿佛是昨日之事。她内心暗自计算着：他今年应该快四十岁了吧！可是，人们都叫他公公，他老了吗？不！净过身的男子，应该显得年轻些，也许他仍和以往一样俊美。

吕丹凤思前想后，根本不知道马车驶向何方，也听不到马蹄踏在青石路上"笃笃"的声响。最后，她终于自己安慰自己："唉！见着他就好了！"

将军府到了，李守静偕同吕丹凤下车，进入府内之后，便躬身而退。

吕丹凤生在洛阳，自身也是官宦之后，当然见过不少高楼屋宇，但这座将军府，显然更气派。

意外的是府中并无太多的侍从，室内金碧辉煌，却显得极为寂静。刚入正厅中门，便有一老妪领着四名使女迎身下拜。

"老身褚氏，叩见小姐！"

"褚嬷嬷和四位姑娘请起！"

"谢小姐！"

老妪站起身，为吕丹凤介绍四名使女，她们按年龄的长幼，分别叫春儿、月儿、银儿、玉儿。

"春儿！"老妪接着说，"领小姐入东厢静室，你们四人要好好伺候。"

"是！"

所谓东厢静室，一般是接待贵宾的起居间，吕丹凤入室之后，四女小心侍奉她沐浴、更衣，然后由春儿欠身说："夜已静，请小姐安歇吧！"

四女正准备辞出，吕丹凤终于忍不住问了一句："春儿！高公公不住府中？"

"高公公很少到将军府。"

"哦！"吕丹凤一怔，随后说，"你们也歇着去吧！"

"多谢小姐！"

四女走后，吕丹凤灭了灯，和衣躺在床上，脑中思潮涌动，她担心高力士在她入梦之后走进来。可是，她又期盼他的出现，唯一感到难以应付的，是她从未与一名男子单独相处过，尽管高力士和一般男人不一样，毕竟他也是个男人。

听春儿的口气，高力士不常来将军府，他将她接入府中，究竟是何用意呢？是否将她当一般宾客看待，略尽地主之谊，对她敷衍了事？

"不！他不会的，要不然他不会在深更半夜将我接进自己的府中。"吕丹凤暗自安慰自己。

就这样，在矛盾复杂的思索中，转眼已东方发白。

晌午之后，吕丹凤方自蒙眬中转醒，春儿等四人走了进来：

"小姐睡得好甜呢！"

"你们进来过了？"

"嗯！"

吕丹凤盥洗之后，四女为她梳妆，另换了一套崭新的服装，刻意地将吕丹凤打扮得华丽动人。吕丹凤对着菱花镜，发现自己好像年轻了十岁，尤其是鬓上斜插着的那支翠碧步摇，使她盼顾之间，风情万种。

忽然，吕丹凤发现镜中多了一个影子，纵使相距十多年，她仍能一眼认出，他正是使她彻夜难眠的高力士。

四女也自镜中看到高力士，立即俯首徐徐退出。

吕丹凤正要转过身来。

"不要动！"高力士温和地叫道。因长期的掌权，他的声音具有一种慑人的威力，但是，对吕丹凤来说，却更有一种诱人的魅力，使她不自觉地听命坐在那里。

高力士缓缓地走过来，在她的身后，透过菱花镜，四目一眨也不眨地对望着。

随后，高力士自怀中掏出一方锦盒，从盒中取出一串洁白如玉的项珠，从她身后套在她的脖子上。

之后，吕丹凤方猛然转身，高力士一把将她抱了起来，在房中转了好几圈，两人高兴地笑着。

当高力士停住身子，方发现吕丹凤已云鬟松散，双臂绕着他的脖项，黑亮的眸子浮现出一片泪水。吕丹凤再也抑制不住自己内心的激动，主动地吻向他的嘴唇。

突然，高力士用手将她的樱唇捂住，并冷静地摇着头。

"丹凤！"高力士平和理智地说，"我们能重逢是件高兴的事，但是，我们不能这样。"

"为什么？"

"难道你不知道为什么！我不能自私，也不能耽误……"

吕丹凤笑了，笑得很甜，很娇柔，并说："你已经耽误了我十七年了！"

高力士一愣，愕然说："这话从何说起？"

吕丹凤略以嗔怨的口吻说："问你啊！谁叫你不辞而别，让我朝思暮想了十七年。"

这是一句听来令人心酸的话，但在吕丹凤的嘴中，却说得如此轻松如意。但高力士自她含泪的眼神中，又深深体会出她内心有无限的幽怨，而高力士何尝不为她朝思暮想呢？

"丹凤！"高力士仍疑惑地问，"那你这次来？"

丹凤樱唇一抿，低下头，羞怯而清脆地吐出两个字："嫁你！"

高力士猛然一惊，做梦也未曾想到，她会有如此念头。

"不！不！"高力士失措地说，"这……这……"

吕丹凤忽然倚靠在高力士的怀中,幽幽地说:"爱与被爱,都是一种奉献,你忍心让我千里迢迢而来,再回到煎熬的岁月之中,一直到闭上眼睛为止?"

高力士无话可说了,搂着吕丹凤,感到全身的血液在奔腾,终于,他托起她的香腮,在灼热的唇上,深深地吻了下去。

半晌,高力士告诉她,由于宦官娶妻,史无前例,他必须禀明圣上,以免受人诬责。

玄宗是一位极开明的皇帝,以高力士和吕丹凤的坚贞,赐准婚配,并允高力士收一名义子以享家庭伦理之乐。两人纯情相爱,博得青史留名。

(四)

言毕,泪如雨下,仔细一看,流出的竟是血水。宝应元年八月十八日,高力士⋯⋯

开元二十五年,李隆基宠幸的武惠妃因病去世,玄宗为之痛苦万分。他视宫中的嫔妃如粪土,让高力士出宫寻访可以替代武惠妃之人。无意中,高力士见到了寿王李瑁的妃子杨玉环。她美丽的容颜使力士惊为天人,面貌酷似武惠妃,确实是个最好不过的人选。

玄宗闻此消息，急召杨玉环入宫。玉环为玄宗表演了歌舞，玄宗极为赞赏，便想马上册立杨玉环为妃。但杨玉环毕竟是李瑁之妃、自己的儿媳妇，立即册为皇妃，恐为世人所讥，有失天子颜面。于是，玄宗于开元二十八年，度杨玉环为女道士，号太真，居太真宫。天宝四载七月，玉环被册封为贵妃。

玉环进宫后，高力士对她照顾得颇为周到，并且把宫中的大小礼仪规矩给玉环作了详细介绍，使她能够在内宫的明争暗斗中自保。每次玉环坐马车出游时，高力士都执辔授鞭，侍于左右听候差遣。平时玉环遇到不顺心的事，力士又会竭力劝解，为她分忧。

玉环得宠后，由于玄宗对她百依百顺，所以逐渐变得蛮横好妒。天宝五载七月，杨玉环冲撞了玄宗，玄宗一怒之下，便命高力士将玉环送归其从兄杨铦府第。中午时分，玄宗想起了这几年与玉环一同生活、两情相悦的情景，心中烦躁不安，茶饭不思。高力士察觉出玄宗此时的心境，不失时机地向玄宗奏道："贵妃出宫时行色匆忙，换洗的衣物及日常用具皆未及携带，可否让我出宫，把这些东西送给贵妃？"玄宗当即应允。

入夜，高力士又请玄宗召回玉环，玄宗当即同意。于是高力士星夜出宫，将玉环接回皇宫。天明，彻夜未眠的玄宗见到爱妃出现在自己的面前，欣喜万分。从此，玄宗对这个善于揣摸自己心思的老臣更信任了。

对杨玉环来说，能受宠后宫，高力士当初的举荐功不可没。可是高力士对这位红得发紫的贵妃娘娘也颇多忌惮，有些事只能违心地去做。开元年间，高力士曾在福建莆田选一少女入宫，名叫江采蘋。采蘋聪慧达礼，又极爱花，很得玄宗喜爱，呼为"梅妃"。玉环初入宫时，玄宗仍时时幸顾梅妃。但梅妃性情柔顺，而玉环则泼辣狡黠，最后，玉环终于把梅妃贬入冷宫上阳东宫。梅妃用千金贿赂高力士，让他请词人仿汉代司马相如的作品写作《长门赋》，呈现给玄宗，以表达自己的心愿。高力士感到左右为难，考虑到杨玉环受宠日深，权势渐隆，只能推脱道："实在找不到能够写这种词的人。"真是千金难买相如赋。梅妃万般无奈，只得独处寂寞，在安史之乱中被乱兵杀死。

肃宗登基，玄宗退位，宦官李辅国羽翼日益丰满，终于把权势江河日下的高力士推上了绝路，声称力士潜通逆党，心怀异志，本当就戮，念其久侍帷幄，颇效勤劳，免其一死，除籍，长流巫州。此时，力士正患疟疾。

宝应元年四月，有诏书颁行天下：流人一切放还。随即玄宗、肃宗相继去世，太子李豫在李辅国、宦官程元振的拥立下登基，是为代宗。

六月，"二圣"的遗诏传到巫州，高力士闻知"二圣"的死讯，呼天叩地，哭得死去活来。他为"二圣"持丧，由于悲痛过度，忧伤成疾。七月，高力士离开巫州返京，八月行至朗州，病情加重。力士对身边的人说道：

"我已年近八十，可谓长寿的人；官至开府仪同三司，可谓显贵了，一切我都没有遗憾。所恨的是'二圣'仙去，我竟无缘一见圣容。我这个孤苦游魂，到何处去寻找我的依靠呢？"

言毕，泪如雨下，仔细一看，流出的竟是血水。宝应元年八月十八日，高力士逝世于朗州开元寺之西院，时年七十九岁。

代宗因力士为数朝老臣，护卫先帝有功，诏令恢复力士旧有官职，追赠扬州大都督。由皇家出面办丧礼，并陪葬于玄宗泰陵。高力士生前未能见玄宗最后一面，死后得以长伴玄宗于地下。

挟帝为虐,"大器晚成"

——李辅国(唐朝)

李辅国(公元704—762年),原名李静忠,出生在为皇帝养马之人家。相貌丑陋,略通文墨。自小被阉去势,在高力士手下为仆役。当他四十多岁时,才获得在养马院中管理财簿的差事。后权势日隆,兵权在握,权重一时。他身经玄宗、肃宗、代宗三朝,八面玲珑、心狠手辣。自他开始,宦官逐渐掌握了朝廷禁军大权,干涉朝政,为害日盛。

(一)

从此,肃宗也乐得清闲,四方奏本,甚至御前符印、军机大事等,都委托李辅国一手代为办理;而自己却深居后宫,饮酒作乐,荒淫无度。

李辅国是唐代中叶身经玄宗、肃宗、代宗三朝的宦官。史载,李辅国相貌奇丑,自小就被阉去势,送入后宫,在大太监高力士手下做事,因相貌丑陋,言谈木讷,因此在宫中并不受人重视。

高力士当时大权在握,气焰十分高涨,但对手下人,特别是一些精于人情世故的谋士,还是看重三分的。李辅国自小鬼点子很多,又粗通一些文墨,常为高力士出谋划策,因此一直待在高力士手下。虽然他没有大的作为,但有高力士这棵大树,倒也过得自在。

直到李辅国四十多岁时,正值玄宗天宝年间,他才得到了一个在养马院中管理账簿的小差事,这还是他父亲拿出了平生的积蓄,为他多方奔走才谋得的。

当时主管车舆牛马的闲厩使叫王供,也是李辅国父亲的顶头上司,收了他们家的银子,又见李辅国人精猾得很,办事又颇认真,就收下了他。李辅国一干上这个差事,就故意在王供面前卖弄自己的才干,并以"小信固人之心"。王供赏识他能认真清理出养马人侵吞食料的账目,有利于惩办贪污,为赏其功,就推荐他到太子李亨宫中服役,使他获得取悦于太子的机会。

从此,李辅国的命运开始发生大的转折。

李辅国一到太子李亨身边,就事事小心,摸着太子的好恶脾性办事,不久,便得到太子的夸赞。

天宝十四载十一月，安禄山与史思明一道，在范阳发动叛乱。十五载六月，叛军攻陷了潼关，大军直逼京都长安。玄宗闻讯，仓皇逃离长安，太子李亨紧跟其后。一路之上，李辅国一直紧随太子身边，伺候周到，昼夜不离，获得了李亨的信任。当玄宗一行逃到了马嵬坡，杨国忠、杨玉环兄妹发动了政变，预谋诛杀唐玄宗，想趁混乱之机夺取皇位，因玄宗一行人员不多，护将更少，只有龙武大将军陈玄礼等少数几员战将护驾相随。在这紧急关头，李辅国站了出来，粉碎了这场预谋的兵变。

李辅国地位日益提高，后来，他又极力劝告太子李亨分兵北上朔方，收河陇兵，以图复兴；同年七月，李亨带领部分将士到达灵武，此时李辅国又乘机上言：

"今天下不平，四方作乱，先皇帝已不再朝政，天下无主，朝野动荡，奴才之见，还望太子早日登基。"

"父王在朝，我怎可冒犯！"

"先皇早有退意，已力不从心，而天下民心急需维系，登基之日宜早不宜迟呀。"

太子听后觉得有理，便采纳了李辅国的建议，登基朝政，剿灭乱敌，安抚天下。

李辅国因劝驾有功，官升一级，并逐渐取得了皇上的信任。

天宝十五载七月，肃宗在灵武称帝，改元至德，并任命

李辅国为太子家令，判元帅府行军司马，开创了唐初以来宦官掌握禁兵的局面，他由此而成为新皇帝的心腹。

李辅国四十岁以前一直默默无闻，直至到了太子李亨身边，才一步登天，成为一位宠宦。他得到皇帝重用后，为了进一步向肃宗皇帝表示忠心，一日，在皇帝寝宫向肃宗皇帝进言道：

"奴才有一想法，不知当不当讲。"

"你且讲来我听。"

"奴才思量再三，想把'静忠'二字改为'护国'，不知皇上以为如何？"

"这有何必要？"

"奴才以为'静忠'二字实无大意，而'护国'二字才有大志，奴才愿终生服侍皇上，死而无憾。"

李辅国一席话，说得肃宗哈哈大笑，连口称赞：

"你真是忠心一片呀！"

皇帝需要奴才，这无可厚非，而李辅国的奴才之相，确实表演得淋漓尽致。李亨自然更加信任他了。

从此，肃宗也乐得清闲，四方奏本，甚至御前符印、军机大事等，都委托李辅国一手代为办理；而自己却深居后宫，饮酒作乐，荒淫无度。当时"四方征兵，朝务日殷，辅国兼宣传之命，恩遇稍崇"。自从得到肃宗委托处理朝政，他便不失时机，紧紧掌管印信，参与军事谋划，掌管各地官吏送到朝廷的奏章，轻易地便获得了军事、政治实权。但李辅国此时毕竟还只是个内宫小吏，是上不得大场合的。他也考虑到自己的出身卑贱，地位低下，为了取得人们对他的好感，排除非议，他处处小心谨慎，伪装谦恭，不敢放肆。特别是在皇上面前，更是装得低微驯服，常常手执念珠，不吃荤腥和珍贵食物等。这一系列的伪装，最后终于使他掌了大权，成为一代权宦。

（二）

原来张良娣还没梳洗打扮，身着睡装便邀李辅国前来对饮。因近半老徐娘，肃宗逐渐对她冷淡起来。张良娣正值当年，寂寞难耐……

李辅国并非得志小人，他有更为阴险的打算。经过暗中观察，他发现肃宗喜欢张良娣（即后来的张皇后），整日召张良娣饮酒作乐，不分昼夜。他为了能得到张良娣的帮助，就故意找机会接近张良娣，逐渐得到了张良娣的信任。

一日，张良娣召李辅国来，自己却躲在后寝帐中。李辅国心中纳闷，但不见又不行，只得低着脑袋去见张良娣。

原来张良娣还没梳洗打扮，身着睡装便邀李辅国前来对饮。因近半老徐娘，肃宗逐渐对她冷淡起来。张良娣正值当年，寂寞难耐，便寻太监交欢，就连李辅国这样又丑又老的家伙都不放过。

肃宗的第三个儿子李倓，即宫人张氏所生，有胆略有见识，为人正直不阿，天宝年间被封为建宁郡王。一日进宫给张良娣请安，正巧碰上张良娣与李辅国对酒密谈，当下细心一听，只听李辅国说道：

"您能讨肃宗恩宠，当以恣相随，迷惑住肃宗，我再多方联合，推翻肃宗，立公子李倓，到时候，大权不就是您的了？……"

李倓一听，这不是要发动政变推翻皇权吗？事关重大，他不假思索就告诉了肃宗：

"良娣颇自恣，辅国连结内外，欲意倾动皇嗣。"

肃宗一听，极为恼火，要赐张良娣和李辅国死。李辅国一听预谋败露，吓了一身冷汗，连忙找张良娣商议，两人终于想出了一个更为毒辣的计策。

肃宗召见张、李二人时，他们一口咬定，说李倓因得不到兵权，不能做领兵大元帅，心中一直愤愤不平，早就想谋害大元帅广平王俶（即后来的唐代宗）。

肃宗一听，当即大怒，他偏听一辞，也不问青红皂白，就赐公子李倓自尽。李倓清白一世，一片忠心，就这样不明不白地死了。李辅国、张良娣一手制造的这个冤案，直到代宗大历时才得以平反。

郭子仪、李光弼等唐朝名将，联络回纥兵尽力攻打安史叛军，战局日趋好转。至德二载正月，安禄山被杀，叛军开始走向解体。二月，李辅国紧随肃宗来到凤翔，授太子詹事（正三品），并赐名辅国，负责统领东宫三寺十率府的大小事宜。此时大臣李泌见兵荒马乱，早有归隐之心，又见李辅国权势日隆，怕祸及己身，便请求告老，归隐衡山，并将禁门钥匙交由李辅国执掌，使他的势力一步步地不断扩大。

至德二载九月，唐军收复了长安。十月二十二日，肃宗回京，入居大明宫。此时的李辅国，以功劳迁殿中监（从三品）、闲厩、五坊、宫院、营田、栽接、总监等使，并兼陇右郡牧、京畿铸钱、长春宫等使，兼勾当内作少府、殿中二监都使。就是说，他现在所管辖的，已包括皇室宫殿、百工技巧、铸钱、农田、畜牧等方面。十二月，再加开府仪同三司（文散官、从一品），封郕国公爵，实封五百户，李辅国的权势在一年多的时间里，达到了炙手可热的程度。

这一时期，李辅国加强了与张皇后的勾结。他已被赐予内宅，史载其"专掌禁兵，常居内宅，制敕必经辅国押署，然后施行，宰相百司非时奏事，皆因辅国关白、承旨"。由于他居于宫中，掌握了禁军大权，宰相、文武百官要和皇帝讨论国事，事先都要经过他的同意，他往往在京师大明宫银台门处理国家大事，"口为制敕，写付外施行，事毕闻奏"，其他官吏竟无人敢于提出异议。

为了维护自己的地位,李辅国为殿中监时,已设置察事厅子数十人,分布各地,窥探收集情况。官吏小有过错,他都能了如指掌,很快给予审讯拷打。不少重大囚犯,御史台和大理寺都无权办理,他"轻重随意",放纵任情,或加以重刑,搞得官吏们人人自危,不敢随意交谈。他每次外出,都有数百武士卫从,耀武扬威,飞扬跋扈。宫中其他中贵人(帝王所宠幸的近臣)都不敢直呼其名,而是尊其为"五郎"。当朝宰相李揆是山东豪门大族地主出身,但也慑于李辅国的威势,尊其为"五父",对他行弟子之礼。肃宗还为他娶了前吏部侍郎之女为妻,其妻长得娇小漂亮,却在李辅国府中受着非人的待遇。而李辅国虽然自己性无能,却仍不放过侍郎之女,把她锁在内居,白天处理事务,夜间回去享用,而其妻不堪虐待,不久便郁郁而死。

(三)

肃宗惧怕李辅国与张皇后反对,竟不敢去西内探视老父亲。老人形同囚犯,宝应元年四月,终致抑郁身死……

李辅国心狠手辣,对阻止他向上升迁的人是绝不手软的。

乾元二年，李揆、李岘、吕諲、第五琦等人同拜为相。李岘是宗室宰相，地位和威望都较其他四相高，许多军国大事，其他宰相不能插手的，"皆独决于岘"。李岘也觉察到了李辅国权势日隆，气焰太高，就多次向皇上陈辞，不应容许李辅国专权乱政。最终，皇上还是听从了李岘之谏，致使李辅国被迫让出行军司马之职。后来，皇帝又下诏说：

"比缘军国务殷，或宣口敕处分；今后非正宣，并不得行用。中外诸务，各归有司。英武军及六军诸使，比因论竞，便行追摄。今后须经台府；如处断不平，具状闻奏。"

这样一来，李辅国暂时丢失了假传圣旨、处理政务以及凭借禁军独断大事的权力。权势欲驱使他不会为此善罢甘休。不久，发生了一件天兴县令诛杀凤翔马场一个抢劫犯的事件。曾经是飞龙使的李辅国极力唆使被害人的妻子反复上告，并给她提供银两。这样一来，以致一批比较正直的官员被贬斥。李岘得知这件事，批评殿中侍御史毛若虚偏袒宦官，不守国法，太不尊重御史台。肃宗误断此为朋党之争，李岘被罢相，出为蜀州刺史。李辅国终于找到了报复的机会，他的权势便再度扩张。另一位宰相吕諲因受其他宦官贿赂，事情败露之后，也被罢免出外。李辅国对于那些威胁他的人，视为眼中钉、肉中刺，务必除之而后快。使他最感不安的首先便是唐玄宗。

唐玄宗在儿子称帝之后，便当上了太上皇。至德二载十

二月,唐玄宗自四川回到长安,住在兴庆宫。左龙武大将军陈玄礼、内侍监高力士都是跟随玄宗多年的老人。肃宗还加派了一些宦官、旧宫人和梨园弟子去玄宗身旁服侍,奏乐解闷。兴庆宫的长庆楼南临大街,玄宗不时登楼徘徊瞭望,百姓们路过其地,常对玄宗瞻拜,玄宗顺便在楼下设酒食款待他们。

李辅国唯恐唐玄宗重新执政,自己地位会下降;同时,唐玄宗身边的亲信,比如高力士,对李辅国更是没放在眼里,把他当作暴发户而轻蔑,甚至见面时也佯为不睬。这使李辅国十分忌恨。李辅国为了保住自己的权势,他无时无刻不在唐肃宗面前吹风,说唐玄宗想重新上台。他还做出关怀玄宗的样子,对肃宗说:

"太上皇所居靠近市面,常常免不了要和外人往来,烦忧而不便于养老。听说陈玄礼、高力士等人又伺机图谋不轨,要向您夺权,禁卫六军都为此而惶恐不安,我已无法说服他们听命,只好请您将太上皇迁入禁中,隔绝与外人往来,才能免于发生后患。"

唐肃宗虽然是唐玄宗的儿子,但是,为了不让出帝位,对父亲也视如水火。

唐玄宗经常在长庆楼上吃酒,喜欢俯瞰路上的行人,有时还向过路人招手致意。一次,剑南节度使派来向朝廷奏事的官员经过长庆楼,顺便到楼上参拜唐玄宗。唐玄宗很高兴，吩咐给这位官员酒吃。同时，又找来一些人陪着吃酒。这件事被李辅国侦知了，立即报告唐肃宗，并造谣说：

"太上皇联系外边来的人，高力士这伙人可能要对陛下采取不利的行动，禁卫军中的官兵都深感不安，请把太上皇搬到西宫里去住吧，不要再住在兴庆宫了。"

唐肃宗听后也暗暗吃惊，表面上虽不说什么，却默许了李辅国的建议。李辅国一见他的话打动了唐肃宗，于是便放开手脚对付玄宗身边的人了。

七月丁未，玄宗患病。李辅国伪造旨意，请太上皇游太极宫。玄宗一行来到睿武门时，李辅国突然使武士五百人拔刀遮道，玄宗惊问其故，李辅国说是奉命迎太上皇还居宫内。高力士怒叱辅国狂妄，命他下马。李辅国当年是高力士手下奴才，此刻却大骂高力士不识时务，并杀死一名侍从。高力士传达玄宗旨意，奉劝将士不要乱动，诸兵士收刀听命。高力士指令李辅国与自己一道护驾玄宗乘舆同行至西内，居于甘露殿。李辅国随后率众离开，只留下几名老弱兵侍卫，再也不允许高力士、陈玄礼和其他老宫人留居玄宗身边。他还勒令陈玄礼退休，将高力士等人分别被流放到边远地区。总之，他把玄宗身边的所有亲信都一律换掉，换上了一批新人，名为服侍，实为监视。从此玄宗孑然一身，屈居西内。时逢端午大节，肃宗惧怕李辅国与张皇后反对，竟不敢去西内探视老父亲。老人形同囚犯，宝应元年四月，终致抑郁身死,享年七十八岁。

(四)

后来,有人在粪坑里发现了李辅国的脑袋。还有人在唐玄宗的墓前发现了一条人的胳膊。又过了许久……

李辅国在剪除掉唐玄宗的心腹近臣之后,又升了官,兼任兵部尚书。在他到兵部上任那天,一百多名兵士在前头开路,皇帝下诏举行国宴,宰相率领群臣前来祝贺,一时间鼓乐喧天,胜似国家盛典。李辅国当了兵部尚书仍不满足,又亲自去找唐肃宗,要求让他当宰相。对于李辅国的骄恣,唐肃宗早有耳闻。以前,李岘当宰相时,曾向唐肃宗指出过,李辅国权力过大,横行不法,将来要祸乱国家。现在,李辅国又来要宰相,唐肃宗也担心将来危害国家,决计不让他当宰相,于是,就婉言对他说:

"凭你的功劳,当什么官不行?但是,现在朝中的大臣们还不是人人都推崇你,这可如何是好?"

李辅国碰了一个软钉子,连忙去找仆射裴冕,授意裴冕去联络大臣们给皇帝上表,推荐他当宰相。唐肃宗得知这一消息后,就找来宰相萧华,让他去暗中通知裴冕,不要推荐李辅国当宰相。裴冕对唐肃宗说:

"就是砍掉我的胳膊,我也不写推荐的表章!"

这样一来,李辅国的宰相梦就破灭了。

后来,李辅国为了权力之争,同张皇后发生了冲突。宝应元年四月,唐肃宗病重不能视事,命皇太子李豫监国。张皇后与太子李豫商议说:

"李辅国统率禁卫军,掌握大权很久了,他向各地发布命令时,都说是皇帝的诏令。他还假传圣旨,逼太上皇搬家,天下之人谁个不怕他!现在,你父皇病势沉重,李辅国早就心怀不轨,对你我尤其忌恨。还有程元振。现在如果不把李辅国和程元振杀掉,大祸可就要临头了!"

太子听后,流着眼泪说:

"这两个人都是父皇手下的老臣,现在父皇身体不适,要是在这个时候把他俩杀掉,能不让父皇受惊吗?我想,还是以后慢慢来吧!"

张皇后一看太子不同意除掉二人,于是背着太子,找来越王李系和兖王李侗,合计杀掉李、程二人。越王李系立即动手准备,派太监段恒俊挑选两百个强壮的太监,到唐肃宗养病的长生殿集合,并发给每人一副铠甲。然后,用唐肃宗的名义宣召皇太子到长生殿来。这个消息被程元振探听到了,立即告诉了李辅国。程元振当即调来禁兵,守住凌霄门,等太子奉召前来时,便迎上前去,对太子说,长生殿内埋伏了人,千万不可进去。太子说:"父皇病危,我怎可怕死不去?"程说,去就遭殃了!硬是拦住了太子。

天黑以后,程亲自带兵冲进长生殿,捉住了二王和一百多名太监,然后,又软禁了张皇后,随即处死了二王和张皇后三人。正处在弥留之际的唐肃宗,经不住这个意外的打击,顿时就咽了气。李、程二人保护着太子李豫,就在唐肃宗的尸体旁继位当了皇帝。

李豫当皇帝后,因李辅国、程元振保驾有功,封李辅国为司空、中书令,尊称他为"尚父",食邑增至八百户。这时的李辅国更加骄横了,朝廷的事情,不论巨细,他都过问和裁决。他甚至对代宗李豫说:

"你只管在宫中坐着罢了,外面的事情听凭老奴我处置好了。"

唐代宗对此自然很不乐意,但是,因为自己刚刚继位,统治还不稳固;再则,李辅国掌管禁军,也不敢轻易得罪他。尽管内心很生气,但外表也不敢有所流露。李辅国的专权,引起程元振的不满,他想从李辅国手中夺权,于是,就在皇帝面前说,应该逐渐地限制一下李辅国的权限。

不久,唐代宗撤销了李辅国闲厩、群牧、苑内、营田、五坊使的兼职,委任左武卫大将军彭体盈接替;撤销李辅国判元帅行军司马的兼职。同时,还在宫廷之外为李辅国准备了一处宅院,实际上等于把他撵出了宫闱。不久,又免去他中书令的官职,夺去了他的宰相大权。这时,李辅国茫然失措了，他接到免去中书令的诏令时，为了掩盖自己的不满，也按着罢相的惯例，想写一封奏章谢恩。当他走到中书省门前时，守门的官吏却拦住了他，冷冷地说：

"尚父的宰相被罢免了，不应该再进这个大门了！"

李辅国一听，再也压不住火气了，大声说：

"老奴才我真是罪该万死，侍候不了你这位小皇帝了，我去侍候九泉之下的老皇帝！"

代宗得知他这番话，立即下了一道诏令，对他进行安慰。

在李辅国接到这道诏令不久，京城发生了一件震撼人心的事件：十月十八日夜，有个强盗闯进了李辅国的家，把李辅国杀了，带走了李辅国的脑袋和一条膀子。李辅国被刺的消息很快传遍了天下，人们听后，无不欢庆。唐代宗得知李辅国的死讯之后，下了一道诏令，追封李辅国为太傅，并让人用木头刻了一个脑袋，安在李辅国的无头尸上安葬。

后来，有人在粪坑里发现了李辅国的脑袋。还有人在唐玄宗的墓前发现了一条人的胳膊。又过了许久，人们又传说，梓州刺史杜济在没当刺史以前是个小官，有人听他自己说过，李辅国是他奉命刺杀的。

嫉贤妒能，恃权干政

——鱼朝恩（唐朝）

鱼朝恩（公元722—770年），泸州泸川（今四川泸州市）人，唐玄宗天宝末年入内侍省，以品官给事黄门。性狡慧，善宣纳诏令。至德年间，由监军而至观军容宣慰处置使，其权势不断扩大，是专权肃宗、代宗两朝的大太监。

（一）

……鱼朝恩所组织的这一场邺下大战，没发一矢，就被一阵风吹散了。唐军在溃退中，自相践踏，损失无以算计。

溃败之后，鱼朝恩怕皇上降罪于己，竟……

鱼朝恩，泸州泸川人。唐玄宗天宝年间，他进宫当了太监。因当时宦势很大，宫中太监逾万，想在宫中出人头地，很得费一番心思。

天宝十四载，安史之乱爆发，安禄山、史思明兵逼长安，军情十万火急，唐玄宗也顾不得宗庙社稷了，仓皇出逃。鱼朝恩当时正守在太子李亨身边，并护着李亨逃到灵武。因为他有点小聪明，极善溜须拍马，而很多人明知溜须拍马者乃小人，但好言顺耳，仍然大加信用和提拔。李亨即位后，就派他到李光进的部队中去做监军。从此，鱼朝恩开始掌握了兵权。

唐太宗开始任命太监做监军，借以监视武将。唐肃宗更进了一步，任命太监做观军容宣慰处置使，监视全国的军队。监军并不领兵打仗，而代表皇帝监督军事。由鱼朝恩这样一介不通兵法的阉奴前来节制、监督这六十万大军，那些威风八面的节度使们便有些不自在了。

长安收复以后，鱼朝恩被晋封为三官检责使、左监门卫将军，主管内侍省，掌管了宫廷的大权。唐肃宗乾元元年，以郭子仪为首的九节度使统兵二十万，将安禄山的儿子安庆绪包围在相州。当时军中主帅英明，猛将如云，尤以郭子仪、李光弼声名最为显赫。唐肃宗因为郭子仪、李光弼等都是元老重臣，握有重兵，对他们放心不下，于是将"善宣纳诏令"的鱼朝恩派到军中，任观军容宣慰处置使，就是实际上的主帅。

第二年,鱼朝恩率兵六十万,指挥九个节度使进攻安庆绪的老巢邺城。唐军因鱼朝恩指挥不力,邺城久攻不下。郭子仪身经百战,计策良多,他命人决漳河之水灌入邺城,城中井泉都溢满而出。叛军迁居高处,城中粮草已断数日。正在危急关头,史思明引来了援兵。他并未摆出决一死战的阵势,而是派遣小股骑兵挑战,唐军一出击,就散归营内;唐军一回营,又复来挑战,闹得唐营日夜不宁。史思明又挑选精壮士兵,扮作唐军模样,四处拦截唐军粮草。百姓受此劫难,不敢再来运粮,唐军中粮草短缺,深受后顾之忧,军心更加不稳。这时,史思明一见时机已到,便集结军士,决意与唐军决一死战。

史思明率部十五万,士气高昂,在邺城之下摆下阵势,与唐军对垒。鱼朝恩一介宦人,根本没有能力统率大军、指挥作战。唐朝的军队上下解体,指挥不统一,给养不足,士气低落。决战的阵势刚刚布开,突然狂风大作,飞沙走石,天昏地暗,咫尺间目不能视。唐朝的军队吓得丢盔弃甲,向南溃逃。史思明的军队也乱了阵脚,向北败退。诸节度使引兵退回本镇。鱼朝恩所组织的这一场邺下大战,没发一矢,就被一阵风吹散了。唐军在溃退中,自相践踏,损失无以算计。

溃败之后,鱼朝恩怕皇上降罪于己,竟不顾众将斥责,将罪责尽数推诿给郭子仪,指责他弃军先走,才乱了军心。

结果，郭子仪被解除了兵权。其实，唐军号令不一，将帅职责不明，难以统属；而鱼朝恩以一介宦臣，居在军中，兵将不服，心灰意懒，毫无斗志，失利是在情理之中的。

唐代宗广德元年，吐蕃兵突然攻入大震关。各地领兵的武将们，因为痛恨宦官专权，谁也不肯带兵前来解围。唐代宗狼狈逃离长安，奔向陕州。鱼朝恩始终紧跟代宗左右，后因保驾有功，被封为天下观军容宣慰处置使，并统率京师的警卫部队——神策军。

神策军原是唐玄宗天宝十三载陇右节度使哥舒翰大破吐蕃后，在临洮之西设立的一个军镇名称，以成如璆为军使。安史之乱爆发后，成如璆命其部将卫伯玉率兵千余人出兵陕州，帮助平叛。神策军原驻地为吐蕃所占，肃宗即诏卫伯玉所领之兵，命名其为神策军，并以卫伯玉为神策军节度使，鱼朝恩为观军容使。不久，神策军则完全由鱼朝恩所统率，由地方镇军转化为中央直属部队。

由于神策军负责首都警备，与唐皇室生命攸关，因而受到了特别的优待，享受着很多特权。如军饷，比普通部队高出两倍之多；军官因靠近皇室，升迁极快；高级将校很容易升任各地节度使，所得赏赐也多。雄厚的实力和特殊的宠遇使神策军十分骄横。

（二）

平时百官上朝启奏皇上时，鱼朝恩也常常自恃功高，恣意专横，摆出一副文武百官之师的架势，动辄痛斥一顿。

鱼朝恩自恃救过皇帝有功，且官高势大，全然没把大臣们放在眼里，对皇帝也想任意摆布，骄横不可一世。

鱼朝恩的干政，是从劝请皇帝迁都开始的。由于长安城曾遭吐蕃兵马长期侵占，纵兵焚掠，宗庙毁坏，城邑破损。鱼朝恩便力劝代宗迁都于洛阳，以为这样既得安逸，又可以避免少数民族的骚扰。

一次，文武百官正在朝见皇帝，鱼朝恩突然带领十几名亲兵，个个手执兵器，全副武装冲上朝廷。鱼朝恩冲着皇帝和百官高声叫道：

"强虏数次进攻都城，惊动圣驾，且城垣尽毁，皇城败坏，后帝应该到洛阳去住！"

百官见鱼朝恩来势汹汹，目无皇上，扰乱法纪，当场就指责道：

"你想造反吗？现在守卫京城的部队完全可以守护京都，阻止外敌进入，为什么突然要威胁皇帝抛下宗庙而去洛阳呢?"

鱼朝恩没料到竟然有人敢当场顶撞他,一时语塞,答不上话来。这时,朝中重臣郭子仪也表示不同意迁都洛阳,鱼朝恩只得悻悻退下。他的第一次干政,就这样失败了。

鱼朝恩居宫中多年,只粗通文墨,可是,他却以风雅之士自居,自以为文经武略,自己全都精通。他还经常召集一批臭味相投,想谋得一官半职的腐儒、文痞,讲解五经大义,作经天纬地的文章,并时常在朝臣中间吹嘘自己的才学。

永泰年间,鱼朝恩掌管国子监。他第一次到国子监去讲学时,皇帝居然下令宰相率领文武百官前去听讲,并命令京兆给准备宴席,还把宫廷乐队、舞女派来佐酒。皇帝都如此为鱼朝恩捧场,可见鱼朝恩当时权势之大,真有点一手遮天的架势。一时间,国子监内热闹非凡,满朝大臣,加上大臣的子弟家人二百多人,再加上太学生们,不仅讲堂内坐得满满的,就连走廊下也挤满了人。从此成了定例,每逢鱼朝恩到国子监讲学或视学,都带领数百名神策军,京兆尹也跟着跑前跑后,真可谓威风八面。仅一次,就得花掉数十万两银钱。可是,鱼朝恩却还是不满意,认为还不够气派。

平时百官上朝启奏皇上时,鱼朝恩也常常自恃功高,恣意专横,摆出一副文武百官之师的架势,动辄痛斥一顿。宰相元载及其他大臣无不屏息静气,默默恭听。只有户部郎中

相里造和殿中侍御史李衍不买他的账,经常与他理论。鱼朝恩怀恨在心,终于找到了一个借口,把李衍罢了官,并借以警告了一次相里造。

鱼朝恩为了显示一下自己的权威,慑服百官,决定罢免宰相。一次,他召集百官开会,一开始,他就厉声说:

"宰相嘛,应该调燮阴阳,安辑百姓。可是,现在天道多变,不是旱就是涝,京城驻军数十万,给养都供应不上。皇上现在对这一切十分焦虑,连觉都睡不好。你这个宰相是怎么当的?现在还不痛痛快快地给能人让位置,不吱声走开还等什么呀?"

宰相一听耷拉下脑袋,默不作声。其他百官则面带惧色,无言敢对。这时,相里造离开座席,缓步走到鱼朝恩面前,不慌不忙地说:

"阴阳不和,五谷涨价,这都是观军容使您自己搞的,与宰相有什么关系呀?因为大军长期驻扎京城,不回防地,所以上天降灾;现在京城没有什么大事,只要警卫部队就够了,可是,偏偏又调来十万大军,所以军粮供应不上,百官也缺给养,这些全是观军容使一手造成的。宰相只是发表文告而已,有什么罪过呢?"鱼朝恩被问得无言以对,对相里造更是怀恨在心。最后,他恼羞成怒,拂袖而去,口里还说:

"你们这些官吏结成一党,难道是想害死我鱼朝恩不成?!"

一计不成,鱼朝恩自是不会善罢甘休。一次,他乘讲《易经》的机会,当着文武百官的面说:

"今天占了一个鼎卦,里面有一句卦爻辞是:鼎折足,覆公悚,其形渥凶。这是宰相完蛋的兆头!"

宰相王缙听了,抑不住怒容满面,当场就想与鱼朝恩顶撞;可是,另一位宰相元载却笑而不语,毫不在意。事后,鱼朝恩对人们说:

"对我的那番话,生气是不足为怪的,发笑的人可是心怀叵测呀!"

元载事后听了这番话,心中暗暗叫苦不迭,后悔莫及。

(三)

代宗不但没有听从高郑的谏阻,后而尽数满足了鱼朝恩的所有请奏要求。因此,虽然章敬孝花费了巨大的物力财力,而鱼朝恩却仍然被加官晋爵……

安史之乱后,唐王朝大伤元气,社会秩序混乱不堪,朝野吏民人人自危。其时,佛教开始大兴,因为佛教宣讲每个人都可以通过修行,顿悟成佛。人们从佛教中看到了混浊的现世中所不可能实现的东西,因而开始盲目信奉,佛庙院庭

一时在各地大兴。天下僧尼也陡增，不可胜数。僧侣们一方面继续依托皇权，另一方面又在皇权衰微的乱世，寻找新的政治靠山。他们与势焰高炽的宦官集团一拍即合，从而形成了一股新的恶势力。

大历二年，鱼朝恩为得皇上宠信，上了一表，表示愿意将皇帝赏赐给他作别墅的京城通化门外一处庄园奉献出来，改作佛寺，以纪念去世的唐代宗生母章敬皇太后，并以皇太后的谥号命名为"章敬寺"，代宗当然十分高兴，满口答应。

于是，鱼朝恩借此机会，大兴土木，工程规模不断扩大，使得原有屋宇不敷所用。他又奏请皇上，将邻近的曲江和华清两座离宫的地皮也拨入了寺中，一并改造。他滥行职权，肆无忌惮地拆房建寺，甚至将各级官僚办事的衙署也尽数拆毁，将拆来的各种材料用于修建寺庙。

鱼朝恩的狂妄专行，激起了官僚集团的愤慨。进士高郢曾上书代宗，谏议阻止再这样大兴土木修建寺庙，他认为朝廷不应该如此奢靡地滥费于祷祝冥福的虚务，而应多兴有益于国家的实事。

代宗不但没有听从高郢的谏阻，反而尽数满足了鱼朝恩的所有请奏要求。因此，虽然章敬寺花费了巨大的物力财力，而鱼朝恩却仍然被加官晋爵，加封内侍监，又兼检校国子监。

章敬寺落成之后，代宗亲自前往拈香，剃度僧尼千余人，并且亲赐胡僧不空法号，叫作"大辩正广智三藏和尚"，食公卿之俸。不空和尚谄附鱼朝恩，有时见着了代宗，常为鱼朝恩蜜言几句，说鱼朝恩是佛陀化身，不是一般人间凡夫俗子。代宗本来就十分迷信，对不空和尚更是信而无疑，鱼朝恩因此更加专横，气凌卿相。

佛教僧侣和宦官的狼狈为奸，是唐后期政治腐败的一个特殊现象，而鱼朝恩是开其先河的主要人物之一。

（四）

"臣的儿子官位太低了，想提高两级，穿紫色官服，位在同僚之上，皇帝请速下诏吧！"

皇帝的宠渥，再加上鱼朝恩权势和财势的不断增长，使他更加放肆，更加为所欲为了。

鱼朝恩在他所率领的神策军中私设监狱，把一些有钱的人抓来，随便判刑、抄家，把抄来的富人的家产，攫为己有。后来，甚至对进京应考的读书人也不放过，只要探明哪人带有大量财物进京，就从旅馆中将其抓来，将钱财没收。由于鱼朝恩肆无忌惮地敲诈勒索，一时之间，京城内外人人自危，都称被鱼朝恩抓捕去的人为"入地牢"。有些富人怕

落入鱼朝恩手中,还主动带着钱财前去贿赂,鱼朝恩府上一时门庭若市。

鱼朝恩手下有一个专门捕人的小太监,叫作黄宏新,因声音沙哑,人送外号"黄四狗"。他依仗着鱼朝恩的权势,横行霸道,到处敲诈勒索,"积财巨万"。至于鱼朝恩本人所得,则更加难以数计。鱼朝恩这样肆行于京都,却没有人敢于说长道短。

鱼朝恩凭着自己财大势大,又得皇帝恩宠,更加野心勃勃。朝廷的决策,如果没有经过他参与,他便会怒气冲冲地说道:

"天下之事,哪有不经过我鱼朝恩就办的道理!"

话传到唐代宗耳中,代宗非常生气,却又对他没有丝毫办法。

鱼朝恩收养了一个干儿子,叫作令徽,年纪尚小,在宫中当内使,着绿色五品官服。有一次,令徽与同僚争吵,理亏,争执不下,回家把事情经过告诉了鱼朝恩。第二天,鱼朝恩见到皇帝就说:

"臣的儿子官位太低了,想提高两级,穿紫色官服,位在同僚之上,皇帝请速下诏吧!"

皇帝一看,这不是明目张胆地要官做吗?就说:

"爱卿,这种事情……"

还未等皇上说完,一旁侍候的宦官已把早就准备好的紫色三品服送上。令徽夺过去便穿戴起来，高兴得哇哇叫。鱼朝恩在一旁瞪眼说：

"犬子，还不赶快叩谢皇恩！"

"叩谢皇上隆恩！"令徽赶忙跪下，向皇上叩头谢恩。

代宗见了，只得强作笑颜说：

"这小儿穿着这套紫色官服，倒还是很合适的。"

嘴上如此说，但代宗心里，却还是老大的不自在。

宰相元载窥测到唐代宗对鱼朝恩的专横跋扈已有不满之意，于是，乘机进言，请求代宗除掉鱼朝恩。其实，元载本人与宦官集团的关系也是不浅的。他是靠结交大宦官李辅国起家的，靠自己的聪明才智，才得以升任台辅重任的。李辅国失势后，元载又结交内侍董秀，得以知道皇帝心意，"承意探微，言必玄合，上益信任之"。然而，"内侍鱼朝恩负恃权宠，不与载协，载常惮之"。故此，元载才有密奏代宗剪除鱼朝恩之举。此时，鱼朝恩权势虽不断增大，代宗却早已起了戒心，而且其愈加骄横不法已干众怒，代宗对此也十分反感，元载的密奏，正合唐代宗心意。

唐代宗虽然昏庸无能，但毕竟是承安史之乱初定之势，又随肃宗多年，见到过不少大场面，有一定的政治经验；面对安史之乱残余势力的骚扰和经济上的不景气，犹能竭力应付，没有出现大的动乱，所以史称他为"平乱守成的中材之主"。他对先帝留下的骄横老臣，自然是难以容忍的。何况

当时朝臣和皇帝之间的矛盾,一时还较缓和,元载又是个"便佞"之臣,说话正听得进。可是,代宗对鱼朝恩的权势有点害怕,担心事机不密,走漏了风声,反受其害,所以一直犹豫不决。元载看出了代宗的心事,就安慰道:

"陛下不必多虑,只要把这件事交给我去办,肯定会成功的。"

鱼朝恩的亲信、神策军都虞侯刘希暹觉察到代宗将对鱼朝恩采取行动,急忙暗告鱼朝恩。鱼朝恩显得十分慌乱,因为无论他如何骄横跋扈,一旦皇上真的动怒了,他还是没有丝毫办法的。然而,平时上朝,看到皇上依然与他笑脸相迎,礼遇一如既往,心下放宽了一些,但自己暗中却偷偷策划,图谋不轨。

老奸巨猾的元载,也在暗中积极地进行除掉鱼朝恩的准备工作。他首先任命自己的亲信崔昭做京兆尹,可以随时监视鱼朝恩的一举一动;然后,又以大量钱财贿结陕州节度使皇甫温和鱼朝恩的卫士长周皓。这两人本是鱼朝恩的党羽,见了黄白财物,不由得贪利动心,与元载串通一气了。从此,鱼朝恩的密谋,都为元载所知。

另外,元载为了麻痹鱼朝恩,又公开上书给皇帝,请求给鱼朝恩加官晋爵,同时,任命皇甫温为凤翔节度使。皇甫温入京陛见谢恩,元载留他居京数日,密约与周皓共诛鱼朝恩。计谋定夺之后,元载才告知代宗。代宗觉得计谋不错,但仍心中不安，屡屡说道：

"要小心行事，千万别反遭其害呀！"

元载好言安慰，应诺而去。

大历五年（公元770年）寒食节，代宗照例在内殿置酒，宴集亲贵。鱼朝恩当然首当其冲，也得列坐。宴毕散席，鱼朝恩谢恩欲出，这时有诏令他到中书省有要事相商。

鱼朝恩长得身肥体硕，走起路来一步三摇，气喘吁吁，十分困难，因此，常乘坐小车进宫，很远就能听见他乘坐的小车发出的声响。代宗在宫中听到小车的响声，马上就正襟危坐，心中惴惴不安，一副如临大敌的模样。元载早就守候在一旁，紧张地注视着事态的发展。

鱼朝恩一跨进大门，代宗便厉声斥责他图谋不轨。鱼朝恩大吃一惊，知道自己已上了圈套，但仍极力争辩，极力表白自己有功于朝廷，忠心于皇上，毫不服罪，最后竟与代宗一来一往地顶撞起来。代宗勃然大怒，勒令他自尽。这时，埋伏在殿内的周皓等人，冲将出来，捉住鱼朝恩，当场把他勒死在地。

唐代宗处死鱼朝恩之后，尚担心他手下的骄兵悍将起来闹事，就对鱼朝恩的死讯严密封锁，反而下诏令晋升鱼朝恩的旧部刘希暹、王驾鹤兼任御史中丞，先把鱼朝恩统率的军队安抚住。然后，下令罢免鱼朝恩的观军容使职务，把他的封邑增加六百户，留在宫中办事。又在外面传言鱼朝恩是受

赦自缢的,见外面局势稳定之后,这才出尸还家,还特赐六百万钱作为安葬费。

其后,代宗又利用王驾鹤与刘希暹的矛盾,处死了刘希暹;又将平素与鱼朝恩交往密切的礼部尚书裴士淹,户部侍郎、判度支第五琦都贬了官。至此,一场苦心经营的权力之争,终告结束。

鱼朝恩在统治阶级内部矛盾中发迹,掌握军权,祸乱朝政,得势于一时,最后,终于又在统治阶级内部倾轧中结束了自己可悲的一生。

因缘得势，欺君抑相

——仇士良（唐朝）

仇士良，字匡美，唐循州兴宁（今广东兴宁东北）人。是唐朝后期历顺、宪、穆、敬、文、武宗六朝，侍君四十余年的大宦官。初为左军中尉，文宗时代，与宰相李洲勾结，互为表里，挟天子以令诸侯，为历史上最狠毒的大阉；杀二王、一妃、四宰相，把持朝政二十余年，一手遮天，贪酷残暴。宣宗即位后，因病自亡。

（一）

仇士良毒打御史元稹，轰动了朝野。御史中丞王播上奏章给唐宪宗，弹劾仇士良无视法规，抢占驿房，打伤大臣。而当朝宰相恐怕得罪仇士良，忙在一旁说："元稹身为御史，年纪轻轻，却到处树威风，实在有失身份。"

仇士良,字匡美,唐循州兴宁(今广东兴宁东北)人。唐顺宗时就入宫,被分拨到太子李纯的东宫去当差。到唐武宗会昌三年(公元843年)病死,在宫中生活了四十多年,一共侍候过六个皇帝,真可谓六朝老监。

在这四十多年的时间里,唐朝宫廷内事变迭起,皇帝与藩镇的矛盾,朝臣与太监的斗争,太监与太监之间的争宠斗势,矛盾尖锐复杂,甚至瞬息万变。在这四十多年的统治阶级内部的倾轧中,许多文官、武将、太监被处死,甚至有的皇帝、后妃也遇害。可是,仇士良身处宦海,风云变幻四十年,却好运常顾,步步高升,从一个侍候太子的一般太监,历任监军、五坊使、左神策军中尉、左街功德使、骠骑大将军、楚国公、观军容使,兼统左、右神策军,知内侍省事管要职,死后追赠扬州大都督。他在位专权二十年,杀害了二王、一妃、四宰相,飞扬跋扈,气焰冲天。皇帝理朝治政,都得看他的脸色,虽然有时也不满他的挟制,却不愿也不能离开他,更不敢将他除掉。

这么一个专横几十年的后宫老监,到底有什么本事呢?史书上称仇士良"有术自将,恩礼不衰"。这"有术"二字,正道出了仇士良的诀窍。

在仇士良告老还乡的时候,宫中大小太监、徒子徒孙以及朝中许多文武大臣为他送行。在欢送会上,仇士良满面春风,看到那么多大小官吏为他送行,深为自己四十年的官宦生活而得意。仇士良对众太监说:

"你们对待皇帝,可不能让他闲着,因为皇帝一闲来无事,势必就要看书,接待儒臣,结果就会采纳朝臣的建议,增添智慧,不再追求吃喝玩乐。这样一来,对我们这些人就不能宠信了,我们也就不能专权了。"

太监们一听,觉得有道理,纷纷向他点头哈腰。仇士良更加得意,接着说:

"为你们今后的前程着想,我告诉你们这个好办法:要想尽一切办法弄钱财,供皇帝挥霍,成天让皇帝追求声色犬马。让他每天只想吃喝玩乐,极尽奢侈之能事,不留出一点空闲时间,让他流连忘返,这样,皇帝就不留心学问了,对于政事也不过问了,凡事全听凭我们,宠信、权力还能跑到什么地方去?!"

一番话使得在场的太监们茅塞顿开,心服口服,众太监一起向仇士良行礼致敬,简直如获至宝一般。

李纯原名李淳,系顺宗二十七个儿子中的长子,原封为广陵王,二十八岁时被立为太子,改名纯。顺宗在当太子时,已因病失音,故在位只八个月,就让位给了太子李纯。李纯改年号为元和,称宪宗皇帝。李纯一当上皇帝,仇士良很快获得提升。先是任内给事,不久就出任平卢、凤翔监军。"监军持权,节度反出其下。"因为深得皇帝信任,仇士良在宫内宫外都十分无礼,骄横跋扈。

一次,仇士良路经敷水驿,天色已晚,就在驿站过夜。恰巧御史元稹也在驿站歇息,且早仇士良一步到达驿站。按当时朝廷规定,监军与御史同在驿站歇息时,以到达先后为准,决定谁住正房。因此,元稹住进了正房。可是仇士良偏要住进正房,驿站小二说御史大人已经住进,仇士良也不理他。一顿毒打,把小二赶了出去,自己带着贴身小太监闯进正房。元稹见仇士良怒气冲冲闯了进来,忙不迭地说:

"监军大人,怎可这么无礼闯入他人私房,且按朝廷规定……"

"什么朝廷规定!我监军大人就该住进正房,你快给我滚出去!"

元稹刚想辩白,仇士良已不由分说,啪啪几巴掌把御史元稹打得口吐鲜血。

仇士良毒打御史元稹,轰动了朝野。御史中丞王播上奏章给唐宪宗,弹劾仇士良无视法规,抢占驿房,打伤大臣。而当朝宰相恐怕得罪仇士良,忙在一旁说:"元稹身为御史,年纪轻轻,却到处树威风,实在有失身份。"宪宗偏听一面之词,不但不给仇士良处分,反而给元稹降职,贬其为江陵士曹参军。当朝名士李峰、崔群、白居易等人十分气愤,纷纷上书为元稹叫屈,过了好久,元稹才左迁通州司马。

此后，仇士良越发肆无忌惮，为所欲为了。从唐宪宗元和（公元806—820年）年间到唐文宗大和（公元827—835年）年间，仇士良数次出任内外五坊使。五坊指的是雕坊、鹘坊、鹞坊、鹰坊、狗坊。这些鹰犬专供皇帝围猎作乐时用。每到秋高气爽的时候，仇士良便带领一伙爪牙到京郊去放鹰遛狗，所到之处，还向地方官索饭取酒，弄得鸡犬不宁。地方官管又管不得，敬又敬不起，两头为难。老百姓张网防踏坏了庄稼，但是，如果这些飞鹰走狗误投了罗网，必须重金赔偿。时人对此起了一个专门名称，叫作"供奉鸟雀"。

（二）

一进金吾衙署院子，猛然间一阵风吹动幕布，露出一排排士兵，且个个手执兵器。老奸巨猾的仇士良感到大事不好，也顾不得去看什么甘露了，掉头就往回奔……

公元819年，唐宪宗已至暮年。由于长期荒淫无度，后宫嫔妃如云，他为了使自己在后宫能游刃有余，天天服用春药和长生药，致使身虚神疲，性情古怪，暴躁易怒。侍候在宪宗身边的太监，时常被斥责甚至杀掉。第二年，终于有一

个大胆的宦官陈弘志，伙同同僚王守澄等宦官，杀死了唐宪宗，立唐穆宗继位。公元824年，唐穆宗因服用长生药过量而驾崩，敬宗继位。唐敬宗比穆宗更加荒淫无度，终于在公元826年，被太监刘克明杀死，拥立敬宗之子李悟为皇上。然而当朝有四个最有权势的宦官，人称"四贵"，即枢密使王守澄、杨承和，神策军中尉梁守谦、魏从简四人，他们联合宰相裴度，杀死了刘克明、李悟等，迎唐穆宗的儿子江王李涵来当皇帝（唐文宗）。在这些宫廷政变中，仇士良始终见风使舵，随波逐流，善于观察风向，及时改变立场，投向得势的那派宦官里去，因此，地位没有受到丝毫的影响。

公元835年，唐文宗念念不忘替唐宪宗报仇，便邀大臣李训、郑注密谋。李、郑二人认为有大利可图，都答应愿为皇帝赴汤蹈火，以诛灭宦官为己任。不久，唐文宗就加封郑注为太仆卿兼御史大夫，封李训为翰林学士、兵部郎中，知制诰，实际上起着宰相的作用。

郑、李二人握有实权之后，开始与王守澄较量了。在他们两派的斗争中，仇士良是坐山观虎斗，乐得渔人之利。李训看出了个中原因，就力谏唐文宗任命仇士良为神策军中尉，因为仇士良在拥立唐文宗时曾出过力，曾受到王守澄的压制，没有实权，心中对王守澄早有二心。文宗采纳了李训的建议，加封仇士良为神策军中尉，这样，仇士良没费一点力气，就得到了加官晋级。

果不出李训所料，仇士良一当上神策军中尉，王守澄同他的矛盾就激化起来。唐文宗任郑注为凤翔节度使，李训为宰相，二人顿时声威大振，相继杀死了给宪宗下毒药的大宦官陈弘志和王守澄。诛杀王守澄后，秘不发丧，并下诏封王守澄为扬州大都督。郑、李密谋由郑注亲选凤翔兵数百人，作为亲兵。等到王守澄下葬时，唐文宗下诏令全体宦官都去会葬，郑注再率亲兵一网打尽。郑注去遴选亲兵时，李训却召集党徒密谋，认为如此行事，功劳将被郑注占去，自己一无所获，不如先下手为强，杀了宦官再逐走郑注，一人方可独得大功。

于是，李训奏明皇帝，联合了金吾将军韩约、新任太原节度使王璠、新任邠宁节度使郭行余、代理御史中丞李孝本、代理京兆尹罗立言等人，决定在十一月二十日早朝时杀宦官。当日早朝，唐文宗在宣政殿坐下，文武百官刚分班站好，韩约便按计划破例首先向皇帝报告自己衙署院子里一株石榴树上，昨天夜里挂满了甘露，请皇帝前去观看。寒冬不降霜而降露水，这可是件新鲜事，立刻轰动了朝廷。善于吹捧拍马的大臣们，趁此机会，大献殷勤，纷纷说这是祥瑞之兆，应驾临观赏。唐文宗故作惊讶，还煞有介事地派宰相李训率众官去看。李训回来禀告说不像是真甘露，唐文宗半信半疑，又命仇士良和鱼弘志带领众宦官去察看真假，自己乘辇随后前往。

韩约在前带路，心慌意乱，汗流浃背，不敢抬头看人。仇士良见状，觉得韩约今天的表现很奇怪，故意问：

"将军今天是否有些不适？"

韩约却是避而不答，但此时仇士良已起疑心。

一进金吾衙署院子，猛然间一阵风吹动幕布，露出一排排士兵，且个个手执兵器。老奸巨猾的仇士良感到大事不好，也顾不得去看什么甘露了，掉头就往回奔。他一口气跑到皇帝辇车跟前说：

"陛下，不好了，朝臣们要造反了！"

他边说边指挥太监们把皇帝的辇车往东上阁门里推。李训拦住辇车，高叫：

"陛下不可去！"

仇士良叱道：

"李训，你想造反吗？！"

"李训不反！"唐文宗叫道。

仇士良和李训边说边扭打起来，李训将仇士良压在身下，正欲抽刀砍杀，被围攻上来的太监救走了。

李训见事情已经暴露，立刻高声下令：

"邠宁和太原的兵士们，怎么还不出来保卫皇帝？谁保卫皇帝就赏谁十万钱！"

李训这一声令下，埋伏的士兵以及担任警卫的士兵，还有御史手下的随从武士，纷纷操起武器，一拥冲进了宣政殿的院子。这些士兵，按照命令，见到宦官就杀，刹那间，乱作一团，喊叫声、惨叫声……宦官死伤无数。

唐文宗被太监们推进阁门以后，仇士良让太监们高呼万岁，并且以最快的速度调集了五百多名神策军，全副武装地冲出了东上阁门，逢人便杀。

在两军混战中，宰相王涯、舒元舆被活捉，李训仓皇逃出宫门，仇士良的军队很快获得了胜利。王涯、舒元舆在严刑逼供下，承认了谋反的罪名。仇士良把他们的供词在朝廷上公布于众，一时人们被假象所迷惑，都以为宰相要造反，应该镇压。仇士良手中捏着皇帝，又骗取了舆论支持后，大肆逮捕朝官，史载其"杀诸司史六七百人，复分兵屯诸宫门，捕训党千余人斩四方馆，流血成渠"。又四处搜捕，随意抓人，兵士大掠，所动之处，"资产一空"。

仇士良在左右神策军中设立公堂、监狱，被捕的官吏，全部被活活打死。后来，私自出逃的李训、郑注都被抓来杀掉了。更甚者，王涯等人收葬以后，仇士良还觉得不解气，私自命令手下人发掘其墓，弃其骨于渭水。皇帝也吓得不敢随便讲话，只能眼睁睁看着仇士良胡作非为，连击球打猎也停顿了。经过这次"甘露之变"，朝廷上出现了"公卿半空"的境况，朝廷成了太监的天下。

在甘露之变中，仇士良聪明用尽，随机应变，不仅成功地劫持了皇帝，而且得以"挟天子以令诸侯"，使朝臣们都俯首称臣，且瞒天过海，堵住了天下人的耳目。事变之后，他成了宦官的大头目，加官晋爵，当上了右骁卫大将军，另一个宦官头目鱼弘志当上了右卫上将军兼中尉，宋守义当上了右领军卫上将军。朝廷大权全都被宦官集团中控制。

（三）

仇士良的行动很快，第二天，毫无忌惮地变更了圣旨，将皇太子废掉，贬回为陈王。文宗一气之下，竟……

皇上身边的朝臣，都让仇士良给诛杀得差不多了，只剩下宦官在宫中当道。仇士良既然是平乱的功臣，便开始嚣张、跋扈起来，甚至朝中任何大小事，都由仇士良一手做主，事后方向文宗呈奏。

文宗在位十四年，一直在仇士良的挟制下过日子，当了十几年的"难得糊涂"的皇上。唐朝晚期的几位皇帝，大都有着相同的命运，宦官的掌权百余年，亦是与大唐江山相始相终的。

五年之后，唐文宗终于郁郁而死，仇士良出于自己权势之需，把大太子贬为陈王，拥立皇弟李炎为帝，即唐武宗。

仇士良拥立唐武宗，的确费了一番周折。据《历代名太监秘闻》：

文宗本来有两个儿子，长子叫庄恪，大和六年被册封为太子。六年以后，庄恪因病致死，因而太子之缺，一直是悬而未补的。

文宗因头上有仇士良压着，不太理朝政，而且心胸不阔，体弱多病。这时候，曾经得宠的杨贤妃，希望皇上立自己生的儿子蒋王为皇太子，可是，却遭到了庄恪母亲王德妃的强烈反对。

"皇上！妾当年失宠，都是贤妃所谮，现皇太子已死，如立蒋王，妾有生之年，将永无宁日矣！"王德妃对皇上苦诉。

皇上叹了口气："容朕思之，你先回宫吧！"

王德妃走后，却暗中打听皇上的动静。内宫太监偷偷来禀告说：

"皇上为立太子事，命我去找宰相李珏。"

王德妃听后，便抢先一步，花重金买通了李珏，王德妃的条件很简单：立谁都可以，就是不能立蒋王。

后来，王德妃总算称心得意，皇上立了他哥哥敬宗的儿子陈王成美为皇太子。

在内宫立嗣的纷争中，皇太弟李炎却渔翁得利，他原为颖王，诰封之后，他深知立谁都是假的，因为权势不在皇帝，而在仇士良，于是，他开始有意识地对仇士良下功夫。

这时仇士良的官位是五坊使,也即是禁宫的总领。有一天,皇太弟李炎来到仇士良的府上。

一般来说,皇太弟到,仇士良是应该出去迎接他,但他毕竟不同往日、今非昔比了,明知李炎来访,仍纹丝不动地稳坐中堂。然而李炎却不以为忤,反而躬身一礼:

"公公,久违了!"

仇士良略略一欠身,淡淡地说:

"皇弟请坐。"

李炎坐定以后,开门见山地表明来意,总结一句话:想当皇帝。

仇士良深知,陈王是个很精明的人,蒋王和他的母亲杨贤妃更有野心,这两个中任何一个即位,他都要大费周折,唯有李炎,是一位标准的道教迷,胸无城府,让他来当皇帝,自己也就好驾驭多了。

"好!"仇士良一阵沉思之后说,"老臣甘抛热血,定让皇弟如愿!"

"多谢公公!"李炎说道,居然单膝落地,其反主为奴的表现,令仇士良看在眼内,不禁一阵冷笑。

仇士良的行动很快,第二天,毫无忌惮地变更了圣旨,将皇太子废掉,贬回为陈王。文宗一气之下,竟一命归天了。就在停柩的当天,仇士良统御林军,自小阳院迎皇太弟,在东宫思贤殿召文武百官,即席宣读:

"皇帝遗诏：皇太弟宣于柩前即帝位，钦此！"

于是，满朝的文武百官，在御林军的虎视眈眈之下，同声向皇太弟李炎跪贺，并三呼："吾皇万岁！"

仇士良的手段可谓是阴险毒辣，为了断绝后患，居然私自改了诏书，借蒋王立嗣旧事，意图夺位，将蒋王与贤妃均赐死。

隔几天，陈王也无缘无故地遇害。至此，除了一个玩弄于掌股之上的傀儡皇帝外，大唐天下，便属于仇士良了。

仇士良在武宗即位之后，官位更为显赫，由五坊使而为观军容使，统左右二军，文武独揽，较文宗时，更加专权擅势。

(四)

仇士良老了，回乡不久便寿终正寝。他贪暴了二十余年，并乘皇帝无能、大臣争权之机，渐渐地控制了皇帝，掌握了大权。二十余年中，他参与朝政，干扰国事，上挟天子，下凌宰相，生杀予夺，一任好恶……

唐武宗继位后，对仇士良表面上显得特别的热情和信宠，还赐给他"纪功碑"，升他为骠骑大将军，封为楚国公。但是，在内心深处却疏远着仇士良，特别是对他的独断专权、骄横跋扈十分不满。于是，在掌权的当年九月，任命了富有政治才能、声望也颇高的李德裕为宰相。这一下，可算是仇士良失算了。

宦官和士族对立，又同为唐政权的构成部分。宰相依附宦官，势必不得士人心，然而如果得罪了宦官，又势必登不上相位，就这样处于两难的尴尬境地。李德裕在任涯南节度使时，与监军太监杨钦义打过交道，对他不卑不亢，摸索出了一套对付太监的办法。仇士良对李德裕当宰相，感到意外，心中不免有些恐慌；又听说李德裕对皇帝进言，大讲"辨邪正，专委任"，更觉此人来头不小，不好对付。

李德裕处处与仇士良作对，使得仇士良下决心要除掉这个眼中钉。一次，仇士良乘给皇帝上尊号的机会，大造宰相李德裕的谣言，说：

"宰相主张削减禁军的钱粮，降低禁军待遇。"

同时，在另一方面，还公开对神策军将士们说：

"宰相要削减禁军钱粮的事已成定局，不过如果大家想挽回的话，最好的办法就是到朝廷上去请愿。"

受了仇士良的煽动，神策军大有骚乱造反之势。李德裕闻讯，立即禀告皇上，武宗听后十分生气，下了一道诏令说：

"下赦令：削减开支是皇上的旨意，与宰相毫无干系，你们胆敢不服从吗？"

众军士听了后，这才安定下来。仇士良见这招不灵，不免有点心虚，也不敢再折腾什么了。

李德裕抵御回鹘，收复昭义镇，用兵大有功绩，因此，唐武宗信任李德裕，对宦官更不看重了。会昌三年（公元843年），唐武宗不同枢密使商量，任命了崔铉为宰相。老宦官埋怨杨钦义等枢密使太懦弱，失了宦官的威势，破坏了老规矩。其实，哪是杨钦义懦弱，只是形势变化太大了。

仇士良越来越感到形势对自己不利，但一时又无力挽回，于是就起了引退之心，连上几表要求告老还乡。唐武宗正求之不得，痛快地批准了仇士良的请求。

仇士良老了，回乡不久便寿终正寝。他贪暴了二十余年，并乘皇帝无能、大臣争权之机，渐渐地控制了皇帝，掌握了大权。二十余年中，他参与朝政，干扰国事，上挟天子，下凌宰相，生杀予夺，一任好恶。其不光彩的一生，虽然也曾被一些窃国弄权的阴谋家效仿，但他却成了千古罪人，受后人痛斥、鞭挞！

穷奸稔祸，流毒四海

——童贯（北宋）

童贯，北宋时期开封人。神宗时原为李宪门人，初任给事。北宋时期"六贼"之一，他和蔡京等人狼狈勾结，朋比为奸，欺上罔下，把持朝政；徽宗时期，执掌兵权长达二十年之久，权重一时。童贯终因祸国殃民，被钦宗下令处死，后逃于莫州，为监察御史张徽进所诛。

（一）

"你不懂！"端王转怒为喜，"娇小玲珑，模样儿又俊俏，走起路来如风摆杨柳，更难得的，是她那欲张微闭的小嘴唇儿，你想，要是能够……"

历史上权势显赫、干朝乱政的宦官不计其数。但能像童贯这样混迹军中、终生在疆场的，还真没有第二个。

童贯祖籍开封，他虽然是个宦官，但身材魁梧，浑身横肉，下巴还长着几根山羊胡子，从外表上看，绝不像是阉人。宋人蔡絛《铁围山丛谈》中曾说："童贯彪形燕颔，亦略有髭，瞻视炯炯，不类宦人，项下一片皮，骨如铁。"其他史籍也曾有类似记载。

童贯早年出自大宦官李宪门下，从小性情乖巧，通于奉承，处事圆滑。在宋神宗时，任给事，很得神宗的宠爱，派往内宫当值，侍奉钦慈皇后，也就是端王赵佶的母亲。因为他身强体壮，不像是个太监，因此更得到后妃、宫女们的欢心，他在后宫也混得如鱼得水。

童贯不但乖巧，反应灵敏，又能善体人意，这使得陈皇后极为信宠他。更难得的是，他和端王相处，非常投缘，皇后似乎感觉到，端王如果有一天看不到童贯，就好像失魂落魄似的，一旦见到了童贯，又马上会喜笑颜开。

皇后哪里知道，端王与童贯之间，存在着许多不可告人的秘密。

原来，端王有点歪才，对文学有一种偏好，但私生活又极为浪漫淫秽，常常做一些艳诗，让童贯拿去挑逗宫中的宫女们。童贯也是精于此道的，没有一次不让端王感到满意。

有一天，端王向母亲叩安之后，便向童贯使了一个眼色，两人即走出宫外。

"童贯!"端王迫不及待地问,"听说新来一名宫女,叫什么来着?"

童贯内心明白端王的意思,却故意将两颗机灵的眼珠一转,跟端王绕圈子说:

"王爷,新来的,谁呀?奴才怎么现在还不知道呀?"

端王脸色一变,略显不悦地说:

"胡说!你是给事,负供奉之职,难道不知道?小心说谎重罚!"

童贯见状,赶紧悄声说:"端王息怒,小的明白,您说的是乔晏吧!才十五岁,刚进宫来。她……她长得并不怎么样呀。"

"你不懂!"端王转怒为喜,"娇小玲珑,模样儿又俊俏,走起路来如风摆杨柳,更难得的,是她那欲张微闭的小嘴唇儿,你想,要是能够……"

端王做了两手环抱状,却未将后面的话说下去。

童贯望着端王如呆如痴的神态,满面堆着傻笑,一声也不吭。

"哎哎!"端王调侃地说,"怎么啦,你也动心啦?"

"不瞒王爷说,早就动了,只是奴才不能,奴才……"

"那就快给我想想法子吧。"

"王爷,您放心吧!今晚我会给王爷送上门的。"

端王笑了,随后说:

"我就知道你会当差,有一天,如果我当了皇帝,授给你的权柄就如高力士的权柄!"

"谢主隆恩!"童贯见四下无人,立即机灵地下跪叩谢。

可是,童贯心里明白,至少还有太子赵煦、长子申王、次子简王,轮到他不知何年何月了。

元丰八年,神宗崩,太子立,是为哲宗,但不满十五年,哲宗也去世了。由于童贯的策划,端王终于当上了皇帝,是为徽宗。宋徽宗的继位,同时也是童贯发迹的开始。

《十大太监》载,宋徽宗赵佶在位的二十多年时间里,年号频频变换,竟有六个之多。这一为吉利,二来也确实有点盲目。凑巧,徽宗朝中有六个臣僚,深得赵佶的宠信,其炙手可热的程度远非一般大臣可以比。这六个宦官都以奸臣闻名于世,史称"六贼"。

所谓"六贼",指的就是蔡京、童贯、王黼、高俅、杨戬、梁师成,这是当时一种说法。另外,根据当年太学生陈东的奏书中所指出的,是蔡京、童贯、王黼、梁师成、李彦、朱勔六人。可以看出,童贯、蔡京、王黼、梁师成四人均在其列。其中,蔡京、王黼是朝中大臣,童贯和梁师成则是出身内廷的宦者。

童贯和赵佶生日相同,加上相貌奇伟,自然容易获取皇帝的宠信。宋神宗赵顼即位后,李宪以宦官身份担任将位,拓地降敌,名声颇著。童贯既是出于李宪的门下,耳濡目

染,也就受到很大影响。起初,童贯只是一名普通的给事,在宫中服务。但他心思巧媚,往往在主人稍微显露某种需求之时,就能够事先奉承,如此博取宫廷中人对他的喜爱。他从做宦官的第一天起,就将自己的命运和主人紧紧联结在一起了。尤其在同赵佶相处的日子里,童贯始终是一个俯首听命的宦者。靠着这种长期养成的奴颜婢膝、唯命是从的性格,以及见风使舵、八面玲珑的才干,他终于成为宋代宦官势力最盛时期的一位赫赫有名的人物。

(二)

宋徽宗迷信天象鬼神,固然十分可笑,而就此时此刻来说,可以免动刀枪,未免不是件好事情。但童贯得功心切,作为一名宦官监军,竟敢将诏书私自藏入靴中,拒不执行,还瞒天过海……

崇宁二年二月,童贯被任命为监军,去征讨西北的少数民族羌族,收复青唐(今青海西宁)一带失地。原来这也是得自蔡京的相助。蔡京在童贯的引荐和极力相助下,当上了大宋宰相,然后就策划对西北用兵。他极力保荐童贯,说他对陕甘一带地形、人情极为熟悉,对诸将最了解,又有军功,可以率军。结果,皇上命王厚为将军,童贯为监军,率十万人马出征。

童贯接受了任命，耀武扬威地到了熙州（今甘肃临洮）。主帅王厚、副将高永年调集了十万大军，正准备继续进发，正好皇上诏书到了军中，说开封的太乙宫失火，不可开兵进攻西北。原来宋徽宗非常迷信，怕失火一事是上天降下的征兆告警，说今日出征不吉利。童贯接到手札，看后马上塞进了靴筒里。王厚感到纳闷：皇上的诏书怎么被童监军塞进了靴筒里？但碍于童贯的权势，不好发作，只得若无其事地问：

"童大人，皇帝诏书可有急事？"

"将军放心，没有什么大事，皇帝心急，只不过敦促我们尽快取得成功罢了。"

宋徽宗迷信天象鬼神，固然十分可笑，而就此时此刻来说，可以免动刀枪，未免不是件好事情。但童贯得功心切，作为一名宦官监军，竟敢将诏书私自藏入靴中，拒不执行，还瞒天过海，虽有"将在外，君命有所不受"之古训，但也由此可见他的专横跋扈了。

童贯对用兵作战简直是一窍不通，混在军中瞎指挥。一日，一位末将为了表现一下自己，就对童贯进言道：

"今大兵已至，敌方只不过乌合之众，蛮荒小人，我们应当一鼓作气，合兵直捣湟州（今青海乐都南）。"

童贯一听，也不知青红皂白，马上附和："好！好！直捣湟州！"

王厚却说："羌人凭借巴金、把拶二山和大河之天然险阻，分兵死守，万一我军合兵出师不利，羌人援军一到就不好办了。不如兵分为二，南北夹击，使羌人腹背受敌，那一定能将湟州攻破！"

童贯听后觉得这个有理，那个也有理，真是糊里糊涂，不知该听谁的好了。王厚见童贯仍犹豫不决，就又进一言：

"监军大人，从前我曾亲自视察过该地，这个作战方案也已经酝酿很久了，请你不要过于疑虑。"

于是，王厚和高永年兵分两路，各个进击。羌人首领多罗巴指派三个儿子率领几万名羌兵据守要塞，都被高、王两军各个击溃，多罗巴的三个儿子也被杀死了两个，剩下一个带着箭伤逃窜了。宋军便一鼓作气，攻下了湟州。

捷报传到东京，宋徽宗非常高兴，对有关人员大加赏赐，加封童贯为入内皇城使、果州（今四川南充）刺史。童贯当初做监军时心中还有些惶惶然，是硬着头皮来上任的。没想到，自己在军中混了几天，竟然混得封官加禄，这也太容易了。童贯一下子尝到甜头，不由得兴致倍增，第二年三月，又随军西征，去攻打青唐（今青海西宁）。

羌军列好战阵，要和宋军决一死战。王厚分派诸将与敌对阵，让高永年任前敌指挥。童贯整日躲在后营，想召回高永年，探问一下前敌情况。王厚一见，觉得可笑，忙阻

止说:

"不行!大敌当前,两军对垒,现在怎可把主将调离前线呢?"

童贯为了显示一下自己的权威,非要把高永年叫回来不可。等高永年风尘仆仆从前线回来,问监军有何要事相告时,童贯却张口结舌,无言以对了。

王厚作为军中主帅,知道敌情严重,便严肃地对高永年说:

"两军旗鼓相当,胜负就在顷刻之间,你是前军主将,待在这里干什么?"命令高永年立即回去指挥战斗。

在王厚的正确策划下,宋军大胜,收复了失地,得胜还朝。童贯大功告成,晋封为检校司空、奉宁军节度使。童贯小人得志,官运亨通,不禁有些飘飘然了,于是居"功"自傲,不可一世,妄图独揽宋朝军政大权,指派将领、官吏都是直接让宋徽宗下旨,根本不在朝堂上商议,连蔡京也被晾到了一边。蔡京不由得心生嫉恨。当诏令授予童贯开府仪同三司时,蔡京愤愤地说:"难道使相有授给宦官的吗?"拒不奉诏。宋徽宗却说:"契丹听说童贯打败了羌人,所以才想见见他,因此,把使臣的重任交给童贯,是为上策!"童贯出使归来,更有政治资本了,独揽兵权,对朝廷的各种决策,起着举足轻重的作用。两年后,又主管枢密院,节制九镇,晋封太傅、泾国公。权势之大,赶上了宰相。正是在此时，人们开始戏称他为"媪相"（即母相）。

（三）

童贯在边疆的战斗中，无谋无勇，草包一个，而在镇压起义军时仿佛变了一个样子：制定方略周密细致，调兵遣将有条不紊……

徽宗时，大臣朱勔等人大搞花石纲，在苏州设置"应奉局"，在杭州设置"造作局"，等等，征集了数千名能工巧匠，横征暴敛，搜刮无度，使百姓难以生存下去。官逼民反，一场规模宏大的农民大起义爆发了。

宣和二年十月，睦州青溪县爆发了宋代历史上规模最为宏大的农民大起义——方腊起义。方腊率领当地的农民揭竿而起，附近各州县闻风响应，几天之内，十里八乡，已形成几万人的起义队伍，形成了燎原之势。方腊自号圣公，建元永乐，封官命将，以巾饰为区别的标志。十一月攻下青溪，十二月占领睦州和歙州。然后，兵分两路，往南打衢州，往北攻占新城、桐庐、富阳诸县，兵锋直指杭州。义军每攻占一处，抓住宋朝官吏，当即处死；对于民愤特别大的贪官污吏，或乱刀分尸，或乱箭攒尸，为被压迫的人民报仇申冤。起义的人们只要高喊"方腊来了"，宋朝官吏便落荒而逃，宋朝州县立刻改换义旗。

徽宗听到这个消息，十分震惊，马上任命童贯为荆浙宣抚使，谭稹为两浙制置使，率领京师禁军及秦晋蕃汉兵十五万南下，镇压起义军。童贯出发时，宋徽宗亲自出城送行，握着童贯的手说：

"东南方面的事情全部都交给你了，倘有紧急情况，可用御笔处理。"

童贯是一个很狡猾的人，他知道方腊起义是由于人民群众受不了花石纲的骚扰而引起的；起义爆发后，花石纲仍然没有停止，群众十分恼怒，如果不在花石纲上做点文章，要想平定方腊起义是很困难的。因此，童贯一到苏州，就命令幕僚董耘写了一个"御笔"，四处散发，宣布：罢免花石纲，撤销苏杭制造局，有关官员一律撤职查办。假如以后谁还敢以供奉为名危害百姓，以抗旨不遵论处。与此同时，宋徽宗也罢免了朱勔父子的职务。这些做法，欺骗了一部分群众，使宋军在舆论上取得了一定的主动权。

童贯一方面在政治上耍弄花招，借以麻痹人民的斗志；另一方面在军事上调兵遣将，对起义军进行血腥镇压。他先派宋军在江宁和镇江，扼守长江，防止起义军顺江西上；然后集中精锐，分兵两路，分别由王禀、刘镇带领，向杭州和歙州开来，企图与睦州会合。

由于起义军缺乏作战经验，兵力分散，战线拉得太长，

一味攻打州县,没能建立起稳固的根据地,并且对官兵的反扑缺乏必要的警惕,因而给了童贯以可乘之隙。王禀所率的一路官兵先在秀州(今浙江嘉兴)打败了起义军将领方七佛,杀死了九千多名起义军官兵,进而攻陷杭州、睦州和青溪县。刘镇率部攻城守寨,并与王禀会合,围攻退守在青溪帮源峒中的二十万起义军。起义军将士倚据岩壁坚守,步步为营,顽强地抵抗官兵的猖狂进攻。七万多人壮烈牺牲。最后宋官兵从小路攻入峒中,方腊及妻子邵氏、儿子方毫、起义军首领方肥等五十二人不幸被俘。童贯得意扬扬,派人把方腊等人押往东京请赏,并且命令官兵继续镇压分散在各地的义军。

在镇压方腊起义军的过程中,童贯下令军中,杀一人者得赏绢七匹。大批无辜的青溪居民甚至过往行人都惨遭屠杀,平民百姓死于非命者不下二百万。童贯的血腥罪行,使被花石纲弄得遍地疮痍的东南地区,变得更加满目凄凉、破烂不堪了。

童贯在边疆的战斗中,无谋无勇,草包一个,而在镇压起义军时仿佛变了一个样子:制定方略周密细致,调兵遣将有条不紊,指挥作战心狠手辣,仅在几个月之内,便把声势浩大的农民大起义镇压下去。真可谓"外战外行,内战内行"。

（四）

得意了一夜，第二天，张澂赶到南雄州，追上童贯，宣诏明正典刑，结束了童贯罪恶的一生。

宣和七年一月，金人兵发两路，大规模南侵，一路由完颜宗翰率领，进取太原；一路由完颜宗望率领，进取燕京。这时作为主帅的童贯，吓得不知如何是好，忙召副将马扩、辛兴宗赴金营谈判，那架势，好像金人提什么条件，都可能答应似的。

金兵副帅粘罕不为来使所动，只提了一个条件：割城赔罪。然后，金又派使者去太原，对童贯说：

"如欲我退兵，速割河北、河东，以大河为界，尚能够聊存宋朝宗社。"

童贯闻言，呆了半晌。古来国土最贵，割地赔城可不是件小事情，整不好，遗臭万年。最后，才狠狠地说：

"贵国不但不肯交出侵占之地，还要我国割让两河，真是岂有此理！"

童贯怕金兵再次进攻，心中忐忑不安，借口要赴阙面奏皇帝，遁还京师。

其实此时，童贯已打算同意了。太原太守张孝纯进

言道：

"我们可以和金人一战，何必献河东之地，河东既入敌手，河北则难保！"

童贯大怒道："我已同意，你不必多言！"

张孝纯是一位忠贞之士，因此也讽刺说：

"王爷平素威望有加，不想事到临头，却畏缩不前，再说，太师原为宣抚，怎么能够不禀皇上，逾权做主！"

这时，金兵已达太原城下，童贯一看，早已吓破了胆，正要临阵脱逃时，被太守张孝纯拦住了：

"金人既已违约背盟，王爷您应该号令天下官兵同金兵决一死战，现在，王爷扔下太原不管，岂不白白失地吗？"

童贯一听，勃然大怒，叱责道：

"我童贯奉命是搞宣抚，不是守疆卫土，先生你一定要我留在太原，那还要这里的主将干什么？！"

童贯的话很明白，与敌作战是将士们的事情，自己逃命要紧。他一口气逃回了汴京。金人立即展开攻击，张孝纯领兵苦守，血战月余，金人也无法攻下太原。

这时在东京汴京，徽宗仍是整日沉湎于声色，不理朝政。但忽听童贯说金兵大势压境，心中十分烦乱，迫于形势，决意内禅。

一日上朝，徽宗亲书四字：传位东宫。付给蔡攸。接着，由学士草诏，禅位太子赵桓，徽宗自称"道君皇帝"，退居龙德宫。这样一位昏庸一世的皇帝,在国家危难之机,又趁机让位了。

赵桓是赵佶的长子,登帝位后,是为钦宗。靖康元年正月朔日,钦宗赵桓正式受群臣朝拜。但面临的局势实在糟糕。太学生陈东等上书道:

今日之事,蔡京坏乱于前,梁师成阴贼于内,李彦敛怨于西北,朱勔聚怨于东南,王黼、童贯又结怨于辽。金开边隙,使天下大势,危如悬发,均系六贼之罪,请陛下诛此六贼,传首四方,以谢天下。朝中李纲等人也请求诛除奸贼,以申国法。

钦宗赵桓于是听从大臣建议,贬王黼官,窜置永州,并暗命开封府遣武士杀了王黼,枭首而归;李彦赐死,籍没家产,朱勔放归田里。童贯因是赵佶宠臣,处分很轻,靖康元年二月,将童贯由太师、广阳郡王贬为左卫上将军,仍保留为太保、领枢密院事。

金兵大举渡河南下的消息,传到宫中,宫内一片混乱。钦宗赵桓登基不久,假惺惺表示要御驾亲征。徽宗则急于东行,想要远远地离开金兵。赵桓要童贯为东京留守,童贯表示不肯受命,宁要陪伴上皇帝赵佶"南巡"。朝廷当即命蔡攸为上皇行宫使,宇文粹中为副使,奉上皇赵佶出京东行。童贯率领胜捷军跟随而去。所谓胜捷军,实际上就是童贯的亲兵卫队。

童贯在金兵面前胆小如鼠，可在自己亲兵面前却凶狠如狼。童贯深知自己树敌太多，于是在西北招募了一队亲兵。他把这些兵士安排在自己身边，住则环列，行则相随。当童贯与宋徽宗仓皇出逃时，路过河上的浮桥，宋徽宗的卫士也挤上浮桥。童贯唯恐因为拥挤，影响逃跑速度，于是，命令他的亲兵向皇帝的卫士放箭。一时间，矢如飞蝗，中箭倒毙者达百余人，血流遍地，号叫之声震动四野。童贯这一残暴行径，激起了广大的民愤，大家强烈不满，议论纷起，要求处置童贯。

皇帝在强大的舆论压力之下，把童贯贬了官，流放英州。后来，为了笼络人心，又下诏书列出童贯十大罪状，并命御史张澄追迹前往，在流放途中将童贯斩首。

监察御史张澄深知童贯的厉害。想当年皇上命方勔暗中查访童贯的过错，想不到方勔的一举一动却被童贯掌握得一清二楚，并被反咬一口，将方勔告下，杀了。因此，此次受命，张澄费尽心机想了一个计策：先派遣一个随行官驰见童贯，对他说："有诏遣中使赐茶药，宣召您赴阙，而且还听说要任命您为河北宣抚使。"此计是想稳住童贯，免得他先自引决而不能明正典刑。

随行官先去说了，童贯问：

"果真还能赴阙做官吗？"

那人回答："如今将帅都是晚进之辈，不可委任，主上与大臣熟计,以为您有威望,而且通晓边事,是最合适的。"

童贯大喜,对左右说道:"看,还是少不得我。"

得意了一夜,第二天,张澂赶到南雄州,追上童贯,宣诏明正典刑,结束了童贯罪恶的一生。

七下西洋，名垂千古

——郑和（明朝）

郑和，本姓马，原名马三宝，即历史上有名的"三宝太监"。西域色目人，回族，生于洪武四年。被俘入宫，被燕王朱棣选为内侍，并赐名郑和。后燕王以"清君侧"及位，是为成祖，郑和获升为正式太监。初被选派追查建文帝之下落，于永乐三年出使西洋，先后七度，遍历南洋三十余国，殁于宣宗晚期。

（一）

应当说，郑和能在以后取得十分辉煌的事业成就，与他幸逢胸怀大志的燕王朱棣是有着很重要的关系的。

郑和，云南昆阳州（今云南晋宁县）人。明初太监。

他之所以能煊赫当时，流芳百世，是因为他在明永乐帝的支持下，率领一支空前庞大的船队，在近三十年的时间里，七下西洋，经历三十余个国家，沟通了明朝与海外多国的联系，扩大了明王朝的政治影响。这一盛举成为中国古代航海史上的骄傲，也为世界航海史写下了光辉的篇章。

郑和的先祖是在公元1276年左右，即元朝攻占云南地区时，从西域迁入的。马家世代信奉伊斯兰教，是虔诚的伊斯兰教教徒。他的曾祖父叫拜颜，祖父和父亲都叫哈只。实际上哈只并非他们的本名，因为按伊斯兰教的习惯，凡朝拜过伊斯兰教圣地麦加的人，都被人们尊称为哈只。可见，他们父子都是曾朝拜过麦加的巡礼人，在当地居民中享有一定的威望。郑和的母亲姓温，是位很有教养的善良妇女，郑和兄弟姊妹共六人。马家是个生活富裕，人口众多的大家庭。

明洪武十四年，朱元璋命傅友德、兰玉、沐英等率师攻入云南，消灭元朝余部梁王把匝剌瓦尔密。经过激烈争战，明军平定了云南全境。战争给云南各族人民带来了无穷的灾难。明军还四处烧杀，掳掠儿童，强行阉割，令其屈从服役。在战争中，郑和的父亲马哈只不幸身祸。十一岁的郑和也不幸罹难，被阉入宫，成了侍候明朝燕王朱棣的小太监。

小小年纪的郑和并没有因为自己的不幸遭遇而心灰意冷，他继承着祖、父辈的坚定执着的性格，深怀抱负，刻苦学习。因为他出身并不低贱，从小受到过良好的家庭教育，

聪明伶俐，少有大志，而王府优越的环境更为他的成长创造了良好的条件。随着岁月的流逝，郑和长成了一个身材魁伟的小伙子。而他的聪明和才识，也日益显露出来，并很快得到了燕王朱棣的赏识，成为朱棣的心腹近侍。

郑和俗名又称马三宝，关于"三宝"之名的解释历来不一，比较可信的说法是和郑和的佛教信仰有关系。佛教称"佛""法""僧"为"三宝"，"佛"指佛教的创始人的释迦牟尼，也指一切智者、觉者；"法"指佛教宣扬的各种教义；"僧"指信仰并宣扬佛教教义的信徒。郑和曾受过菩萨戒，有过两个法名，一名"福善"，一名"速南吒释"。他还曾捐钱刊印佛经《摩刑支天经》和《大藏真经》，可知郑和是一位虔诚的佛门弟子，"三宝"之名与其崇信佛教有一定关系。

郑和的宗教思想比较复杂，如前所述，郑和的祖先世代信奉伊斯兰教，受其家族影响，郑和自然不会不受到伊斯兰教的熏陶。对伊斯兰教和佛教教义的熟谙，使郑和在以后下西洋与佛教和伊斯兰国家的友好交往中，起了重要作用。另外，郑和也和中国大多数人一样，受到过中国土生土长的宗教——道教的深刻影响。

开国皇帝朱元璋死后，因嫡长子朱标早逝，按中国封建宗法制度，由嫡长孙朱允炆继承帝位，史称建文帝。

镇守北方、拥兵十万的皇叔朱棣，却生了夺取皇位之心，借口皇帝身边有奸臣，打着"清君侧"的旗号，从北平发靖难兵，进军江南。公元1402年，燕王朱棣的靖难兵，连败明兵，由扬州突破长江天险，攻陷明朝京都南京。建文帝在满城烽火中不知下落。朱棣以武力夺取皇位成功，他登基后，改元永乐，史称永乐帝，即明成祖。

永乐帝登上皇位后，为震慑国内反动势力，平息舆论的不满，巩固自己的统治地位，便立即派遣大批御史出巡全国各地，监视各地官民的动向。从此开始，委派御史出巡各地，逐渐地成了明初的定制。开始时，朝廷不是委派官员充任御史，后来，永乐帝便突破了朱元璋"内臣不得干预政事"的规定，选派他身边的亲信太监，出镇各地。不久，永乐帝又下令建立"东缉事厂"，任命太监统领其事，做所谓"缉访谋逆、妖言、大奸恶"的特务工作。

朱棣之所以肯破坏祖制，公开启用太监参与政事，其中一个重要原因是，当他以"藩王"的身份发动"靖难之役"时，得力于藩王府的大大小小的太监，也得力于背叛建文帝的宫内太监。那年郑和二十九岁，也是当时的一大功臣，所以得到了朱棣的格外信任。

应当说，郑和能在以后取得十分辉煌的事业成就，与他幸逢胸怀大志的燕王朱棣是有着很重要的关系的。郑和人聪明又机灵，在那场历时三年多的"靖难之役"中，他竭尽全力辅佐朱棣，"出入战阵，屡建奇功"，充分地发挥了他的智慧谋略和组织才能，为朱棣登上皇帝宝座立下了汗马功劳。

永乐二年正月初一，朱棣兴致勃勃地亲笔写了一个"郑"字，赐给他为姓，从此，他就改马为郑，叫起郑和来了。

永乐帝又升任郑和为内宫监的太监，主管内宫监。内宫监是侍奉皇族的二十四太监衙门之一，即十二监、四司、八局中的一监。主管宫室、陵墓的承建，铜锡饰品的铸造和各种器皿的购置等事项。不久，又擢升为司礼监掌印太监。

（二）

朱棣在他周围可信的近侍中物色着满意的对象，最后选中了郑和。他了解郑和……

朱棣即位后，仍然坚持朱元璋的重视农业、扶植工商业的政策，使洪武时期的初步经济繁荣在永乐年间走向极盛。同时，朱棣在政治上又加强了中央集权制，消除诸王势力，充实军事实力，开拓、巩固边疆，维护国家的稳定。强大的政治、经济实力，奠定了明王朝开拓对外活动的基础。朱棣是中国封建时代唯一一个把眼光着重放在辽阔海域的帝王，他审视着中国漫长的海岸线，决意要打开从未重视过的通往外部世界的海上之路，来实现他"锐意通四夷"的宏大愿望，和海外诸国建立友好关系的对外政策，以显示其宣德沐仁的天子之恩和"天朝上国"的强盛。洪武中后期，东南亚一带的许多国家没有按期向明王朝纳贡，朱棣感到天朝的宗主地位正在丧失；还有些地区的首领甚至阻碍、破坏着中国官方、民间的对外海上贸易。这对一个雄心勃勃的君主是难以忍受的。因此，一个宏大的计划在朱棣的脑中出现，那就是派遣使节打通海上通道，重建天朝威信，恢复和扩大对外邦交。另外，当时传说建文帝逃往南洋，朱棣内心一直惧怕敌对势力死灰复燃，因此搜寻建文帝也被列为下西洋的一项秘密使命。

朱棣在他周围可信的近侍中物色着满意的对象，最后选中了郑和。他了解郑和虽未曾随祖父和父亲到过遥远的麦加，但对海洋和异国却有一种从小滋长的神秘感和向往。他更信任这位随他东征西战的得力下属所具有的不寻常的学识和组织才能，而且此时的郑和，已经具备了亲往东洋日本的外交和航海实践经验。朱棣确信郑和能担此重任，有能力指挥一支庞大的远航船队。永乐三年，朱棣任命郑和为钦差总兵太监、正使太监，命其正式组织船队出使西洋。这年郑和三十五岁。

明初的西洋概念，与今相去甚远。从随郑和下西洋的马欢、巩珍等人的著作中可以看得出，西洋当时是指苏门答腊以西以北的洋面。

郑和接受了出使西洋的任务后，便开始了建造船只的庞大工程。之所以称之为"庞大"，一是因为其船队数量是当

时世界上其他国家无与伦比的。据记载,郑和首次出航就配备各种船舶208艘,其中大型船只62艘;二是因为船体规模也是当时任何国家无可匹比的,该船队按用途的不同分成宝船、马船、粮船、战座船几大类。其中郑和的旗船(宝船)是船队中最大的,长为44丈,宽18丈,约合138米×56米。按英国学者米尔斯推算,该船载重量约2500吨,排水量为3100吨。我国历史悠久的造船业和当时先进的造船、航海技术,加之明初强盛的国力,为如此大规模地建造远洋船队、出使西洋提供了坚实的技术和物质条件。与此同时,郑和组建了一支二万七千余人的船员队伍,建立了一整套组织机构。其中有掌管航行、外交、军事、贸易等重大行动机构的决策、指挥人员,有负责观察天文、预报天象、航海操作和修理的技术人员,还有翻译、医生、采购、后勤、军事护航人员等,规模巨大,分工精细,史无前例。

(三)

一生历侍明朝三位皇帝的郑和,在万里海路上奔波了三十年,此时已年近花甲,但仍壮志不已,束装待命,期望受命出使。

郑和首次出航的时间,是永乐三年(公元1405年)的六月。

那天，刘家港湾数百艘海船井井有条地停泊在码头内外，宝船高翘、帆樯林立。在一片震天的锣鼓和鞭炮声中，郑和所乘坐的宝船，率先缓缓驶出港口，接着船队逶迤数里，浩浩荡荡地奔向大海。郑和率船队先向福建长乐县五虎门港开去。船队将临时停泊在那里，继续作远航的准备。同时，等候东北季风的到来，以便借强劲风力扬帆远航。

郑和一直等到冬天来临，强劲的东北季风一刮起，便立刻下令船队起锚开航。庞大的船队从五虎门港扬帆出港，驰向远洋的征程。

郑和首次航行的目标是印度洋岸边的古里（今印度的科泽科德）。

在当时，古里是西洋中一个大国，也是东西方商业重要都会，地理位置十分重要。其海路交通非常方便，东方的布匹、西方的马匹和其他国家的珊瑚、珍珠、乳香、水香、金箔等珍奇货物，都在这里集散。

郑和船队启航后，先奔向占城，再到爪哇、旧港、苏门答腊、南巫里，又从南巫里驶入印度洋，到达今斯里兰卡，最后到达目的地古里。

郑和所到之处，都受到当地国王和首领的热烈欢迎。郑和在各处宣扬明朝国威，赠送礼物，颁发印玺，缔结友好关系。

郑和在古里停留的时间较长,他曾命令随员刻石立碑,记录明朝船队到达古里的经过,以资纪念。

对于郑和第三次下西洋的情况,由于有同行人费信著的《星搓胜揽》一书,使得人们了解得比较多些。

郑和第三次航行是在永乐七年九月从刘家港出发的。船队经十个昼夜的航行首先到占城国所属的新州。郑和率船队到达新州港,登陆后,便向百里以外的王城进发。占城国王闻知郑和到来,忙盛装出城,陈列出盛大的仪仗队,迎接郑和。国王头戴金花冠,身披锦花巾,脚着玳瑁鞋,腰扎八宝方带,手腕和脚腕都带着金镯子,乘坐一头大象,威风凛凛地出迎郑和。国王身边由五百多名士兵排列在两侧,他们拿着短枪、舞着皮牌、打着善鼓、吹着椰笛,不断欢舞。郑和与国王相见,交换了礼物后,被迎进王城。

费信在这里特别记录了两件趣事:

占城国有一项特殊的规定,凡国王在位满三十年时,都要自动退位给子侄代管国政,自己到深山中去出家为僧,过着清苦、寡欲的生活。如他在一年独居生活中,能战胜磨难,生存下来,便可回到城里,复位继续为国王,并被人们尊为"吉祥大王"。

当地男女婚配时,新郎要先到女家去成亲,过半个月以后,男方家人才能迎接新婚夫妇一同归家。新婚夫妇归家时,举家亲友欢聚一堂,饮酒祝贺。喜酒也特别,这种酒是用米饭酿成的，人们饮酒时不用杯盏，只是把酒瓮放置在人们中间启封后加水，插入一根三四尺长的竹筒，大家便轮流用竹筒饮酒。饮干后，再加进水，直至没有了酒味，大家才欢喜而去。

郑和这次先后到了爪哇、满刺加、阿鲁、苏门答腊、南巫里、锡兰、古里国，于永乐九年六月返回。

永乐十年十一月，朝廷命令郑和进行第四次出使西洋的航行。郑和认真总结了前三次航行经验，决心超越古里，率领船队继续向西航行，到达更多更远的国家和地区。为了确保这次航行的成功，郑和除了进行必要的物资准备外，还花费大部分精力聘请各类人才。为此，他曾不辞辛苦地到西安，聘请大清寺掌教哈三任翻译，又请马欢、郭崇礼当翻译，以及唐敬、胡夏、李云增、蒋朝辉、江红等军官宫人参加远航。

船队做好了远航准备后，永乐十一年冬，郑和受命指挥船队从刘家港出发，首先到达占城。郑和船队途经旧港、满刺加、阿鲁，到达苏门答腊，这里也是一个重要的贸易城镇，尤其是东西洋的船只都集中到这里来进行贸易。郑和把船队停泊在这里，主要是想得到名贵的龙涎香和椰子。为此，郑和从这里派船到溜山（今马尔代夫群岛）去。

溜山是个小岛国，此岛盛产龙涎香和椰子。龙涎香是一种极其名贵的香料。

郑和率船队经锡兰山到达古里。古里是郑和前三次航行中到过的最靠西的一国。这次出航,郑和决心从古里继续向西航行,直驶忽鲁谟斯。船队在一望无际的海洋中颠簸了二十五个昼夜,终于到达了这个国家。

郑和船队到达忽鲁谟斯后,受到其国王的真诚欢迎。郑和宣读了明朝皇帝的诏书,送上了礼物,两国结成了友好关系。国王欣然同意向中国朝贡,通使往来。

郑和船队这次航行完成了超越印度洋向西达到波斯湾的远航任务后,于永乐十三年七月胜利归航。

永乐二十二年,永乐帝驾崩,他的长子朱高炽在当年八月十五日继承皇位。新皇帝即位当天,便下令停止郑和出使西洋的活动。命令郑和率船队守备南京。此时,郑和已先后六次率船队下西洋。但仅仅登上皇帝宝座一年的朱高炽,便死去了。其子朱瞻基宣布就皇帝位,改元宣德。郑和仍被任命为南京守备。但宣德皇帝一改父命,决定继承祖父永乐帝的做法,再次命令组织船队,出使西洋。

一生历侍明朝三位皇帝的郑和,在万里海路上奔波了三十年,此时已年近花甲,但仍壮志不已,束装待命,期望受命出使。

宣德五年六月,皇帝终于命令郑和出使西洋。郑和完全不顾及自己年迈力衰,毅然组织船队,准备七下西洋。

宣德六年十二月,郑和乘东风刮起,指挥船队扬帆出五虎门港,开始进行第七次下西洋航行,这也是他最后一次航行。

这次航行的目的地为忽鲁谟斯,但在沿途中,郑和竭力向各处分派了船队,致使这一次航行到达了数十个国家。

郑和率船队在忽鲁谟斯停留了五十天,圆满完成任务后,于三月九日返航,七月回到刘家港。

(四)

七下西洋中,郑和有三次大规模的军事活动,从中我们可以看出郑和是如何将他卓越的军事才能同外交手段巧妙地结合在一起的。

在长期远离本土的远航外交过程中,自然也会有危及生命的威胁,因此郑和集团配有强大的军事力量为自己的和平出使作后盾。郑和始终贯彻着朱棣"宣德化而柔远人"的政策,不滥用武力,但不排除保卫自己和维护大明威严的军事行动。七下西洋中,郑和有三次大规模的军事活动,从中我们可以看出郑和是如何将他卓越的军事才能同外交手段巧妙地结合在一起的。

第一次发生在一次下西洋的归途中,地点是旧港。旧港聚集有许多华侨。洪武年间,广东人陈祖义来此纠集一群海盗,自立为头目,专门在海上抢劫过往商船,给中国与南洋

地区的外贸带来极大障碍。郑和明白要疏通航道，必先解决陈祖义。他先派人招抚陈祖义，意欲争取其归顺。陈祖义表面答应投降，暗中却调动海盗准备袭击郑和船队。不料郑和已得到华侨吴世勇的密报，早已有了准备。当陈祖义率领分乘数十艘快船的海盗袭击郑和的宝船时，明军船只从四周密密围来，陈祖义见势不妙，赶紧掉头欲逃，但退路已被堵。海盗非死即伤，被烧船只十余艘，陈祖义亦被生擒。郑和为斩草除根，乘胜进剿其老窝，全歼余敌。

第二场战斗发生在锡兰山。郑和两次下西洋都曾来到过这个国家，想改变其国王亚烈苦奈尔"负固不恭"的态度，停止屡次劫杀其他国家来中国使臣的行动。但亚烈苦奈尔非但不听，反而在郑和第二次来访时竟预谋暗害中国使臣，被郑和警觉才得以及早脱身。锡兰山位居郑和远航阿拉伯等国和非洲东岸的要道，地理位置十分重要。郑和为了以后出使使命的顺利完成，第三次踏上了这块国土，再次想以和平手段解决问题。亚烈苦奈尔引诱郑和一行来国都做客，提出要更多的金银宝物，遭到郑和的拒绝，便暗地派兵劫掠郑和停泊在港口的船队。为防郑和所率人马及时赶回增援，他又命封锁、阻断道路。面对这种兵力悬殊而情况又万分危急的情况，郑和十分冷静，看到对方主力出动劫船，内部一定空虚，就自己亲率精兵两千，衔枚疾趋，伐木取道，奔袭锡兰山的国都，攻陷了王宫，并生擒亚烈苦奈尔，作为人质，使使团和船队转危为安。亚烈苦奈尔也俯首称臣。

第三次，是指郑和四下西洋，助苏门答腊平定内乱。苏门答腊与邻国那孤儿发生争执，苏门答腊国王中箭身亡。国王仅有一幼子，王后为报夫仇，对国人说：

"能为国王报仇的人，我不仅交出王权，还愿意嫁给他。"

有个渔夫挺身而出，说："我能！"

他率军队果然打败了那孤儿国，并捕杀了其国王。王后不违前约，就嫁给了那渔夫，让他做了国王。但先王的儿子渐渐长大了，他不甘心王位落入他人之手，便发动政变杀了那渔夫出身的国王，自立为王。渔夫也有一子叫苏干剌，他自建一支武装，不断攻击新王，要为其父报仇。新王感到自己无力平定苏干剌，便向明朝求援。也许是明成祖认为新王是当然的王位继承者，便答应了他的请求，命郑和带兵前往协助新王平定内乱。郑和来到苏门答腊，立即带兵进剿苏干剌，在训练有素的明军攻击下，苏干剌只得坐船逃往海上，但又被郑和的船队紧追不舍，终于被擒。

宣德八年（公元1433年），伟大的航海家郑和与世长辞，他所开创的航海事业也随着他的谢世而中断了。这位世界上少有的伟大航海家，虽出身太监，但一生中七次往返中国和亚非一些国家，历尽艰难险阻，开辟了一条连接亚非人民友好交往的航路，其功绩是永垂青史的。

机关算尽，死于非命

——王振（明朝）

王振是明朝著名的"土木堡事变"中的罪魁祸首，也是明朝第一个擅权乱政的太监，史书在评述明代宦官擅权乱政的历史时说："始于王振，卒于魏忠贤。"王振是山西蔚州人，进宫后，由于有一定的文化，被派往侍奉太子朱祁镇，深得宣宗和太子的宠爱。太子即位后提升他为司礼监太监。"三杨辅政"终结后，开始擅权乱政，残害忠良，使明朝历史由较为清明转为黑暗。王振对明朝历史影响最大的是怂恿英宗亲征瓦剌，致使英宗被俘，酿成"土木堡事变"，王振也在这次事变中被护卫将军樊忠打死，结束了罪恶的一生。

（一）

王振抓了镜子和剑，接连三次都如此，他父亲大惊失色，说："这孩子将来准是个奸臣，不仅阴险，而且狠毒，这真是家门不幸。"从此很不喜欢他。

明太祖虽大肆杀戮功臣，鲜恩寡德，但他确实是个有见识的政治家。他从汉、唐历史上总结出宦官干政的危害，所以在宫门上铸有一块三尺高的"内臣不得干预政事"的铁牌，这规矩一直传下去。但到了明成祖时，由于他是得力于宦官的通风报信而攻陷南京，登上皇位的，这就是史书上所说的"靖难"事变，宦官在这次政变中立下首功，成祖自然对他们印象大改，开始重用宦官，这就为以后王振擅权铺平了道路。

王振出身教育世家，祖父和父亲都是教官，一向循规蹈距。据说王振满月时，家里按风俗准备了镜子、剑、书这三件东西，让刚满月的王振抓，结果王振抓了镜子和剑，接连三次都如此，他父亲大惊失色，说："这孩子将来准是个奸臣，不仅阴险（镜子为女子之物，男人拿它表示阴险），而且狠毒（剑为利器），这真是家门不幸。"从此很不喜欢他。

但王振从小就很聪明，他四五岁时，常看父亲上课，父

亲所讲的书中内容，他听一两遍就能背下来，只是由于父亲不喜欢他，所以虽见他聪明，也不认真教他。于是王振只好让母亲教他识字，到七岁时已熟读古今历史，成为村里有名的神童。

王振自小即有才名，长大后便做了教官。"靖难"事变后，王振因犯了事，被革掉职务。他回家一说，父亲勃然大怒，他父亲本来就不喜欢他，这时便坚决要跟他断绝父子关系，不能让他玷污了"书香门第"的家风。正好朝廷扩大招收宦官，王振一怒之下，决定自阉进宫当太监。这时社会风气跟明中、后期不同，当太监是一件极为羞耻的事，王振便想借此报复一向不喜欢他的父亲，同时也逃脱因犯事而对他的责罚。也许是因从小缺乏父爱，王振性格有些孤僻，同时家境的贫寒也使得他在生活上颇不顺心，他由此特别喜欢宫廷豪华、奢侈的生活，这也是促使他下决心自阉进宫的一个原因。总而言之，王振这个教育世家出身的读书公子，一怒之下便进宫当太监去了。

（二）

王振艳福不浅，每天面对一群如花似玉的女孩子，跟她们朝夕相处，手把手地教她们识字、读书，不仅大饱眼福，而且也解了宫中寂寞。

当时由于明太祖的规定，宫中的太监、宫女们大都不识字。明成祖由于对宦官印象不错，决定重用他们，这样自然得让他们识几个字，学点文化；但这又和祖宗规矩相违，明成祖只好采取变通的办法，不是规定宦官不许学习文化吗？那么就只让他们认识几个常用字，这不算违反祖规吧？规定中也没说女官不许学文化，那么就让宫中女官学习文化。王振不仅有一定文化，而且还做过教官，奇货可居，自然受到重用，进宫不久即被派往教一批女官学文化，同时还教小宦官认字，被称为王先生。

王振艳福不浅，每天面对一群如花似玉的女孩子，跟她们朝夕相处，手把手地教她们识字、读书，不仅大饱眼福，而且也解了宫中寂寞。所以王振自然尽心尽力、兢兢业业地工作，生怕自己差事被人抢去。这样一来王振更得宣宗喜爱了（这时成祖已死，明宣宗在位）。太子朱祁镇出生后，王振即因奉事殷勤，又会教书，便被调往侍奉太子，任事东宫商郎，教太子识字、读书，这自然没有教授女官舒服，而且得小心谨慎。但因为这一位子能与太子朝夕相处，极易得太子的宠，以后太子即位，必将前程似锦，所以是个人人争羡的位置。王振自然明白，因此他也心满意足。

王振是个很聪明的人，他从多年教育中总结出一套驾驭人的方法。他在和宦官裴可烈谈女官教育时，便提出："观

人之术,在隐不在显,在晦不在明。显与明,人之所畏也;隐与晦,人之所忽也。吾人言教帝王宗室,往往重所见,疏所忽也,反之,若重忽疏见,以其心上,则无不任所欲矣!"他以这一套方法来指导教育太子的行动,把太子的一切缺点、毛病都找出来,加以利用,引诱太子习性向有利于他的方面发展,果然把太子牢牢掌握在手中,事事依顺他,奉他为先生,极为喜欢跟他相处。这样一来,宣德十年随着九岁的太子登基,王振便时来运转,当上了司礼监太监。

(三)

英宗以为他们在玩什么游戏,便高兴地推开门叫道:"王先生,你们在玩什么游戏呢?"一看却吓了一跳……

太子继位时只有九岁,自然对国家大事一窍不通,只知像小孩一样贪玩,所以政事便由太皇太后张氏处理。张氏虽为妇道,却颇有眼光,任用贤明的三个大臣杨溥、杨荣、杨士奇等辅政,把政事处理得很好。王振这时掌二十四宦官御门之首的司礼监,有各宦员官员的升迁谪降大权,兼管各特务机构,还管理各种奏章文件,权力极大,因而野心膨胀。但这时对朝中大事仍无法公开干预,所以他表面装出恭顺的样子，对太皇太后是俯首帖耳，对"三杨"也毕恭毕敬，听到他们谈论国事，故意避开，做出不干预朝政的样子。暗中却拉帮结派，引诱皇上往邪路上走。

王振原做过宫中女官教官，跟宫女、嫔妃很熟，当上司礼监太监后仍跟她们往来亲密。英宗当时只有九岁，喜欢热闹，自然也喜欢跟她们玩闹，所以常到王振那里去。这天英宗下朝后，又往王振处跑，但奇怪的是没听到往日热闹的笑声，英宗很奇怪，以为王振不在，便走进去，想推开门看看。刚到门口便听到呼呼喘息和低低的呻吟声，英宗以为他们在玩什么游戏，便高兴地推开门叫道："王先生，你们在玩什么游戏呢？"一看却吓了一跳，一对男女光着身子惊慌地从床上爬起来，原来王振正跟一位宫女在干见不得人的勾当。由此王振便引诱年幼的英宗去尝试人间云雨之情，教他房中秘诀一类的东西，引诱英宗沉迷于声色之中，英宗对他更加宠幸了。

不久，英宗命令王振带领朝中文武大臣到朝阳门看武将比武，选拔人才。王振以为机会到了，便想借机勾结朋党，安插亲信。当时的隆庆右卫指挥佥事纪广，武功平平，但在朝中颇有势力，而且事先拜访王振，贿赂他，两人早已勾搭上了，所以比武时王振便想法让纪广得第一。但武将比武这是实打实的，武功不成一比即明，怎么办呢？

到了比武时，却见纪广有如神助，横枪跃马，力克群雄，很快就夺得第一。朝中文武大臣很为奇怪，便要求对比武的人验明正身。一检查确实是纪广，而不是别人，一时间文武大臣都想不出其中的原因来。事实摆在面前，只好让纪广得了第一，不久把纪广提升为都督佥事。

俗话说，要想人不知，除非己莫为。王振的诡计过了不久就被泄露出来了。原来狡猾的王振苦苦思索，终于想出一个偷梁换柱的办法。他首先找个借口把比武检录台的官员撤掉，换上他的心腹；正好他掌握下的锦衣卫中又有个校尉长得跟纪广相似，又是他的亲信，武功颇为了得，所以到了比武那天，首先跟文武百官见面的是真的纪广，等到见礼完毕，正式比武开始后，便换成那位校尉了。比武场离观看的文武百官很远，自然看不清楚他的面貌，而参加比武的人因两人长得相似，又忙着比武也不多加留意，这样假纪广便替真纪广夺得了第一。这事传出来后，朝中官员议论纷纷，但因无确切证据，又知英宗对王振颇为宠幸，所以也没人上疏参奏他。

（四）

话音刚落，太皇太后随身带的几个侍女便一拥而上，把寒光闪闪的利刀搁在王振脖子上。

明太祖手书，挂在宫门的那块高三尺、铸有"内臣不得干预政事"的铁牌，总让那些心怀鬼胎、干预政事的宦官们望而生畏。王振除了在比武中捣鬼以外，还指使爪牙杀害了不少地方官吏，大搞卖官勾当，把不少地方的官吏换成了他的心腹。他干了这么多坏事，见了铁牌自然心惊胆战，生怕被太皇太后知道要了他的命。

据野史记载，那块铁牌因为是太祖所书，具有神力，那些干了坏事、干预了朝政的宦官从宫门经过时，便会做贼心虚，看见鬼怪，吓得晕倒在地。据说王振因干了许多坏事，有一次，他从铁牌下经过时，心虚地抬头，突然恍惚中看见太祖身穿龙袍，威严地对他怒目而视。王振吓得连忙跪下，磕头如捣蒜，请求太祖饶命。但太祖怒气未息，对他喝道："今日若不杀你这贼子，我立下的规矩终会坏在你手里！"命令两旁的鬼卒把他砍了，王振吓得晕了过去。事后大病了一场，请了许多方士驱鬼也不见好，最后还是英宗用御笔写了一张小条，贴在他门口，才慢慢好转，从此有一段时间，他再不敢干预朝政。

这是野史的记载，当然不可信，但他暗中勾结朋党，大干坏事，干预朝政，终有一次被太皇太后知道，差点要赐死他，却是真的。太皇太后刚开始时见王振虔诚恭顺，奉事殷勤，也颇喜欢他，但久而久之，便看出王振为人狡诈，诡计多端，这时也听到一些王振干预朝政的风声，便决定除掉

他。正统二年正月的一天，太皇太后在便殿召集元老重臣，随后派人把王振找来，王振刚一进门，太皇太后便呵斥道："奴才，你在宫中侍奉皇上，不守本分，不按宫中规矩行事，今日我赐你死。"话音刚落，她随身带的几个侍女便一拥而上，把寒光闪闪的利刀搁在王振脖子上。王振做贼心虚，以为自己的劣迹被太皇太后发现了，吓得浑身哆嗦，"扑通"一声跪倒在地，连叫饶命。英宗一见，连忙跪下求情，其他元老重臣也请求饶他一命。太皇太后手中也无确切证据，看这情形，也只好饶他不死，但仍怒气未息，"看在他们面上，今天暂时饶了你这奴才，自今而后，你要严守本分，决不许干预国事。我若听到什么，决不饶你。"王振经过这一吓，一段时间内老实多了，但由于他深得英宗宠幸，左右着英宗，所以仍能干预朝政。一些趋炎附势的人，看到他的权势也纷纷向他靠拢。

（五）

王振还想出一条毒计——读书人不是手无缚鸡之力吗？他偏让人造了一副重百斤的枷具让李时勉等戴上在国子监门前示众。

正统七年，王振等待已久的机会终于到来了。这一年王振最为忌惮的太皇太后张氏病故，第二年杨士奇又去世，"三杨辅政"的中坚倒下了，而杨荣早在正统五年即离开人世，剩下的杨溥年老体弱已无力过问政事，这样，史书称道的"三杨辅政"在无形中瓦解了。十六岁的英宗临朝理政，王振从小对他的教育只是想着怎样驾驭他，他哪知怎么理政，只是事事听从王振罢了。王振既能左右皇上，自然趁机安插亲信，控制国家要害部门，结成一个阴谋集团，由此不择手段地残害忠良、排斥异己。

明太祖曾被迫做过一段时间的和尚，因为怕人揭他老底，登基后对和尚颇为不好。王振也曾当过教官，与教育一行，这也有点缘分，在当时这是很受人敬重的；但由于他是被革职的，所以对教育一行的人也颇为仇恨，特别是那些受到敬重的人。国子监祭酒李时勉，因为热心教育，所以官虽不高，却很得百官的敬重，这就引起王振的妒意。偏偏他在上疏请求改建国子监，英宗派王振查看时，又坚持士大夫的节气，不向王振献媚，只按制度接待，这下王振更气坏了，便回奏不用改建。李时勉没有办法。当时国子监前有一株古柏，生得枝繁叶茂，这本是好事，只是国子监本来就小，人却很多，树生得太好便把人活动的地方占了，李时勉便让人砍掉一些树枝。这下王振可抓住机会了，便指控李时勉存心败坏风水，并说这古柏是元代许衡所种，是祖宗先辈留下的圣物，李时勉竟擅自砍伐，运回家使用，是大逆不道，便把

李时勉和司业赵琬等一块儿抓到了狱中。王振还想出一条毒计——读书人不是手无缚鸡之力吗？他偏让人造了一副重百斤的枷具让李时勉等戴上在国子监门前示众。七月的北京，太阳本来就够毒的，一个文弱书生即使没戴这种重枷，晒一天也会半死，李时勉受着这种折磨，到第三天已气息奄奄了。三千余国子监的诸生聚集朝门喊冤，昏庸的英宗竟然不理，幸好孙太后得知，怕生事变，忙令人开枷，李时勉才捡到一条命，但抬回家后，过了三天才渐渐清醒。王振的狠毒由此可见。

但王振狠毒、专横还不仅表现于此，他不仅对得罪他的人暗下毒手，为了发泄他的淫威，对他看不顺眼或感到不舒服的事，也要耍耍威风。有一天，驸马都尉石璟在家里责骂佣人太监员宝，这事可说与王振毫无关系。俗话说打狗看主人，虽然员宝也是一个太监，但是王振跟他并没有什么瓜葛，可是王振偏要无事生非，硬把这事跟自己扯上关系，因为员宝也是太监，就说责骂员宝是对他不满，把堂堂驸马抓来投入大牢中。

在王振这种高压恐怖下，一些怕事胆小的官员为了避祸，便看王振眼色行事，而一些无耻之徒为了升官发财，更是不断向他献媚，一时间王振权倾朝野、骄横跋扈。但这时也有忠直之士，敢于不屈于王振的淫威，于谦便是一位。

（六）

于谦停住马，坦然一笑，随即口占一绝："绢帕蘑菇与线香，本资民用反为殃。清风两袖朝天去，……"

大家都知道《石灰吟》是于谦所做，但还有一段有名的故事也跟于谦有关，这就是"两袖清风"的故事。正统十一年三月，巡抚山西、河南的于谦，按例进京陛见。于谦清正廉洁，为民办了不少好事，他进京那天，百姓都自发来给他送行，有的捧着酒肉，有的捧着当地特产，要送于谦，于谦坚决不收，百姓就一直跟在他身后。于谦的朋友们知道王振的权势，早先就曾劝于谦带点礼物送给王振，否则王振恐怕会找麻烦，这时见到这种情景又劝他一则不要凉了百姓的心意，二则不带金银珠宝，带点土特产送礼也不为过。于谦很感激朋友们的好心，便说："我于谦何德何能？但求做人问心无愧，百姓既然如此敬我，我更不能做这种有愧百姓的事。"谢绝了朋友的劝告。百姓一听，更加感动，定要于谦收下所献的礼物，将其送给王振，免得惹来祸患。于谦停住马，坦然一笑，随即口占一绝：

绢帕蘑菇与线香，本资民用反为殃。

清风两袖朝天去,免得闾阎话短长。

然后接过一位百姓手中的酒,一饮而尽,向百姓拜谢而去。这就是后世有名的"两袖清风"的故事。

王振本是山西人,对当地特产很喜爱,一见于谦进京不仅不给他送上厚礼,而且连点儿土特产也不带,气得没法说,便加于谦一个对皇上不满的罪名,将其关进狱中,判以死刑。于谦的诗中似乎还隐含着不满,看来他是在劫难逃了。幸好山西、河南官民闻讯后,一万余人两次到京城请愿,王振才把于谦放了出来。

王振这种随意残杀官员、陷害忠良、营私结党的行为,使得明朝统治由比较清明转为黑暗,使明朝在内耗中由盛世走向衰落,但他给明朝历史造成的最大的影响,还是"土木堡事变"。

(七)

护卫将军樊忠胸中的怒火熊熊燃烧……一把揪住王振,抡起瓜锤,打得他脑浆四迸,结果了他的狗命。

王振是"土木堡事变"的罪魁祸首,虽说这次事变和英宗的昏庸和异想天开有关,但王振的罪责是推不掉的,整个事变可以说是他一手制造的。

正统十四年时，王振一反以前对瓦剌贡使的加礼优待、有求必应的态度，致使贡使不满。等瓦剌大使也先闻报大举兴兵南下，明朝连连失败后，王振怕责任落在他头上，他对军事又一窍不通，便想借英宗亲征的方法吓唬也先收兵，因而极力怂恿英宗出战。

"启禀皇上，这瓦剌乃一小小蛮夷之邦，如今竟敢造反，吾皇如效先皇成祖之志，御驾亲征，贼寇见吾皇虎威，必望风披靡，土崩瓦解。"王振知英宗无能而又喜异想天开，便对他又吹又拍。

昏庸的英宗经王振一吹一拍，果然飘飘然不知自己姓什么了，心想自己乃天下独尊的天朝圣上，也先所率不过一批蛮夷之人，看见天朝大军的威风必会望风而逃，这正是自己大显身手的机会，自己之功直可跟成祖比拟，头脑发晕之下，便道：

"翁父所言极是，朕即下诏，明日亲征。"

尽管群臣一听这诏书所说都大吃一惊，极力劝阻，但由于王振极力劝英宗主战，英宗又向来听从王振的，把他奉为神明，当下力排众议并下令：再有进谏，格杀无赦。于是点兵五十万大军，下诏的第二日便匆匆起程了。

也先一听来劲了，知道王振的贪婪和英宗的昏庸、异想天开，便定下诱敌深入的策略，诱使明军深入再加歼灭。王

振果然中计,到了大同还继续挥师北进。也先一见明军中计便指挥反攻,贪生怕死的王振大惊失色,赶紧逃命,几十万大军群龙无首,争先恐后地撤退,自相践踏,不战而溃。

王振本想在退兵时顺道经过老家蔚州,炫耀一下权势,后来一想几十万大军不免踏坏老家的庄稼,便匆匆改道,这样一来便被也先赶上,包围在土木堡。王振在军事上连三岁幼儿都不如,土木堡地势高,无泉无水,他偏驻军于此,自以为居高而下,也先兵马必抵挡不住。后一见也先大军一圈圈围住土木堡,敌军不知有多少人马,又惊慌失色,不知所措。明军被围在山上,饥渴难忍。王振既无带兵冲出包围之策,又无曹操望梅止渴之智,只好下令掘井找水。昏庸的英宗竟问王振:

"他们不好好休息,待命出发,在那儿干什么?"

王振在蒙骗英宗方面倒挺有心计,胡诌道:"他们按老臣的布置,正在挖陷阱。"

也先又玩弄手段,假意停战,暗中准备偷袭。兵不厌诈,王振哪里懂得,果然上当,再下令撤军,一时间明军纷纷跑去找水。也先趁机进攻,晕头转向的几十万明军,转眼间便崩溃。王振这时也顾不上英宗了,想夺路而逃,护卫将军樊忠胸中的怒火熊熊燃烧,目睹数十万大军毁于一旦,而贪生怕死的王振本是罪魁,这时又想逃跑,便一把揪住王振,抡起瓜锤,打得他脑浆四迸,结果了他的狗命。怯懦无能又异想天开的英宗最后也被瓦剌抓去。

王振不仅遗臭万年而且也贻害万年，开了明一代宦官擅权的先河，从此，明朝政治日益腐败。可气的是昏庸的英宗在"夺门之变"中杀死自己被俘后被众人拥立的弟弟，夺得权位，对王振这种人还念念不忘，竟令人刻了王振的木像，在智化寺中招魂并加以礼葬，真是昏庸透顶，至死不悟。

因奸获用，心狠手辣

——汪直（明朝）

汪直是广西大藤峡人，瑶族。宪宗成化三年，在明朝镇压瑶族人民的反抗斗争中，年幼的汪直被俘。由于长得较清秀，被阉割后带回京城做太监。入宫后被派往万贵妃昭德宫中服役。由于万贵妃的关系，不久被提升为御马监太监。又因为他有特务专长，被派往主持新设的特务机构西厂。汪直掌权后，大兴冤狱，杀害无辜，肆无忌惮地实行高压恐怖的特务统治。最后在其集团内部的纷争中，被另一太监尚铭斗败，被撤掉官职，郁郁而死。

（一）

汪直把被明军杀害的亲人的鲜血抹到脸上，躺在地上装死；但他运气不好，刚躺下，后面追上来的明军步兵中的一个大高个，一脚踏在他脚上，汪直痛得忍不住叫出声来，于是……

天顺八年，由于纵欲无度，英宗皇帝驾崩，太子朱见深即位，改元成化，史称宪宗。宪宗刚登台，便要解决当时的心腹之患、正在蓬勃发展的两湖和广西一带的瑶民起义，于是派出大军进行镇压。

起义军虽然人数众多，但是组织纪律极差，各路义军没有什么联系，只是分散地各自战斗。这样的队伍当然不是朝廷大队人马的对手，一经接触，各路义军相继失败。昔日和平、安详的瑶家山寨，在朝廷军队来到后，变得一片混乱，一派兵荒马乱的景象。

由于逃难的瑶民带来消息，说明军不久就要打到这里，汪直家所在山寨也慌乱起来，大家人心惶惶，准备着逃难。山寨的长老们也聚集一起，商量对策。有的认为义军已经失败，被打散了，朝廷很快就会收兵回朝的，不会继续追击到这里；有的认为这里是祖宗们开创的基业，不能轻易搬迁；有的则主张等几天，一则听听消息，二则把已成熟的庄稼收割后再走；还有的则坚决要走，过峡后割断藤桥，明军来了也能阻止他们……最后谁也说不服谁，只好决定先等一等，派人探探消息再说。

然而由于义军已被打散，明军没遇什么抵挡，行进得很

快。就在他们聚会的第二天傍晚,派出去打探消息的人就跑进村报告明军已到的消息,明军的骑兵部队已紧跟着冲进了村寨。一时间山寨中鸡飞狗跳,小孩哭大人喊,人们纷纷冲出山寨,向峡谷中的藤桥跑去,争着从桥中通过,跑到对面山中,这样明军骑兵便无法过去。汪直刚跑出村寨,便与父母失散了,望着村寨里燃烧的大火,年幼的汪直一边哭喊着,一边跟着人们向前跑。虽然瑶民们大多身体灵活,擅长攀山越岭,但毕竟比不上明军的训练有素的骑兵,所以除了一部分人冲过桥到了峡谷的另一边,大多数人由于明军骑兵砍断藤桥,被堵在了这一边。汪直年幼力弱,刚跑到离藤桥不远的地方,桥已被砍断,人们四处奔逃,乱成一团。在前有敌人、后有追兵的情况下,汪直很机灵,把被明军杀害的亲人的鲜血抹到脸上,躺在地上装死;但他运气不好,刚躺下,后面追上来的明军步兵中的一个大高个,一脚踏在他腿上,汪直痛得忍不住叫出声来,于是他被明军俘虏了。

　　当时的明朝统治者为了满足其骄奢荒淫的生活,不断大兴土木,宫室不断扩大,需要大批太监到宫内服役;但是在内地挑选百姓家孩子净身进宫又遭群臣反对,因此明朝统治者在镇压少数民族起义后,常常把壮年和老人杀掉,而把一大批长得比较端正而又机灵的孩子阉割,带回宫中充当服役的太监。这样一方面满足了皇室对太监的需要,另一方面也是为了消除后患。汪直不仅长得清秀,而且也机灵,便被留下性命，被阉掉带回京城当太监。可怜的瑶家孩子，还未领略人生的美好，便被残暴地阉割，落下终生的残疾。

（二）

万氏常裸体在他面前洗浴，太子小时自然没有什么，因为只是把她当成母亲一样；但随着年纪的增长，如何抵得住这种诱惑？

汪直刚入宫时，并不懂汉话，而且也不懂宫内的规矩，因此先被专门训练一年，学习讲汉话和宫内的各种礼仪。由于他聪明又机灵，深得训练的太监喜欢，他又学得好，便引荐他到万贵妃的昭德宫中服役。

万贵妃四岁被选进宫，是孙太后的宫女，长得虽非国色天香，但也能艳压群芳。由于她机警伶俐，很讨孙太后喜爱，太子朱见深出生后，即被派往东宫侍奉太子。这年万氏虽只有十九岁，但自幼在宫中长大，对宫内钩心斗角的事自然深知，她所处的位置是很让人羡慕的，只要侍奉好太子，将来太子登基，将会享尽荣华。所以她尽力尽心地侍奉朱见深，费尽心机地迎合、讨好他，甚至以色相相诱。太子很小时，她就常裸体在他面前洗浴，太子小时自然没有什么，因为只是把她当成母亲一样；但随着年纪的增长，如何抵得住

这种诱惑？太子十一二岁时，万氏让他领略云雨之情，年少的太子成了她感情上的俘虏，对她十分依恋，一天也离不开她。天顺八年，英宗死后，太子登上了皇位。这时的万氏虽然已经三十五岁，而朱见深只有十六岁，但由于他们间的这种"母亲加情人"相结合的感情，万氏仍深得宠幸，被从宫女提封为妃。

不久万氏怀孕了，更得宪宗的宠爱。万氏为巩固她的地位，又开始玩弄权术，要宪宗废掉皇后，封她为皇后。刚开始宪宗不答应，因为两人年纪相差太大。但等她生下一个小男孩后，宪宗让步了，封她所生的孩子为太子，又废掉没生孩子的皇后，但只是封她为贵妃。这时汪直被派往昭德宫中侍奉她。汪直进宫一年，耳濡目染，早已不是原先纯朴的瑶家孩子了，他深知只要侍奉好万贵妃，他就会有出头之日，所以他事事依从其，处处投其所好，很快就讨得万贵妃的欢心，因而也得到宪宗赏识。不久，汪直就被提升为御马监太监。

汪直本可以凭着万贵妃的得宠而继续升官的，只是不久万贵妃生的孩子夭折了。虽然万贵妃凭着从小培养的感情仍受宠爱，但宪宗和她年龄相差太多，所以孩子死后，宪宗对她的宠爱已是不如从前了，到昭德宫中来的次数也少了。这时的万贵妃为了满足自己的淫欲和保住其地位，便开始与汪直勾搭。因为汪直不仅长得剽悍、粗犷，跟一般太监不一样，而且还有一特长，就是善于打探别人隐私。两人勾搭成奸后，万贵妃就让汪直探听哪位宫女、嫔妃怀孕，然后设法除掉，以保持宪宗不因其他人生下孩子而转移感情。因此，宫中不知多少宫女、后妃死在他们手里。

（三）

一阵搏斗后，汪直所带的两个校尉都受了重伤，但还是给他冲开一条血路，他冲出包围后便狂奔逃命。

前面说过汪直善于探听别人隐私，他就像天生的特务料子，只要和他接近的人，不论男女，他都能很快了解别人的底细。他这一特长不仅受到万贵妃的赏识，而且也被宪宗看中了。宪宗是个猜忌心很强的人，而当时阶级斗争也很激烈，国家很不安宁，宪宗由于内心恐惧更是疑神疑鬼，虽然他这时不仅掌握军政大权，而且还有一套严密的特务机构，但还是惶惶不可终日。特别是宫中出现了李子龙阴谋刺杀他的事件，更加深了他的猜疑，不仅对朝臣，就连对自己直接控制的锦衣卫、东厂的特务也放心不下。为了保证自己的安全，及时了解朝臣和百姓们的动静，他一方面严责原有的特务机关加强监视；一方面又选派他认为最可信的人，到处侦探，甚而监视原来特务机关中的特务。汪直正是在这种情况

下被宪宗看中的。成化十二年他受宪宗密旨，时常化装成百姓，开始了侦探活动。

这期间汪直办了一件极为宪宗赏识的事。这年七月，京城一些信奉道教的尼姑宣传教义，并组织百姓，准备发动暴动。宪宗派汪直处理这件事。汪直乔装打扮，史书上说他"布衣小帽，时乘驴或骡，往来京城内外"，可见他是装成一般平民的样子，因此人们并没有认出他。他便经常带着一两位校尉到处侦查，留心搜集情况，然后回宫面奏皇帝。由于他的特务天才，很快就摸清情况，在暴动还未发动时，便将其镇压了下去，由此极受宪宗的喜爱，进一步受到宠信。

在侦破此事后，他开始和后来成为他心腹的都御史王越勾搭上了。当时汪直化装成一般平民，混在教徒中，装出一副虔诚的样子，经常参加各种活动。虽然他乔装得很巧妙，但是由于他行动诡秘，四处打探消息，还是引起了暴动组织者的怀疑，便派人跟踪他，发现了他的真实身份。一天，当他又化装出来时，便被准备暴动的群众派人堵在一个胡同里。一阵搏斗后，汪直所带的两个校尉都受了重伤，但还是给他冲开一条血路，他冲出包围后便狂奔逃命。准备暴动的群众派来的人在后紧紧追赶，养尊处优的汪直很快就累得半死，眼看就要被赶上了。汪直大喊救命，但由于他是平民打扮，而追赶的人又机灵地装作讨债的样子，所以并没有人管他。幸好这时王越下朝路过，才救了他一命。就这样，汪直和王越相识了，两人臭味相投，自然一拍即合。

正由于汪直有特务专长，是宪宗忠实的打手，而又立有大功，深得宪宗宠幸，加上都御史王越及其同伙的活动，成化十三年宪宗成立西厂时，汪直便被派往西厂主持事务。西厂名义上与东厂、锦衣卫等特务机构并列，但有权监督东厂、锦衣卫的活动，同时也负责侦探朝臣和百姓，权力极大。汪直掌握西厂大权后，便利用手中大权，作威作福起来。

（四）

（覃力朋）大施淫威，打掉典史牙齿，打得其满嘴流血……这事闹得沸沸扬扬，消息传到汪直耳中，他一下反应过来，机会到了……

汪直很狡猾，他知道自己是靠搞阴谋和特务活动上台的，并且是瑶族人，在当时朝臣眼中是被视为蛮夷的，没有什么政治资本；所以他为了压服众人，表明自己的忠心，骗取朝臣的信任，捞取政治资本，当上西厂的首领之后，便想抓个时机，大干一场。这时刚好撞上覃力朋案件，于是汪直便抓住这一案大做文章。

覃力朋是南京的镇守太监，颇有权势，而且也受到宪宗

的宠幸。他在到燕京朝贡后返回的路上,想趁机发一笔财,便把随行的官船都载满食盐,而且还备了一些民船也载满食盐,然后离京返回。一路上又倚仗权势,命令所停靠的州县一律以隆重的形式招待,供他吃喝玩乐。沿途的州县人民受此骚扰,十分气愤,但因他权势很大所以无人敢阻拦,这样一直行驶到山东武城县。覃力朋不仅一路骚扰百姓,而且还贩卖私盐,这本身就是犯大罪的,因为在当时盐铁等是由封建国家专卖的,朝廷明令严禁贩卖私盐,违者以杀头论。武城县一位典史抓住这点便带人拦阻,并上船进行盘查。覃力朋气得暴跳如雷,因为他本想凭着权势,威吓得无人盘查,这样回去后把盐卖出,即使朝廷追查也查无实据,无法判罪,如今一个小小典史竟敢阻拦,一加盘查,他的罪行岂不暴露了吗?所以便力阻典史上来盘查,并大施淫威,打掉典史牙齿,打得其满嘴流血,最后在冲破阻拦时,还拔箭射死一人。一时间这事闹得沸沸扬扬,消息传到汪直耳中,他一下反应过来,机会到了,所以不顾覃力朋一伙的威吓,立刻下令爪牙逮捕覃力朋,报以殴打官吏、杀死无辜、贩卖私盐的罪名要处他斩刑。其实汪直只不过是演戏给人看罢了,他哪会有如此正直呢?所以后来覃力朋多方周旋,又对他加以贿赂,便得到赦免,此事不了了之。

但在这事上汪直确实表演得很好,不仅被宪宗视为忠于朝廷的贤臣,而且也在朝中一些大臣和百姓中落下了执法如山、秉公办事的美名。汪直由此捞取了他的政治资本，从此他可不像以前那样夹着尾巴做人了，开始利用权力大打出手，为种种目的而制造一连串的冤案，弄得官吏、黎民提心吊胆，人人自危，生怕有什么横祸突然落到自己身上。

（五）

百姓们是"吃饭睡觉，莫谈国事"。汪直和特务们一看成绩还不够大，自然不甘心，这些丧尽天良的家伙于是便设计出一个阴险毒辣的计谋来。

在汪直制造的冤案中最能见出他的狠毒和阴险的是"杨晔案件"和"捕妖言案"。

杨晔是建宁卫指挥，由于在家乡被仇人所告，便和他父亲杨泰到京城姐夫——礼部主事董屿家避祸，请求帮忙。董屿和锦衣卫百户韦瑛平时有点交情，又见韦瑛新得宠于汪直，便想请他帮忙。哪知此时的汪直已不是处理覃力朋案件的汪直了，而卑鄙的韦瑛正想讨好汪直，便添油加醋地说杨晔父子惧罪，带巨款到京，准备贿赂官吏，逃脱罪责。汪直其他没听进去，杨晔父子带有巨款可就听进去了，为了把这笔钱弄到手，马上派人把杨晔父子和董屿投入监狱，严加审问。这事本属乌有，杨晔他们自然拿不出来，于是汪直又动用酷刑"三邕"。据记载,受"三邕"刑的人"百骨尽脱,汗下如雨,死而复苏",能把人折磨得死去活来。杨晔被折磨得死去活来,实在受不过,只好胡编说把钱放到兵部给事杨仕伟家中了。汪直对钱可是紧追不舍啊,马上让韦瑛连夜逮捕了杨仕伟,严加追问。最后杨晔惨死酷刑之下,杨泰则被处斩,杨仕伟被贬官。汪直为了钱财不惜颠倒黑白,利用权势大肆索贿,甚而大搞株连。

为了讨得多疑的宪宗欢心,汪直还利用职权,搞了"捕妖言"的活动,大肆杀害无辜的百姓。当时由于明朝政治的黑暗和腐败,百姓自然怨声载道,汪直便指使西厂特务四处打探,凡听到百姓有对朝廷不满的言论便给议论者加以"乱民"罪名而追捕。百姓在这种高压之下,自然不敢随便乱说,你想一个人在家里偶尔发泄一下心中不满,特务们便马上闯进来抓人,谁还敢说话呢?所以百姓们是"吃饭睡觉,莫谈国事"。汪直和特务们一看成绩还不够大,自然不甘心,这些丧尽天良的家伙于是便设计出一个阴险毒辣的计谋来。他们先自己编造所谓的"妖书妖言",然后到酒店茶肆人多的地方,当众宣传,诱骗百姓。当百姓谈论这些妖言时便被冠以"乱民""要犯"加以逮捕。当时分守怀来的宦官廖礼为了讨好汪直,谋取官赏,便是用此种方法,制造"妖人赵大案",杀戮大批无辜百姓,当成自己的"功绩",得到汪直的宠信。事后朝廷派人调查时却发现此事只是廖礼的捏造。

由此可见汪直一伙为了钱财或官职便可以想出种种借口和毒辣的方法来滥杀无辜,而他们对因其他各种原因得罪汪直,特别是对敢于上疏参奏汪直的忠直大臣的迫害更是无所不用其极了。

(六)

由于朝中忠臣已被赶的赶、杀的杀,在汪直恐怖统治下,朝中的官员便纷纷地巴结汪直,当时有谚语说:"都宪叩头如捣蒜,侍郎扯腿似烧葱。"

汪直以为凭着宪宗的宠幸,别人无法拿他怎么样,所以在上任后两三个月里就干了一连串的坏事。他没想到这时朝中还有大批的忠直大臣,如果他们联合起来反对的话,宪宗也不得不让步。成化十三年五月,大学士商辂和万安、刘诩、刘吉因对汪直的暴行不满,联名上奏。宪宗刚开始虽大怒,派司礼监太监怀恩等去查是谁带头上疏的,但等到怀恩等也转为支持商辂等人,并有项忠联合各部院大臣联名上书,宪宗看到群情激愤,也不由慌了手脚,不得不下诏撤销西厂,令汪直回御马监奉事。这件事对汪直来说不能不说是一次重大的打击,但这狡猾的特务天才也看出来,光凭特务恐怖活动是不能达到专权的目的的，必须有朝中大臣的支持才成，因此他开始对朝中大臣动手，谋害贤臣而安插自己的亲信，以图掌握朝政大权。

汪直虽被勒令回到御马监，但宪宗仍对他深信不疑，还是令他暗中从事侦探活动，所以他的权力仍然很大。他要向朝臣中的忠良之士下手，自然不是难事，加上这时朝中一些阴险的小人为了自己升官发财，也大力巴结他，因此他很快就把商辂排挤出朝廷，并用阴谋陷害项忠，把他削职为民；朝中有十几位要员也被他用种种方法免职；与此同时，他把自己的亲信安排到这些要职上。由于朝中已是群小当权，所以在他的亲信活动下，宪宗又诏复西厂，汪直也仍干他的本行。这次由于朝中都是他的亲信，汪直更有恃无恐了。汪直不仅对朝臣可以随意地加以杀害，连皇亲国戚他都敢下手。驸马都尉马诚，是一位很有才干的将领，为人忠直，就因为没对汪直献媚，对汪直的招待只是一般性的，就被汪直陷害，被罢官流放。

由于朝中忠臣已被赶的赶、杀的杀，在汪直恐怖统治下，朝中的官员便纷纷地巴结汪直，当时有谚语说："都宪叩头如捣蒜，侍郎扯腿似烧葱。"由此可见汪直的淫威。说起这事，还有一个小故事：

当时王越由于早已跟汪直勾结，成了汪直心腹。汪直重掌西厂大权后，王越便捞到很大的好处，被升为兵部尚书兼左都御史，并且由于有汪直的支持，当时是权焰熏天。尚书尹旻看到王越巴结汪直得到如此好处，也就置自己的人格不顾，也想去巴结汪直。但苦于无门路，便想让早已结交的王越替他牵线搭桥。王越知道尹旻是个阴险狡诈、工于心计的人，怕他结识汪直后会夺去汪直对自己的宠信，内心极不愿意，但碍于情面，并且尹旻也是极有权势的人，不得不口头答应帮忙，内心却在盘算怎样破坏他们的会面，让尹旻给汪直一个恶劣的印象，并趁机置尹旻于死地。于是两个男人为了得到一个太监的宠爱争风吃醋起来。

尹旻在跟王越一起前去汪直府上时，路上便向王越请教见汪直时应该注意的事项，比如应该怎样对答，该送什么样的礼物，汪直有什么忌讳、喜欢什么，等等，王越都热心地解答，看样子他是极力希望尹旻能得到汪直的喜欢，诚心诚意地帮助尹旻。到了汪直府上，尹旻等在外面，王越进去通报。突然尹旻从后面追上王越，原来他一路上忘了问一件极为重要的事，就是见汪直时该怎样行礼，是不是要行跪礼。王越眼珠一转，说："哪有六卿见太监行跪礼之事！"尹旻得到回答，便让王越入内通报。尹旻也是个奸诈的人，一琢磨王越的话觉得不对味，连忙派个随从悄悄追上王越，看他怎样做，随从回报说看见王越跪在汪直床下禀报，然后又叩头而出。于是尹旻暗骂王越的狠毒，入见汪直时也效仿王越，跪拜行礼，随从的人也都跪下，汪直一见十分高兴，这

正是他所希望的。汪直一向爱摆架子，当初兵部尚书项忠就是因为没有给他让道，而被他抓到狱中受尽侮辱的。王越这一招虽高明，但被狡猾的尹旻识破了。王越得知阴谋失败后，恼羞成怒，不知廉耻地指责尹旻不守信约。尹旻得到好处，自然对此不恼不怒，说："我是见有人跪了，才学着跪的。"王越一听气得干瞪眼却无言以对。

百姓得知这事后，便编了前面的那句谚语来讽刺当时大小官员在汪直面前的丑态。

（七）

侍从一见大惊失色，连忙上前训斥小太监："圣上驾到，还不快快回避。"奇怪的是小太监却像没听到一般，还在那里骂个不停……

历史上有个"请君入瓮"的故事，说的是那些利用种种毒辣的手段来陷害别人，最后自己也被别人用同样的方法来害死的事。俗话说"善有善报，恶有恶报"，汪直一辈子干的是陷害别人的事，到后来也被他的亲信用这一方法搞了下去，丢官罢职。

尚铭是汪直的亲信，也是一个太监，由于他善于巴结又心狠手辣，很快就被汪直看中，不久由于他的栽培，尚铭得到宪宗赏识，提督东厂。按理尚铭该对汪直感恩不尽的，但尚铭是个极有野心的人，极想讨得宪宗欢心，以便取汪直而代之。一次有个盗贼潜入皇宫，被东厂校尉抓住了，这可是大功一件，于是尚铭没有报告汪直，直接报告宪宗。宪宗是个多疑而胆小怕死的人，对这件事自然十分高兴，就重赏尚铭。汪直知道这事后，看出尚铭的野心，十分恼火，便想法陷害尚铭，但尚铭比他动作更快，还没等他想出办法来，尚铭已设计好除掉他的方法。

　　这天，宪宗在宫中待得闷了，便带了随从到御花园散心。皇上所经之处旁人自然是都得回避的，走到后花园门口时，却见一小太监坐在地上污言秽语地骂人，拦住了去路。侍从一见大惊失色，连忙上前训斥小太监："圣上驾到，还不快快回避！"奇怪的是小太监却像没听到一般，还在那里骂个不停，一副酒后撒泼的样子。这时尚铭叫道："汪公公到了，再撒泼把你下到狱里去！"小太监一听，撒腿就向御园跑，大叫："汪公公饶命，小人酒醉，不知公公驾到，否则早已回避了。现在宫中是只知您，而不知有皇上，小人绝不敢得罪您！"宪宗眉头一皱，早已认清他是自己喜爱的阿丑。这阿丑平时在宪宗烦闷时，专做一些滑稽的事来给宪宗逗乐，宪宗对他的放浪形骸倒也不以为罪，但阿丑的话却使他心中一动，便叫阿丑过来。阿丑又故作醉态，从侍从手中抢过两把钺，然后向宪宗走去。侍从连忙呵斥他："站住，

你想干什么!"阿丑装成汪直神态说:"臣统率军队靠的就是这两把钱,就是见皇上也不能放下的。"尚铭便问:"是什么钱?""是王越、陈钺。"宪宗听到这里心中已明白,哈哈一笑挥手让阿丑退下。从此便决意疏远汪直。

原来这正是尚铭设下的计谋,他明知得罪了汪直不会有好果子吃,便来个先下手为强,指派爪牙打探汪直和陈钺用兵辽东、假报军功的内幕,上报宪宗。宪宗听后仍是半信半疑。尚铭知道要彻底打倒汪直非得让他失宠不可,所以又收买阿丑,让他演了刚才的那出戏,撩拨宪宗。这一招果然奏效,不久宪宗撤销西厂,于是汪直又回到御马监。

汪直失宠后,虽恨尚铭,然而手中无权,对尚铭也无可奈何。成化十九年,御史徐镛上疏请求治汪直一伙的罪。宪宗既然对他不再宠信自然准奏,于是撤掉汪直官职,斥逐其心腹王越等人。汪直上天无路,入地无门,恼恨交加,不久便死掉了。

心狠手辣，威福任情

——刘瑾（明朝）

刘瑾（1451—1510年），陕西兴平县人，本姓谈。六岁时，被镇守太监刘顺收为义子，改姓刘。刘顺将他阉割，带入宫中服役。其人口才利落，八面玲珑。孝宗时，服侍东宫太子，孝宗死后太子即位为武宗，刘瑾因而恃宠而骄，网结内侍，籍诏披贡，并分掌锦衣卫东、西、内三厂，大诛忠良，以致怨声载道，民愤四起，朝政衰落。正德五年，终因武宗诏令弃市。

（一）

刘瑾等人每天花样翻新，引得他沉湎于游戏享乐之中，早已把国家大事丢在九霄云外。现在朝廷元老重臣、王公九卿、科道百官一齐起来反对他逸乐……

刘瑾本姓谈，六岁那年被镇守太监刘顺收为义子，改姓刘。刘顺将他阉割，带入宫中服役。孝宗时，他并没有得势，有次还因犯罪，将要被处死，后来得到宽赦，改在太子朱厚照宫中服役。

弘治十八年五月初六日，三十六岁的孝宗皇帝朱祐樘久病垂危，不得不在病床前召见内阁大学士刘健、李东阳、谢迁等大臣。朱祐樘抬起眼来，望着他们悲切地说：

"朕久病难愈，特把你们召来，朝中诸事托付给你们了……太子年轻，又好玩乐，望能教他读书，辅佐成人，以不负厚望。"

第二天，又召见太子朱厚照，嘱他遵守祖制，任贤用能，依靠老臣，治好国家，中午时分，朱祐樘驾崩。十五岁的朱厚照，依制继位，是为武宗。

刘瑾品性恶劣，狡诈凶狠，加上诡计多端，很得太子欢心。太子继位后，虽对刘健等大臣加官晋爵，却无意遵照先帝遗命，加以重用。相反，武宗宠信被人们称为"八虎"的刘瑾、马永成、谷大用、魏彬、张永、高凤、罗祥、丘聚八个太监。他们在武宗做太子时，便围在他身边；如今他登基做了皇帝，就更加肆无忌惮地引诱武宗吃喝玩乐。年轻的武宗只顾得整日在后宫寻欢作乐，哪里有心思去过问朝政？这就为太监干政提供了机会。

刘瑾作为"八虎"之首，在武宗即位后，马上就被提升为钟鼓司掌印太监。钟鼓司的职责是掌管皇帝出朝时的钟、鼓及大内伎乐。刘瑾就利用职务上的方便，每天进献歌舞、杂技、杂戏供武宗享乐，奉上鹰犬、弓矢，诱使武宗打猎游玩。武宗十分高兴，对刘瑾就更加信任，不久，刘瑾又升为内宫监太监，总督团营（即京军）。

武宗在刘瑾等"八虎"的诱导下，沉湎于逸乐。他即位后仅几个月，侍奉游乐的宦官就一下增加了好几倍，光禄寺膳食供应每天也增加了数倍。武宗享乐无度，靡费日益增加，国库不敷开支，于是，规定每年加征真定诸府苇场税，加征宁晋、小河等地往来客货税等。刘瑾甚至劝武宗下令各地镇守太监每人贡纳万金，又奏请设立皇庄，这些皇庄逐渐增加至三百多处，京畿地区的百姓大受骚扰。

武宗的荒唐和"八虎"的专政，终于引起了全朝文武大臣的忧虑和不满。

大学士刘健等毅然出面上书，要求武宗执行先帝遗命，罢黜宦官，处死刘瑾等"八虎"。还希望皇上以国事为重，勤政讲学，远小人，以肃纲纪。武宗见到刘健等人的奏章后，不但不肯照办，还说：

"天下的事难道都是宦官败坏的？朝廷大臣败坏的经常是十居六七，你们这些先生应该明白自己！"

正德元年十月，刘健、谢迁、李东阳等大臣见刘瑾等

"八虎"日益受到重用,逐渐有左右朝政之势,深为忧虑,决心除去"八虎"以挽朝政。他们接连上奏章,但都石沉大海。接着,给事中陶谐、御史赵佑等又轮番上奏章弹劾刘瑾等,武宗只得把奏折发下内阁议论,刘健等极力支持陶谐等诛杀刘瑾的主张。这事尚未决议,户部尚书韩文联合吏部、礼部、兵部、工部、刑部的尚书和都察院都御史、通政使司、大理寺卿等九卿大臣一起上书,声势之大,震动朝野。

户部尚书韩文为人凝厚,断事刚直,主持国计两年,遏制权贵的巧取豪夺,很有功效。他对"八虎"的作为痛恨至极,每对他的属下谈起,痛心处都掉泪,户部尚书李梦阳说:

"大人身为朝廷大臣,理应与国家同休共戚,光是哭泣又有什么用!"

韩文问道:"你有什么办法吗?"

李梦阳说:"前不久给事中、御史等谏官不断上奏弹劾那几个宦官,奏章发下内阁,阁老们极力支持弹劾的主张,大人只要在这时带头与诸位大臣死命相争,阁老得到诸位大臣的全力支持,坚持弹劾的主张就一定更加坚决,这样除去刘瑾之辈就容易了。"

韩文听后,毅然决然地说:"对啊!即使事情不能成功,以我的年龄,死也值得了,不死就不能显示报国之心!"

第二天，韩文在早朝时秘密拜见了刘健等阁老，得到他们的同意，又向诸位大臣倡议，大臣们都响应。韩文回来后，就叫李梦阳起草奏章。韩文边读草稿边删改，说："这份奏章不可写得太深奥，深奥了恐怕皇上不理解；也不可太长，长了皇帝没耐心看完。"

这份奏疏呈上以后，武宗惊慌哭泣起来。那武宗只是个十六岁的顽劣少年，自幼嬉戏逸乐，不肯用功读书。孝宗在世时，他还有所约束；孝宗一去世，他身登皇位，任何人也奈何他不得。刘瑾等人每天花样翻新，引得他沉湎于游戏享乐之中，早已把国家大事丢在九霄云外。现在朝廷元老重臣、王公九卿、科道百官一齐起来反对他逸乐，并请诛杀刘瑾等人，他不知如何是好，急得连饭也吃不下去，于是派司礼太监王岳等至内阁，与阁臣们共同商议对策。

（二）

刘瑾等人本来就胆战心惊，惶惶如丧家之犬，听到焦芳传来的消息后，知道自己的性命危在旦夕，决定……

王岳等人一天三次往来于内阁与宫中，传达武宗的旨意，要把刘瑾等八人送往南京安置，具体如何处置却没说。

谢迁等大臣认为这样不当,一定要予以诛杀。

刘健得知武宗对刘瑾的处置后,大声痛哭说:"先帝驾崩之前,拉着老臣的手,将大事托付给老臣。如今先帝陵墓上的土还未干,那刘瑾等辈竟敢如此败坏,臣死后有何面目去见先帝啊!"

谢迁、刘健声色俱厉地痛斥"八虎",极力请求诛杀他们,毫不退让,只有李东阳的话稍微和缓一点。王岳虽然也是武宗当太子时就在身边服侍的太监,但是性格刚直,平时也厌恶刘瑾等的所作所为,听了阁老的话,也慨然说:"阁议很对!"

回宫后,王岳就把刘健他们的话原原本本地向武宗报告。武宗不得已,答应翌日早晨下旨逮捕刘瑾等下狱。

刘健等见自己的主张得到了司礼监太监王岳的赞同,觉得事情离成功是不远了,于是分别与韩文等大臣约定,准备第二天再发动群臣在朝廷上向武宗当面谏争,一定要让武宗同意诛杀刘瑾等八人。明代的制度,六部以吏部为首,韩文联合九卿上疏,必定要让吏部尚书的名字列在首位。可是当时的吏部尚书焦芳却是刘瑾的死党,他之所以能够当上吏部尚书,完全是靠结纳宦官、排挤正人、投机奉迎等卑鄙手段,所以被朝廷大臣所不齿。焦芳得知群臣行动的消息后,立即派人飞告刘瑾,并说王岳将要作为内应。

刘瑾等人本来就胆战心惊,惶惶如丧家之犬,听到焦芳传来的消息后，知道自己的性命危在旦夕，决定连夜行动。他们的计划是推举刘瑾为司礼兼掌印太监，以掌握大权。为什么要让刘瑾执掌司礼监呢？明朝制度规定，凡重大事情的奏章必须汇总于内阁，由内阁大学士提出处理意见，然后再送至宫中，让皇帝批复，方可执行。实际上皇帝的批示往往由司礼监秉笔太监根据皇帝的旨意代批，所以秉笔太监享有很大的权力。特别是皇帝昏庸、顽劣或荒于政事时。

当天夜里，"八虎"齐齐来到乾清宫，在武宗周围团团跪下，痛哭失声，连连磕头说：

"如果不是皇上开恩，奴才们就要被千刀万剐喂了狗啦！"

武宗脸上流露出不忍心的神色，刘瑾进一步说：

"害奴才们的是司礼监王岳！"

武宗觉得奇怪，说：

"这是怎么回事？"

"王岳勾结阁臣，要控制皇上的出入，所以先要去掉他所忌恨的人。王岳掌管东厂，在外对科道等监官说，诸位先生有话只管说；而在内阁议论时，又称赞他说得对。这是什么意思！那骏马鹰犬，王岳买来敬献给皇上过没有？现在却独独归罪于我们！"

武宗听后，大怒道："给我把王岳速速抓起来！"

刘瑾又说："狗马鹰兔，对皇上又有什么损害呢？如今

有些人敢于喧哗而毫无顾忌的原因，在于司礼监没有得力的人。如果司礼监有得力的人，那么皇上想做什么就做什么，谁还敢多嘴呢？"

刘瑾这番话正中武宗下怀，其余七人按事先计划，齐口称扬和推荐刘瑾。这样，武宗当夜下令刘瑾入掌司礼监兼提都团营，其他七人也分别加封。刘瑾就在当天夜里就到司礼监上任，传令逮捕王岳，将他放逐到南京去充净军。但宫中这些巨变，朝臣们却一无所知。

第二天，韩文等大臣仍然请求诛杀刘瑾等，武宗却派太监李荣传旨给诸大臣：

"诸位大臣说得都很对，但这些奴才服侍皇上已久，不忍心一下子置之国法，请各位稍微放宽一下，皇上当会自己处置。"

一夜工夫，乾坤颠倒，刘瑾等人不仅没有被处死，反而被升了官，控制了武宗身边的要害部门，弄得群臣们目瞪口呆。

刘健、李东阳见武宗如此轻信刘瑾，一气之下提出了辞呈，求归乡里，昏庸的武宗坚持己见，仅挽留了李东阳，竟然同意刘健辞职。同时，下令焦芳入阁办事。这样，刘瑾集团控制了宫内外，开始报复政敌。

刘瑾下令在押送途中杀害了王岳，又借故罢了户部尚书韩文的官，当殿打了挽留刘健等诸大臣的板子。给事中吕翀、刘范及南京给事中戴铣等六人和御史薄彦徽等十五人，均被贬斥。株连所及，日日不断。

（三）

皇帝有了话，刘瑾从此就不再奏闻皇帝，自己独断专行，全权处理朝中大小事情。对此，没有人敢提出异议。

刘瑾在排除异己的过程中，不断扩充自己的势力。他派人搜集官员们的小过错，以便抓住他人的把柄；还派出校尉到处侦察官员，搞得人人自危，唯恐做错了一件事。刘瑾完成了朝中安排后，又派出自己的亲信太监，分别镇守各边镇，上下相呼应。刘瑾的滥升淫赏，达到了惊人的程度，一次他就擢升官校一千五百六十余人；又假借武宗旨意，授锦衣卫官数百名，朝内朝外，遍布党羽。

又一次，刘瑾诬称刚刚纂成的《通鉴纂要》一书书写不工整，便处分了翰林纂修官，指派文华殿书办官张俊等来改纂；随后，他便提升张俊为礼部尚书。他一高兴，连此书的装帧匠人也都授了官。

刘瑾为了镇压官民的反抗，创立了一种酷刑，名叫枷法。官员一有小过，便刑枷上身，等枷到快死时，又下令给放开，弄得几死几活。挺过枷刑，再流放到外地去。但能从枷刑下逃生的是很少的，而死在枷刑下的就难以数计了。

刘瑾心狠手辣，自己从不怜惜别人，也不允许手下的人对罪人手软。锦衣卫佥事牟斌，一次对囚徒稍稍表示了点好感，被刘瑾知道后，便立即杖责了他，并投入水牢。

在刘瑾未得势时，五官监侯杨源曾以天象示警来揭发过刘瑾的罪行，刘瑾一直怀恨在心，他最终还是没逃出刘瑾的毒手，被刘瑾寻机给整死了。

刘瑾极为狡诈。为了专权，他每每寻找武宗玩得高兴时，来奏些小事，武宗被打断了兴头，十分讨厌，这时，往往会说：

"我还以为是什么事呢！拿这些小事来麻烦我。你自己去办好啦。"

皇帝有了话，刘瑾从此就不再奏闻皇帝，自己独断专行，全权处理朝中的大小事情。对此，没有人敢提出异议。朝臣奏事，必须先用红帖呈送刘瑾过目；再用白帖送通政司。刘瑾没有文化，不学无术，不能批答奏章，但他可以把奏章带回家去，由他的亲信妹夫、礼部司务孙聪和张文冕决断，再由焦芳润色。当时首辅李东阳只有点头的份，不敢有所主张。大家都称刘瑾为刘太监，无人敢直呼其名。刘瑾权倾朝廷，武宗名存实亡，所以，人们称刘瑾为"站着的皇帝"，真是名副其实。

刘瑾为牢牢控制朝中大权，排除异己，被他认为异己者，一律列入奸党名单中，宣布朝内外，不得任用。首批被列入奸党名单的，就有以刘健为首的五十八名重臣。他大发淫威，恐吓群臣，为此，让朝臣一律跪在宫中金水桥南侧，听候宣读奸党名单。许多正直的朝臣，一看刘瑾要拿他们开刀，回家后，便纷纷送上辞呈，要告老还乡。刘瑾一一批准他们的请求，把空下的位置，立即安排给自己的亲信。这样，从内阁到六部，从都督到监军，从巡抚到知县，都有了刘瑾的爪牙，朝中上下、内外组成了一个以刘瑾为首的阉党集团。

刘瑾横行跋扈，引起人们的不满。正德三年六月，发生了一件匿名揭帖事件，轰动朝廷。

原来，武宗午朝之后，在路上得到一件匿名揭发刘瑾罪行的揭帖。武宗看后交给了刘瑾。刘瑾看后大怒，假传皇上旨意，命朝中大臣一律到奉天门前跪等，让众人交出写匿名揭帖的人。盛暑之下，从早到晚，跪在那里不让动一动，当场便有三人晕死过去。刘瑾放掉自己的亲信，把三百余官员全送到锦衣卫狱中。后来，得知写揭帖的是一个叫张金峰的小太监，这才饶了这些官员。

刘瑾权势愈大，猜疑亦增。为了侦知官员，甚至锦衣卫、东厂、西厂的动静，于正德三年八月，设立了内行厂，由刘瑾亲自控制。这个内行厂有监督东厂、西厂和锦衣卫之权，是一个凌驾在诸特务机关之上的特殊机关。其权力更

大，刑罚更严酷。它搞了一家犯法，邻里连坐的株连法。甚至，住在河边的一户犯法，河对岸的人也得连坐。

内行厂的刑具也非常特殊。仅其枷具，便有一百五十斤重，套在犯人身上会活活地被压死。而那凌迟处死，更是求生不得、快死不能的酷刑。几年的工夫，被处死的官民竟达几千人之多。弄得京城内外、朝廷上下，谈到内行厂都毛发悚然。

刘瑾对正直朝臣极尽迫害之能事，对武宗则千方百计地诱使他享乐腐化，不理朝政，以此来巩固自己的权力。武宗在西华门构筑宫殿，并造密室于两厢，与宫殿勾连栉列，称之为"豹房"。武宗朝夕召教坊乐工人于豹房寻欢作乐，乐工不及承应，请求命令河南诸府精于技艺的乐工入京。这样教坊女乐工每天进御的有百人之多。武宗又命内侍仿照市肆布置，自己穿了商人的服饰入市买卖，还学市人讨价还价，争吵不已。武宗听从佞人的话，认为色目妇女白皙美丽，连连让人进献，供其淫乐。武宗一意享乐腐化，刘瑾便大权独揽，甚至把奏章带回家中处理。

(四)

八月二十五日，专权四年、荼毒天下、人称"站着的皇帝"的刘瑾被押赴刑场。

正德五年夏四月，安化王朱寘鐇发动叛乱。其导火线便是刘瑾的爪牙周东，在安化骚乱地方。安化王借口周东事件，发布反刘瑾檄文，进行叛乱。武宗得知后，派右都御史杨一清率军平叛，派张永监军。

张永与刘瑾同为"八虎"之一，但刘瑾掌握政权后，"八虎"之间矛盾重重，都很怨恨刘瑾。武宗虽作了调解，但矛盾还是愈演愈烈。这次，张永被选派监军，武宗又着军服，将他送出东华门，对张永明显表示恩宠。这就更引起刘瑾对张永的不满。

大军到达宁夏时，叛军已被消灭，便驻边抚民。杨一清发现张永流露出对刘瑾的强烈不满，便乘机鼓动张永制服刘瑾。

有一天，杨一清拉着张永的手腕说：

"仰仗您的大力平定叛乱，但这种外患容易除去，不知国家的内患该怎么办？"

张永说："你指的是什么？"

杨一清移近座席，在手掌中画一个"瑾"字。

张永面有难色道："此人早晚在皇上跟前，树大根深，耳目众多啊！"

杨一清慷慨说道："您也是皇上亲信的臣下，讨贼不托付别人而托付给您，可知皇上的心意。如今大功告成，凯旋

而归,请求见皇上议论军情大事,乘机揭发刘瑾奸诈,极言海内人情愁怨,恐怕要引起心腹之患。皇上英明,必定听信您的话而诛杀刘瑾。刘瑾被杀,您就更加受重用,就矫正过去所有弊病,收拾天下人心。那么您就与东汉时的吕强、五代时的张承业并列,千年之中只称颂你们三人了。"

张永说:"如果不成功怎么办?"

杨一清说:"只要您说话,事情一定成功。万一皇上不信,只要您跪伏地下磕头,请求死在皇上跟前,剖心沥血说明决非妄言,皇上必定被您说动。如果请得旨意,立即行事,不能有一点迟缓,否则必然招来大祸。"

张永于是勃然而起说:"好啊!老奴怎能顾惜余生而不报答主子呢!"

八月中旬,张永回到京师,请求在八月十五日献俘,刘瑾下令缓期。原来事有凑巧,刘瑾听信术士俞日明说其堂孙刘二汉当大贵,遂有谋反之心。正好刘瑾的哥哥都督同知刘景详死,准备在八月十五日这天举行葬礼,刘瑾想等百官来送葬时乘机作乱。而张永也请求在这天献俘,刘瑾想让张永缓期,待大事安定连张永也一起抓起来,有人把这消息告诉了张永。张永提前于八月十一日入见武宗。献俘结束,武宗设酒慰劳张永,刘瑾和马永成陪同。夜深,刘瑾告退,张永向武宗告发刘瑾阴谋不法,而且从袖中取出奏章,历数其十七条罪状。这时武宗已喝得半醉,点头说:

"奴才负我!"

张永说:"此事不可缓办,缓办的话我辈都将粉身碎骨,陛下您的归宿又在何处呢?"

马永成在旁边也帮着张永说话,武宗这才下令捕捉刘瑾。另一种说法是武宗喝得醉醺醺地问张永:

"刘瑾还想干什么?"

张永说:"取天下。"

武宗说:"天下任其取之。"

张永说:"那把陛下您放在什么地位?"

这时武宗才醒悟过来。

刘瑾被捕后,武宗还不想将其处死,只是贬往凤阳闲住。八月十四日下令抄刘瑾的家,查出珠宝兵器无数。武宗这才大怒道:

"奴才果然反了,马上押赴监狱!"

审讯刘瑾的那一天,出现了一个戏剧性的场面:刑部尚书刘王景噤若寒蝉,不敢审问。刘瑾却大声说:

"三公九卿都出自我的门下,谁敢审问我!"

一时间,大家面面相觑,无言以对。只有驸马都尉蔡震说:

"我是皇亲国戚,我能审你!"

他令人打刘瑾两巴掌,并问道:

"公卿都是朝廷命官,为朝廷所用,怎么说出自你的名下？你为什么要私藏甲杖武器？"

刘瑾回道："用来保卫皇上。"

蔡震问："那么你为什么要藏在私宅？"

刘瑾无话可答,于是定案。接着追治刘瑾的党羽,吏部尚书张綵、掌锦衣卫都指挥杨玉、掌镇抚司指挥石文义等都被捕下狱。

八月二十五日,专权四年、荼毒天下、人称"站着的皇帝"的刘瑾被押赴刑场。当时有个叫张文麟的刑部主事,亲见刘瑾凌迟的过程,详记其事云:

"凌迟刀数例该三千三百五十七刀,每十刀一歇,一吆喝。头一日例该先剐三百五十七刀,如大指甲片,在胸膛左右起。初动刀,则有血流寸许,再动刀则无血矣。人言犯人受惊,血俱入小腹、小腿肚,剐毕开膛,则血从此出。至晚,押瑾顺天府宛平县寄监,释缚数刻,瑾尚能食粥。次日则押至东角头,先日瑾就刑,颇言(宫)内事,以麻核桃塞口,数十刀,气绝。时方日升,在彼与同监斩御史具本奏,奉圣旨:'刘瑾凌迟数足,锉尸,免枭首……锉尸,当胸一大斧,胸去数丈。'"

淫乱后宫，擅作威福

——魏忠贤（明朝）

魏忠贤是明朝最臭名昭著的一个太监，由于他的专权造成了明末的内外交困，导致了明朝的最终灭亡和清军入关。他于隆庆二年生于河间肃宁，原名进忠。本是市井无赖，因赌博还不起债，自宫当了太监。魏忠贤进宫后善于奉承和阿谀，又与熹宗乳母客氏勾搭；熹宗即位后他被升为秉笔太监，又掌握了东厂大权，朋比为奸结成阉党，把朝廷变成魏家天下。他掌权期间，大兴冤狱，陷害忠良，诛杀东林党人，生前即大修生祠接受供奉，可说灭绝人性、荒淫无耻。崇祯帝即位，他被贬到安徽凤阳，于途中畏罪自杀，死后被"诏磔其尸，悬首河间"。

（一）

　　他叔父以为他吃酒肉多了，得了绞肠痧，连忙起来，掀开被子一看，却见他双手捂着下部，满裆子都是鲜血，原来他自己把自己给阉掉了。

　　魏忠贤虽掌权时作威作福，享受富贵，做尽坏事，但少时却家境贫寒。他很小时父亲就死了，母子相依为命。只是他并没有走上正路，而是从小就好赌如命，后来娶妻冯氏，生下一女，仍恶习不改。魏忠贤虽好赌却赌技不高，每赌必输，终于债台高筑，赌徒们天天上门讨债，实在没办法，只好躲到一个远房叔父家避债，再也不敢踏出大门一步。

　　这天，魏忠贤实在闷得不行了，便悄悄地从叔父家溜出来，到他叔父掌厨的一家酒店喝酒。他叔父给了他一盘鸡，他便一个人躲在靠角落的桌子边自斟自酌起来。

　　突然，外面传出吵闹的人声。

　　"走，找他算账去。"

　　"这小子跑不了啦。"

　　"揍死他丫的。"

　　魏忠贤以为是街上流氓闹事，便想瞧个热闹，把脑袋伸出窗口一看，却立即吓得脸色发白，吵嚷着往酒店而来的正是他平时的赌友。原来魏忠贤的行踪被赌徒发现了，现在正一齐来找他算账呢。魏忠贤一看大事不好，正想溜，然而晚了，他已被赌徒们包围了。赌徒一拥而上把他狠揍了一顿，又把酒桌上的各种剩菜饭泼到他身上，然后逼着他像狗一样在酒桌间爬来爬去。周围看热闹的人不时发出哄笑，但却没人上来劝阻。你想，魏忠贤本是一个无赖，他输掉钱时常干些"挖绝户坟，扒寡妇门"，欺贫凌弱的缺德勾当，今天遭到报应，人们正巴不得多揍他一会儿呢，谁会劝阻？

最后赌徒们折腾够了，限他三天内交出钱来，才兴尽而散。魏忠贤由他叔父扶着回家去，换了身干净的衣服，就一声不响地躺在床上。他叔父怕他想不开，特地又出去买了些酒肉，想开导开导他。他也不说话，吃完又继续睡了。

半夜，他叔父突然听到魏忠贤的呻吟声，见他满床乱滚。他叔父以为他吃酒肉多了，得了绞肠痧，连忙起来，掀开被子一看，却见他双手捂着下部，满裆子都是鲜血，原来他自己把自己给阉掉了。

"进忠，你、你这是干什么啊！你想不开也不能这样跟自己过不去啊！"他叔父一时还没明白过来他想干什么，便一面责备一面哆嗦着找东西来替他擦血、包扎。

魏忠贤却忍着痛冲他叔父咧嘴一笑："叔，我想好了，我只有这条路可走。你知道高力士吧，就算不知道他，先朝的王公公（王振）总知道吧？我就要像他们一样。"

他叔父一听,才明白过来,敢情他是想做太监啊。

"糊涂的东西!你,你怎么能这样子,你还有妻儿老小靠你养活啊!唉,唉!"他叔父气得大声骂他,然而也无可奈何。

一个月后,魏忠贤这个自己阉掉自己的赌徒,由东林党人谢恕的举荐终于进宫当太监去了。但作为东林党人的谢恕恐怕想不到,几十年后这个人会给他们东林党人带来毁灭性的打击,使大批东林党人冤死狱中。

(二)

正值青春年少的她结婚才一年多即离开丈夫进宫,如何耐得住寂寞?魏忠贤由于是二十多岁才进宫的,跟自幼净身的太监长相自然不一样,很快就引起客氏注意。

魏忠贤进宫是有目的的,为了实现他向上爬的目标,一进宫就使出浑身解数,四处巴结太监中的权贵。无赖出身的他对这种事情自然有一套,不久即和当时太监中的权贵之一魏朝攀上关系,后来结成了兄弟。魏朝得知他曾跟叔父学过司厨,就引荐他当上了熹宗生母王才人的办膳太监。魏忠贤深知这是个很有利的地位,只要熹宗登基,他母亲王才人即是个极有权势之人，更何况又可利用此机会讨好熹宗呢？因此他极力迎合讨好王才人，果然是深得王才人宠爱。

正在这时，为了接近朱由校（熹宗），他开始与一个女人——熹宗乳母客氏勾搭。客氏是河北定兴侯二的妻子，十八岁时进宫当熹宗的奶妈。在魏忠贤调任王才人办膳的太监时，客氏也才进宫不久。正值青春年少的她结婚才一年多即离开丈夫进宫，如何耐得住寂寞？魏忠贤由于是二十多岁才进宫的，跟自幼净身的太监长相自然不一样，很快就引起客氏注意。而魏忠贤是自宫的，并不懂得这方面的技巧，手术很不成功，也时常有性的冲动。客氏主动勾搭，他正想借此接近朱由校（熹宗），自然积极反应，经过试探，两人勾搭上了，从此时常幽会。

这天深夜，等别的太监都睡了，魏忠贤便悄悄起身，溜了出来，急匆匆朝客氏住处赶去，因为他与客氏相约的时间已过，他怕引起多疑的客氏的怀疑。到了客氏住处，果然没像以前那样给他留着窗户，而是关上了。魏忠贤在窗户下低三下四地赔不是，又解释了半天，客氏怒气才消了，起来给他开窗。一进去，魏忠贤便急不可待地扑上去了，客氏半推半就地倒在床上，一对猪男狗女开始干他们的下流勾当。

半天，魏忠贤推推躺在身旁的客氏：

"嗯，你说小皇孙（这时神宗在位，朱由校是他长孙）很贪玩。"

"可不是,一天到晚跟着宫女到处跑,没坐定过半个时辰,可把我累坏了。"客氏抱怨道。

"嘻嘻,这小子小小年纪就知跟宫女玩,真是个风流种,以后你带他来,我教他怎么玩。你就当一当春娘,让他试验一番,嘻嘻,以后等他当了皇上,咱们就有享不尽的福了。"魏忠贤淫笑着说出他的阴谋来。

"唔,你这该死的,敢跟我说这种话。"客氏一听,一边撒娇一边捶打魏忠贤。

但客氏也是个权欲极盛的女人,听了魏忠贤的阴谋,也觉得有理;当下两人又细细商量了一番,决定两人配合,从小皇孙入手,放长线钓大鱼。

从此,客氏不仅不反对朱由校玩,而且还想着法子让他玩得高兴,极力讨好朱由校,对他百依百顺。不久又引诱年仅十一岁的朱由校在她的身上领略云雨之情。通过客氏的介绍,朱由校跟魏忠贤也熟悉起来,魏忠贤把他当无赖时的那套声色犬马的伎俩都教会了朱由校,朱由校玩得尽兴,对魏忠贤十分宠爱。朱由校对两人十分依恋,一天也离不开他们。

明朝的皇帝刻薄寡恩是有名的,不仅对功臣如此,对亲生骨肉也是这样,神宗对朱常洛(光宗),光宗对朱由校(熹宗),都很少关怀。王才人死得又早,朱由校从小生活在冷漠孤独的皇宫深院,对自幼朝夕相伴的乳母,还有教给他各种玩的方法的魏公公，感情自然非同一般，何况客氏和魏忠贤又是有意讨他喜欢。魏忠贤搞的"感情投资"的确十分高明，很快就见到效益。1620年，刚即位一月的光宗，由于纵欲无度而病死。年仅十六岁的朱由校被东林党人拉出来登上皇位，即明熹宗。熹宗即位后，马上决定好好报答这位自幼照顾他的客氏，给了客氏丰厚的赏赐，又封她为"奉圣夫人"，破例让她住在成安宫，每天早晨到乾清宫照料自己的起居饮食，晚上才回去。而魏忠贤不仅有熹宗自幼对他的宠爱，还有客氏每天在熹宗面前美言，所以不久也就被任命为司礼监秉笔太监。司礼监为明二十四宦官衙门之首，秉笔太监权力很大，魏忠贤和客氏的阴谋可以说基本上实现了。

（三）

两人谈话慢慢地转到女人身上。这时，魏朝趁着酒意，把他今晚请魏忠贤的本意说了出来……

魏忠贤当了秉笔太监，掌握了很大的权力，因为秉笔太监负责批答朝中文武官员的奏章并传达旨意，是极为要害的部门，是搞擅权、乱政的好职位。魏忠贤当时没能乱政是因为当时太监中还存在阻碍他乱政的人和跟他竞争的对手，这便是当时的太监元老、比较正直的王安和魏忠贤的"兄弟"

魏朝。魏忠贤的下一步计划是找机会除掉这两人。

终于，机会来了。这天晚上，皇宫里已一片寂静，皇上已入寝了，值夜的宫女和太监走路都放轻了脚步，生怕惊动入睡的皇上，掉了脑袋。外面，侍卫们持着明晃晃的刀枪巡夜。

这时离皇上寝宫不远的一间房中，却还亮着灯。魏朝和魏忠贤两人正在喝酒。两人在皇上已入寝、皇宫戒严时还敢饮酒作乐，可见他们自恃皇上宠幸，已经是何等的放肆。

"来来，大哥敬您一杯。小弟您是当今皇上的红人，可别忘了常替大哥美言两句。"魏朝举起杯子，向魏忠贤敬酒，肉麻地吹捧道。

"只要小弟能够，一定尽力。当初没有大哥帮助，小弟哪有今天，大哥的恩德小弟怎能忘记。小弟也敬大哥一杯。"魏忠贤也举起了杯子。

两人称兄道弟地对喝着，很快都有了几分醉意。俗话说"酒色相亲"，两人谈话慢慢地转到女人身上。这时，魏朝趁着酒意，把他今晚请魏忠贤的本意说了出来：

"说起女人来，小弟可有一件事对不起大哥我。客氏本来跟我好，小弟你却插上一腿，把她夺去，有道'朋友妻，不可欺'，兄弟之间你也干出这事来，实在令大哥伤心。"

魏朝以前自然不会在乎一个客氏，可是现在客氏正得宠，魏忠贤靠她受到熹宗宠幸，魏朝自然妒意大发，因为客氏本是他的"对食者"。当时的太监由于不能在宫中起伙，中午常吃冷饭，所以他们就各自寻找宫女，在她们那里热饭并一起进食，称为"对食"；宫女也常托对食的太监办点私事，买些妆粉什么的，久而久之，就像一对夫妻一样。后来"对食"就成了宫中隐语，成为对太监和宫女私通的代名词。客氏当初进宫当奶妈时，看到魏朝很有权势，就主动巴结他，不久，两人"对食"的事已是人人皆知。后来魏忠贤进来后，魏朝因事多，冷落了客氏，客氏为了满足淫欲，便跟魏忠贤勾搭上了。当时魏朝也不在意，天涯何处无芳草，宫中美女多得是。现在魏忠贤凭此当上秉笔太监，他自己虽也掌管兵杖局，权势更大，但比起魏忠贤来差远了，自然把魏忠贤当成竞争对手，想压倒他。今晚即是想借恩人和大哥身份压一压魏忠贤，切断他和客氏的联系。

魏忠贤当然知道魏朝用意，便故意用言语刺激他。魏朝大怒，推翻桌子要冲上来跟魏忠贤拼命，吵闹声惊动了侍卫，冲进来大叫抓刺客。入寝的熹宗被惊醒，吓得浑身发抖，弄清真相后，熹宗龙颜大怒，喝令两人跪在御前听候发落。其实熹宗表面大怒，内心也感到此事难办，两人都是他宠幸的人，又和客氏都有关系，处罚哪一个好呢？最后只好把客氏请来，由她挑选一个。客氏自然心向魏忠贤，于是魏朝便在这一深宫中的"桃色事件"中落了下风，被赶出皇宫。不久魏忠贤又矫旨把魏朝发配凤阳，在途中派亲信刺死

了他。魏忠贤除掉了兄弟加恩人的魏朝后,对另一个于他有恩的太监王安也下手了,很快就害死了王安。至此,魏忠贤在宫内争权的斗争告一段落。

魏忠贤在和客氏勾结起来扫除宫中异己的同时,为了个人的私怨还大肆杀害宫中的后妃,先后杀害了光宗的赵选侍、熹宗的张裕妃、冯贵人等一批人,使得后宫嫔妃们谈虎色变,人人自危。

(四)

(顾秉谦)一见面就厚颜无耻地说:"我本要叫公公一声爹,只是怕公公不愿意认我这个儿子。就让我儿子叫您一声爷爷吧。"

魏忠贤扫除了宫中的异己力量,天启三年又正式掌管东厂,这时他手中的权力已经极大,开始擅权乱政。但正如古今中外无数奸邪的人物一样,他的贪欲也是无止境的,很快又把手伸到外廷来了。

当时在朝中掌权的是东林党人,他们曾在熹宗登基一事上立下汗马功劳,熹宗对他们是相当信任的。如果东林党人能够团结朝臣,魏忠贤恐怕不易得手,夺得朝中大权,但明末的党争是很厉害的。东林党人虽大都比较正派,但是门户偏见极深，对于与自己意见不合的人，都认为是异党，大加排斥，这样不仅孤立了自己，也促使那些被排斥的官员为了保全自己，转而去依附魏忠贤。魏忠贤趁机壮大自己的势力，而一些无耻之徒为了升官发财，也趁机巴结魏忠贤，认魏为父，争做干儿、义孙。魏忠贤得以搜罗党羽，结成了阉党，跟东林党人展开斗争。

明朝的内阁权力极大，魏忠贤首先看准了它。当时的礼部尚书顾秉谦是个卑污的小人，为了升官，带着他儿子来到魏忠贤府上。一见面就厚颜无耻地说："我本要叫公公一声爹，只是怕公公不愿意认我这个儿子。就让我儿子叫您一声爷爷吧。"

魏忠贤一听这转弯的认父，自然大乐；看到狡猾、无耻的顾秉谦正是自己所想要的人，当即大力替他活动，不久即把顾提升到内阁，又让顾做首辅。两人勾结起来，把不肯附和的阁员排挤出去，从而换成魏忠贤的亲信，当时人称内阁阁员为"魏家阁老"。魏忠贤完全控制了内阁，这样便进一步把他的干儿、义孙安排到朝中各要害部门，把朝廷变成魏家的天下，有臭名远扬的五虎、五彪、十狗、十孩儿和四十孙，真是满朝皆子孙。

魏忠贤作为一个太监能把国家权力部门都变成他的"魏家天下"，自然因为他自身的奸诈、狡猾，但当时熹宗皇帝的昏庸也是一个重要原因。熹宗自幼在荒淫无耻的客氏和无赖出身的魏忠贤的调教下成长,自然是个昏庸、荒淫之人,登上皇位后,他只想整日在后宫与嫔妃、宫女们厮混,吃喝玩乐,懒于处理朝政。特别荒唐的是,身为万民之尊的皇上,竟爱上木工一行,整日带领一群宫女在后宫营造房屋,然后和宫女在新造的房中鬼混,玩腻了拆掉,再盖新的,不停地折腾。据说他干这事是"性机巧,好亲斧锯砾髹漆之事,积岁不倦",真可谓废寝忘食了。这样便为魏忠贤乱政提供了极大的便利。朝中大臣别说无法轻易见到他,就是见到了,他正在干活,向他奏事,只会使他大发脾气,根本无法商量政事。而魏忠贤却利用他这一点怪僻,专找他干活时奏事,魏忠贤是秉笔太监,熹宗自然无法不理他,只好听他说,但一次、两次……熹宗也不耐烦了,没等魏忠贤进来,把手一挥:"我都知道了,你们好好干去吧!"便把他赶了出去。有了天子的"金口玉言",魏忠贤自然可以肆无忌惮地按他所想为所欲为了。

(五)

(熹宗)大怒之下夺过奏章提笔批道:"一切政事皆朕亲裁。内宫事严密,外廷何以知道?"当即下诏罢掉杨涟的官职……

东林党人对魏忠贤朋比为奸、结成阉党、一步步夺取朝中大权，自然不会善罢甘休，而魏忠贤的专权跋扈，也激起朝中正直之士的义愤。天启四年，东林党首领杨涟疏劾魏忠贤二十四条大罪，随后又有七十多名朝臣上疏百余，掀起了倒魏的高潮。

这么多的奏章送到秉笔太监魏忠贤手中，无赖出身的他被这种阵势吓坏了，加上杨涟德高望重，秉性刚直，疾恶如仇，魏忠贤素来怕他，所以连忙召集心腹商量对策。最后决定由魏忠贤假装请求辞掉东厂职务，借此推掉滥杀的责任，再由客氏帮腔，魏忠贤和当时表面位居其上的阉党分子之一的王体乾演一出双簧戏。

魏忠贤和客氏赶到熹宗宫中，双双跪在熹宗面前，痛哭流涕喊冤：

"皇上，由于臣竭尽全力，尽忠尽力地为皇上效力，得罪了东林党人。他们罗织罪名，又勾结朝中大臣，诬陷属下，想置臣于死地，请皇上明鉴。"

"皇上，忠贤一向为皇上尽忠尽力，如何会做这种事，定是朝中大臣看到皇上信任他，忠贤又不会巴结他们，只知为皇上效力，得罪了他们，这些丧尽天良的竟要置忠贤于死地啊！呜呜，皇上可要明察啊！"客氏也在一旁帮忙。

熹宗只知干他的木工活，对此事全然不知，便让王体乾把杨涟等的奏章念给他听。王体乾在读奏章时，擅自更改，凡是有关魏忠贤滥杀无辜的要害之处都避而不念，专找奏章

中有关魏忠贤怎样引诱皇上倡优声伎、狗弓射猎、不理朝政等地方念。魏忠贤在一旁按预先商定的,听一条"反驳"一条。熹宗听完后十分恼火,这哪像是说魏忠贤罪状啊!简直是在当面揭他的丑,大怒之下夺过奏章提笔批道:"一切政事皆朕亲裁。内宫事严密,外廷何以知道?"当即下诏罢掉杨涟的官职,对东林党人是十分厌恶,这样倒魏运动夭折了。魏忠贤利用这时机对东林党人进行有计划、有步骤的屠杀,制造了惨杀杨涟、左光斗等东林党首领的"六君子"事件和杀害周起元、高攀龙等东林党党人的"七君子"事件。除了这两项事件中被株连杀害的官员外,魏忠贤还对朝中反对过他的大臣罗织罪名加以杀害。两三年间,官员入狱接连不断,被随意处死是家常便饭,朝臣毫无人身安全保障,全由魏忠贤的好恶来处治,整个朝廷笼罩在一片白色恐怖之中。

(六)

魏忠贤见来人口口声声称自己为父亲,却实在想不出自己哪里冒出这样一个儿子来。

魏忠贤等一伙阉党中,为了巴结、讨好魏忠贤而献媚争宠的种种表演也是十分让人厌恶的,毫无廉耻和道德之念。像"五虎"之首的崔呈秀,本是一要治罪的贪污犯,就是完全靠认魏忠贤为父，才爬上兵部尚书和左都御史之高位的。

天启四年九月的一个黑夜，魏忠贤正在他的宅第寻欢作乐，门子进报有一个叫崔呈秀的御史求见。魏忠贤正想广罗党羽，这时心情又好，便传令叫他进来。一会儿只见一穿戴青衣小帽的汉子仓皇进来，魏忠贤正诧异他为何不穿官服，来人却一头拜倒在地上，涕泪横流，大呼救命：

"父亲大人在上，孩儿叩见，望父亲大人开开恩，救救孩儿，孩儿做牛做马一辈子感激不尽。"

魏忠贤见来人口口声声称自己为父亲，却实在想不出自己哪里冒出这样一个儿子来。一问才知道这崔呈秀因贪污被李应升、高攀龙等上参，已被"革职听勘"，走投无路，便甘愿拜魏忠贤为父，求得庇护。魏忠贤和他一番密谈，由于崔呈秀"卑污狡狯"，两人臭味相投，很为满意，便把崔视为心腹，不但庇护他，还让他连连升官。

此外"十狗"中的曹钦程，不知羞耻地认魏忠贤为父，日夜出入魏府，还得意扬扬四处夸耀其干爸爸如何喜欢他，听者无不感到恶心。后来魏忠贤对他的表演觉得腻了，削了他的官职，他还厚颜无耻地说：

"君臣之义已绝，父子之恩难忘。"

说罢哭哭啼啼地离开了。

最为无耻的是浙江巡抚潘汝桢，天启六年，他竟然上疏，为魏忠贤歌功颂德，请为他建生祠于西湖之麓，与英雄岳武穆之祠并立。昏庸的熹宗竟也准奏，落成之日，还诏赐祠额，勒石论功。一时造生祠、建牌坊、供生像之风刮遍全国，魏忠贤对此扬扬自得，下令全国各地官员都要对生像跪迎叩首，对见生像不跪或对建祠不满之人一律处死。真是应了老话"又想当婊子，又想立牌坊"。由此可见阉党寡廉鲜耻真是到了极点。

(七)

正当他（魏忠贤）和尤氏在床上干见不得人的勾当时，一匹从京城来的快骑急驰来报，崇祯帝（朱由检）已下诏逮他回京问罪。魏忠贤闻报大惊失色，吓得从床上掉下来……

正当魏忠贤一伙群魔乱舞、作威作福之时，他们的末日到了。天启七年，二十三岁的熹宗因荒淫无度而早丧了，由于他没有子嗣，只好遗诏五弟朱由检即位。魏忠贤得到熹宗死讯时哭肿了眼睛，这并非他对熹宗有什么深厚的感情，其实他早想篡位登基了，只是时机未成熟而已。现在熹宗一死，靠山倒了，他的倒行逆施又已激起天下公愤，他自知末日到了，所以他实在是为自己难过。

朱由检对魏忠贤一向讨厌，所以上台后听说他有谋反之意，接连召见其党羽崔呈秀等，便下诏把他贬往安徽凤阳。魏忠贤等一行走得十分缓慢，因为他还贪图富贵，想好好度个晚年，把历年搜刮的财宝由上千匹好马驮着，派七八百壮士护送。这天来到阜城，魏忠贤见朝廷这么久还没有下诏治他的罪，心中稍为安定下来。这一路他可以说是惶惶不可终日，一闭上眼就好像看见被他杀害的无数大臣鲜血淋漓地站在跟前，向他讨债。安下心来后，魏忠贤便到阜城的姘妇尤氏家中寻欢作乐。正当他和尤氏在床上干见不得人的勾当时，一匹从京城来的快骑急驰来报，崇祯帝（朱由检）已下诏逮他回京问罪。魏忠贤闻报大惊失色，吓得从床上掉下来，恍惚中好像看见以前被他矫旨发配凤阳的魏朝正在房梁上朝他狞笑，哆哆嗦嗦好半天才穿上衣服。

原来，崇祯帝闻报他一路上还作威作福，并带有大量钱财，这时大臣又不断参奏他以前的罪行，连阉党中也分裂了，也揭发他的罪行。崇祯大怒，为了平息天下人的怒气，决定治他的罪。魏忠贤这一下走投无路了，想到当年无权无势的凄惨景象，觉得逮回京后，财产被没收，即使免于一死，实在还不如一死，要知自己罪行昭著，没权没势，结局是极为悲惨的，所以当晚即吊死在尤氏家中。

于是崇祯帝"诏磔其尸，悬首河间"，又籍没其家产。历史上最惨无人性、最罪恶昭著的太监终于结束了他罪恶的一生，天下之人拍手称快。

蠹国害政，淫乱后宫

——安德海（清朝）

安德海，直隶南皮（今河北省南皮县）人，生于咸丰初期，后得荣禄推荐入宫。精于房中术，虽为太监，贿使御医未能去势，致与慈禧暧昧逾恒，终日宣淫，因而恃宠显贵，为慈禧结党夺权。后因开罪穆宗与恭亲王，两人设计，于安德海受命采办龙衣时，命山东巡抚丁宝桢捕诛于济南。

（一）

安德海又使出种种手段，以功名利禄为诱饵，培植党羽，广交朝臣。一时间，安德海的门庭若市，势焰熏天……

安德海在家排行第二，所以后来他得势以后，人们称他为"安二爷"。在清代，直隶南皮县是个盛产太监的地方，许多南皮县的人被卖进或骗进宫中当太监。其中，一些太监发迹后，变成了暴发户，势大财盛。安德海对此颇为羡慕，他也决心去碰碰运气，于是，自己动手割掉生殖器，主动投到宫中去当太监了。

关于安德海进宫当太监的确切时间，缺乏有关史料记载。不过，有一点线索可以作证：清末大权监李莲英，在北京南长街会记司胡同的"毕五"家（即当时北京著名的净身处）净身时，是咸丰五年。李莲英净身之后不久，其祖父李万芝便通过毕家结识了安德海，因二人都是直隶人，便认了同乡。为使李莲英在入宫后能够找一份好的差使，李万芝送给安德海二十两银子，意欲通过安德海在宫中走走后门。当时的安德海不过十五六岁，是咸丰帝身边的御前太监，还没有太大的权势。按照惯例，入宫当太监的孩子，一般都在八九岁时"净身"。据此可以推算，安德海大约是在道光二十八年到咸丰元年这一期间净身入宫的。又因为安德海是咸丰帝的御前太监，据此，有理由推断安德海入宫时间大约是在咸丰元年，当时他年约十岁。

按照清宫的规矩，初入宫的小太监都要先拜师父，由师父教授叩头、请安、梳头等一系列宫廷礼仪。而且，服侍师父饮食起居也要学，如果学得快，学得好，讨得师父的喜欢，便有发迹的可能了。

安德海初入宫时拜认的师父是咸丰帝的宠嫔那拉氏寝宫的首领太监刘多生。安德海聪明伶俐、手疾眼快、嘴甜心细，服侍师父非常精细，很快便赢得了刘多生的好感。安德海又通过刘多生，攀上了那拉氏。因为善于阿谀逢迎，很得那拉氏的欢心。当时，咸丰帝每召幸嫔妃，一般都由安德海前往传谕。那拉氏为了获得咸丰帝的宠爱，也希望通过安德海的有利地位去影响咸丰帝。

咸丰十一年七月十七日，咸丰帝病死于热河避暑山庄的烟波致爽殿。六岁的皇太子载淳登上帝位，皇后钮祜禄氏被尊为慈安皇太后，载淳生母那拉氏被尊为慈禧皇太后。

安德海进宫后，因为善于阿谀逢迎，很得慈禧太后的欢心，从而当上了总管太监。咸丰帝死时，皇太子载淳只有六岁，权势欲极强的慈禧太后与恭亲王奕䜣联合起来，搞了一场政变，设计杀掉了怡亲王载垣、郑亲王端华和协办大学士户部尚书肃顺等三个由咸丰皇帝临死时指定的"顾命大臣"，对另外五个"顾命大臣"则予以革职。政变后，太子载淳成了名义上的皇帝，改元同治，由慈安和慈禧二人垂帘听政，实权则操在慈禧太后手里。在这场政变中，安德海也为慈禧太后出了力，所以更加得到宠信，而安德海的野心也就更加膨胀，逐渐地干预起国事朝政来。安德海深知，两个太后深居宫内，他有办法应付；而奕䜣是皇族，政变后又当上了议政王，掌握军机处和总理衙门，是个有实权的大人物,是他专权的一个不可逾越的障碍,务必除之而后快。因此,他三番五次在慈禧太后面前进谗言,终于免去了奕䜣议政王的职务。之后,安德海又使出种种手段,以功名利禄为诱饵,培植党羽,广交朝臣。一时间,安德海的门庭若市,势焰熏天,简直可同明末大阉魏忠贤相比。

这时,同治帝也已稍懂得一点是非了,对安德海的专权也十分不满。一次,同治帝把安德海狠狠训斥了一顿,安德海立即到慈禧太后面前说了不少同治帝的坏话,挑拨太后与皇帝之间的关系。慈禧太后对安德海是言听计从,立刻把同治帝叫到跟前,狠狠地斥责了一通。同治帝也明白这是安德海从中使坏,因此,对安德海就更加痛恨了。当时同治帝毕竟只是个十多岁的孩子,他忍不住这口恶气,于是,操起一把刀,把一个泥塑的小人的脑袋砍了下来。旁边太监问他这是为什么,同治帝气哼哼地说:

"杀小安子!"

(二)

安德海和慈禧的亲昵和宣淫,内宫无人不知。有时,连同治皇帝来请安,安德海与慈禧仍然高卧未起,这些事,令十几岁的同治帝大为反感。

《历代名太监秘闻》载有一段安德海的逸史：

慈禧太后身边得宠的太监，真正和她有暧昧实质关系的是安德海，原因是他在生理上与众不同，加以内宫阉割未能细察，使得他有机会以妖媚之术，满足慈禧太后在性欲方面的饥渴。故清史曾载：安德海因擅吕不韦舍人嫪毐之术，以柔媚得西太后欢，语无不纳，而后遂于政事，纳贿招党，肆无忌惮。

安德海和慈禧的亲昵和宣淫，内宫无人不知。有时，连同治皇帝来请安，安德海与慈禧仍然高卧未起，这些事，令十几岁的同治帝大为反感。

咸丰死的时候，慈禧才三十岁，正是虎狼之年，在性方面的渴求，可想而知；而安德海的天生柔媚，处处侍候得服服帖帖，加上异数的床上功夫，慈禧对他的娇宠，也就日盛一日了。

同治时代的穆宗，是一位秉性正直、天性善良的好皇帝。在名义上，他虽然是慈禧的儿子，却和东宫的慈安颇为亲近，慈禧为此时常动火。

"你给我听着！"慈禧满面怒容，指着跪地请安的穆宗说，"以后无事，不准你到东宫！"

祖宗的规矩，是大清王朝最厉害的法宝，于是穆宗大为不平，却又极为婉转地说：

"母后！这可是祖宗的礼数啊！总不能不去请安吧！"

小皇帝居然搬出祖宗家法来顶撞母亲,慈禧一时被顶撞得哑口无言了。

"皇上!"安德海在一旁趁机说,"太后的意思,除礼数外,最好少与东宫太后接近!"

穆宗本来就对安德海不满,立即双眼一瞪,怒骂道:"你是什么东西,也敢插嘴!"

"不可无礼!"慈禧太后立即厉色地说,"你先下去吧!"

穆宗一怔,满肚子不高兴,但仍忍气向慈禧躬身施礼:"孩儿告退!"

等皇上一走,慈禧转怒为喜,却柔声道:"小安子!"

"奴才在!"

"以后和皇上讲话,你还是少多嘴!"

"是,太后!"

"唉!"慈禧感喟地叹了口气,"这孩子愈来愈不听话了,你得跟我多留神他的行动!"

"遵旨!"

又有一次,穆宗给慈安皇后请安出宫,忽然发现安德海鬼鬼祟祟,在暗中监视他。穆宗大为光火,一把抓住安德海:"好你个兔崽子!不要以为母后宠你,总有一天,我会拿下你项上的人头!"

穆宗将安德海一推,拂袖而去。安德海一回到西宫,便"扑通"一声,跪在慈禧的面前,哭丧着脸说:"太后救命呀！太后救命呀！"

慈禧略略一愣，随即说："什么事呀，如此慌张？"

"皇上要杀奴才！"

"哦？"慈禧眸子一转，故意冷冷哼了一声，"想是你又做错了什么，要杀就让他杀吧！"

安德海本来想撒娇，不想太后一本正经，立时急得满头大汗，连连叩头说："太后饶命！太后饶命！"

"瞧你急成这样子，究竟为了什么？"

安德海把跟从皇上之事，又加了点酱油醋，并且说："皇上说不定已经下诏了！"

慈禧一惊，立时下旨召穆宗进宫，不分青红皂白，又将儿子大骂一顿。"好哇！你现在不得了啦！居然敢私自下诏，等明日上朝，还政给你好啦！"

穆宗知道，又是安德海在搬弄是非，但在太后盛怒下，只好一再叩头说："孩儿不敢！"

(三)

众官一听，吓得不知如何是好。……丁宝桢毫不动摇，连夜把安德海处死，安德海的党羽二十多人也一起被杀。

奕䜣因为被安德海排挤，丢了议政王，自然与安德海势不两立；而慈安太后眼看慈禧太后日渐专擅，心中也很不痛快，可是，又拿慈禧没有办法。奕䜣、慈安太后和同治皇帝，虽然各怀心事，但是，在对待安德海的态度上却完全一致，都想把他除掉。

恰好此时山东巡抚丁宝桢进京朝见太后和皇帝。丁宝桢为人胆大心细，对安德海专权十分不满。奕䜣在丁宝桢进京后，就禀告了同治皇帝和慈安太后，说是此人可以借助。同治皇帝与慈安太后进行密谈，决定命令丁宝桢一有机会就杀掉安德海。

这段时间，一向不管事的慈安太后，在恭亲王参政下，做了几件惊天动地的事。

首先，是边将何桂清失陷了城池，刑部议斩。何桂清知道东宫不管事，便暗自买通朝廷同乡十七人上奏，为他求情，又拿出上万两银子给荣禄，向西太后说情。谁知慈安太后偏偏不依，按照太常寺卿李棠阶的奏章，仍将何桂清处斩。

另一边将胜保打了几次胜仗，便十分骄横、贪淫，慈安又根据李棠阶的弹劾，下谕赐死。同时将李棠阶调军机处。一年之内，又升为尚书。

李鸿章、曾国藩、左宗棠一班汉人大臣，剿"匪"有功，慈安下旨破例封他们为侯爵、伯爵。

这一连串的政治举动，使得慈禧太后提高了警觉，有一次便对安德海说："小安子！慈安渐渐擅权了，你得小心点，留心犯在东宫手上！"

不想安德海却说："皇上是太后您的，依我看，太后平常对东太后客气，现在可不能再客气了，再这样下去，莫说奴才这条性命不足惜，恐怕连太后您也无立足之地了！"

这句话，极具煽动、挑拨之能事。于是，慈禧太后在安德海的安排下，如何结党，如何抓权，慈禧一一听从。

慈禧太后的势力开始扩大，由于所有错综盘结的关系，都是安德海的设计，安德海也就渐渐专权，干预起政事了。他公然贪赃枉法，并常常出宫，和荣禄勾搭，沆瀣一气，连宗室皇帝，也不放在眼里。

除了慈禧本人，在宫中掌权的，仍然是恭亲王。初期他和慈禧合作，灭了肃顺的叛乱。但是两宫垂帘之后，他开始不满慈禧宠用小人，便自然和正直的慈安结合。

安德海的一切不法行为，恭亲王都看在眼里，时常向慈安禀报。慈安心慈手软，总是碍于慈禧的情面，不便动手。

恭亲王有次为江南军务，向慈禧请示。安德海走在前面，明明瞧见了恭亲王，却视若未见。等安德海进宫后，又故意命太监挡驾，恭亲王整整候了一天，仍不得见。

恭亲王得知是安德海捉弄，心中极为愤怒。第二天，恭亲王忽被皇上召见。

"叩见皇上!"

"叔叔平身,正有一件大事相商。"

"哦?敢是为了江南军务?"

"不!早上请安,太后命安德海前往江南织办龙衣,问我的意见。"

恭亲王一愣:"皇上如何说?"

"我说一切由母后做主,并且表示这件事让安德海去办一定放心。"

"好极!好极!"恭亲王兴奋地说,"机会终于来了!"

原来,按照大清御律规定,太监是不可出宫的;太监出宫,违反祖训,可就地正法。

恭亲王得知,皇上也是痛恨安德海的,同时,皇上还说了一句肺腑之言:

"此贼长此秽乱内宫,他日九泉之下,亦无颜见父皇了!"

安德海出京后,一路上声势煊赫,招摇过市。他走水路,坐了两艘太平船,船的两边遍插龙凤旗,船中鼓乐喧天,仆妾成群,歌声笑语不绝于耳;沿河看热闹的,更是挤得人山人海。

丁宝桢接到同治皇帝的密令之后,立即命令德州知府赵新:

"太监安德海擅自出京,即将经过山东,你要严密监视,

如发现了安德海就立即逮捕,并及时禀告。"

赵新听后,很是踌躇,安德海一旦到德州,如果不禀告丁宝桢,怕事后丁宝桢怪罪下来;若是禀告了丁宝桢,又怕除不掉安德海,自己肯定也会受到连累,真是左右为难。赵新实在没有好主意可想了,于是,就召集幕僚们商议。幕府给赵新想出了一个万全之策,等安德海到达德州时,赵新用便条通知丁宝桢,而不用例行的公文。这样,既可以向丁宝桢交差,又可以不留下把柄,因为便条不能附在丁宝桢给皇帝的奏章里,也不用担心安德海会发现这个便条,对赵新进行报复。由此不难看出,安德海当时的气焰是多么嚣张!

丁宝桢接到赵新的密报后,一面写奏章给皇帝,请求处置安德海;一面命令东昌府的程绳武捉拿安德海。程绳武骑着马,顶着烈日,尾随安德海的坐船三天,始终不敢下手。眼看安德海就要离境,丁宝桢又急令总兵王正起率兵追捕。一直追到泰安,王正起才将安德海捕获。

安德海被押至济南,在巡抚衙门中,他还大声地威胁众官员:

"我是奉了太后的命令去广东织办龙衣的,谁敢把我怎么样!你们这帮东西都想快些找死吗?"

众官一听,吓得不知如何是好。泰安县知县何毓福跪在丁宝桢面前,力劝丁宝桢三思而后行,要等朝廷旨意下达之后,再作决定。丁宝桢毫不动摇,连夜把安德海处死,安德海的党羽二十多人也一起被杀。

丁宝桢的奏章到京之后,在宫中引起了一番冲突。慈禧太后袒护安德海,而慈安太后及奕䜣等人则坚决主张按祖制处治,安德海违反了太监不得出都门的规定,应予就地正法。慈禧太后无奈,只得勉强同意。当丁宝桢接到朝旨时,安德海已被杀了整整五天了。

贪官聚敛，一代权监

——李莲英（清朝）

李莲英，原名李英泰。直隶河间人。初以梳头之术进身后宫，又擅于阿谀奉承，因协助慈禧湮灭遗诏，深受宠信；继则陷害东宫，毒毙慈安皇后。安德海被诛，又外诱面首，供慈禧淫乐，愈加骄恣，并升为太监总管，文武奏章，必经其过目送呈，一时权倾朝右，营私纳贿，无法无天。唯因施恩于隆裕，慈禧死后，乃得幸免，并获善终。

（一）

当时净身的办法是很残忍的，一无麻药，二不消毒。据传说，先让被净身者仰面躺在炕上，然后把两条腿吊起来，由一个人指定一个地方，讲一些离奇古怪的话，使被净身者的精神集中在一点上，不至过度紧张……

清末大太监李莲英，原名英泰，于道光二十八年出生在一个普通农民兼做小手工业生意的家庭里。其兄弟姐妹共八人，他排行老二。李莲英的幼年时期，家道中升，他基本上是在一个小康之家度过了幼年时代。

一说李莲英是直隶河间府人，从小失去父母，流氓成性，是当地一个有名的无赖。他因私贩硝磺被县官抓进监狱，释放后，又以缝皮鞭为生。因此，人们送他个名号，叫"皮硝李"，但这一说法缺乏史实。

李莲英一生，只在故乡待过八年稍多一点时间，度过了襁褓和幼年时期，童年生活还没有结束，便去北京净身入宫。据蔡世英《清末权监李莲英》一书介绍，李莲英入宫，还跟一次算卦有关系。

当时李莲英的爷爷住在北京，李莲英的父亲李玉带儿子去看爷爷。在一个卦摊上算了一卦，算命瞎子信口开河说："二位先生可别见怪，恕我直言，这孩子的命相实在不同一般，他是一把铁扫帚命，十岁以后，你家就要大祸临头，上克父母，下不着兄弟姐妹。"李家父子听了不禁打了寒战。这瞎子又说："小人实在不敢有半句谎言骗人，如果二位先生肯多花上五个重宝，我可以把破法告诉您。"二人赶紧拿钱相贿，这个人才告诉他们：要想躲过这场灾难，办法有两个，一个是入佛门，一个是入皇门，入佛门让孩子出家当和尚，入皇门就是让孩子净身入宫当太监。李家一合计，与其让孩子出家当和尚，还不如入宫当太监，那样也许生活更好些。

据说汉时进宫当太监有两种方式：一种是经内务府批准，送进净事房，交由慎行司去净身，对这种净身方法通称为宫刑。这种办法多用于被人拐骗来的孩子，或人贩子买来，卖给净事房的。也有些是穷苦人家因没钱托人净身，自己送进去的。另一种是由个人花钱，请私人做净身手术，养好后再送进宫去，通过托人说情，入宫后还可能得到好差事。

李莲英的祖父为了让孩子少受痛苦，决定自己花一笔钱，请私人去净身。几经托人，终于如愿。二月中旬的一天。李莲英被爷爷和父亲送到毕家。毕家先是派人检查和测试，见李莲英口齿伶俐，机灵聪明，认为有钱可赚，就收下了。因为宫中对太监要求很严，五官不端正的不行，脸上有疤癞、麻子的不行，说话口吃的不行，秃头的不行，人不机灵的也不行。毕家告诉李家，很快就要给李莲英净身，净身后要养一段时间，最快入冬前才能入宫。在这段时间里要交一二百两银子，用做饭费、手术费、靴帽费等，然后叫李家父子在一张生死与毕家无关的合同书上画押签字。

当时净身的办法是很残忍的，一无麻药，二不消毒。据传说，先让被净身者仰面躺在炕上，然后把两条腿吊起来，由一个人指定一个地方，讲一些离奇古怪的话，使被净身者的精神集中在一点上，不至过度紧张，再把刀子放在火上烧一烧就算消了毒；另一个人用手抚摸被净身人的生殖器，趁其不备，突然手起刀落，然后再敷上些草药就算完了。

毕家不光净身手段残忍，敲竹杠的办法更是狠毒。当李莲英的爷爷第一次去看望孙子时，毕掌柜就提出，要想让孩子入宫后有好差事做，就得多花钱，串通内廷大太监从中做人情，多周旋疏通才行。经毕家介绍，李莲英的爷爷认识了大太监安德海。为了套近乎，还认了同乡。其实安德海是直隶南皮县人，认同乡也不过是托个人情。安德海这时并没有什么权势，不过他心中明白，人情是不会白做的，况且此时宫中太监拉帮结伙、结党营私已经十分严重，将来小孩子入了宫，多一个人，就多一分力量，或许还有用得着他的时候。

安德海当时是那拉氏慈禧的贴身太监。安德海收了李家的钱财，便在那拉氏面前使劲美言。那拉氏当时还是个懿嫔，为了讨好咸丰皇帝，取得宠信，深知光凭自己的本事还不够，还要讨好太监，让他们为自己多出力才行。正好在皇帝挑选太监的头一天晚上，懿嫔被召幸，她便借机把要留李莲英在自己寝宫当差的事向咸丰皇帝说了。咸丰只顾寻欢作乐，就顺口答应了。第二天当候选名单送到咸丰皇帝那里时，便在李莲英的名字上写了"赐予那拉氏懿妃受用"几个字。这时正是咸丰六年十月下旬，年仅九岁的李莲英便进了储秀宫，做了懿嫔的散役，在梳头房当一名小太监。与其说这是李莲英宫中奴隶生活的开始，不如说这是他发迹得宠的开端。日后果然是一帆风顺，天遂人愿，当上了慈禧太后的大总管，成了中国历史上不可一世的大权监。

（二）

李莲英跑遍了京城中有名的大妓院，细心观察妓女们的新发型，经过数日苦练，终于自己也学会了。

李莲英入宫以后，紧靠慈禧太后这棵大树，渐渐学会了不少"吹吹抬抬""拍拍打打"的事情。慈禧太后听说京城流行一种新式的女发式，就让太监们给她梳，但换了几个人都不如意，惹得慈禧大怒。

李莲英偶尔在宫中听太监们谈论这件事，感到自己出人头地的机会到了。他抽空就跑到妓院去观察妓女们的梳妆打扮，他知道妓女们是最会打扮的。李莲英跑遍了京城中有名的大妓院，细心观察妓女们的新发型，经过数日苦练，终于自己也学会了。掌握了梳头的技巧之后，他立即去找同乡大太监沈兰玉，死皮赖脸地乞求沈兰玉推荐他去给慈禧太后梳头。沈兰玉一听他会做新发式，立即带领他去见慈禧太后，李莲英深知今后半辈子全凭这梳头了。于是，他仿照妓女们梳的最流行的发式，给慈禧太后梳了个最新发式。慈禧太后妆成之后，对着大镜子左顾右盼，盯着镜中奇异的发式，不由得心花怒放。

李莲英当上了梳头太监之后，时时事事察言观色，不久便把慈禧太后的好恶全都摸透了。在一个雨后初晴的早上，慈禧站在宫门，看了看院中的古柏、盆景花卉，顿觉心旷神怡。正好李莲英手里托着一个托盘，上面放着梳子、头油之类的东西，轻手轻脚地来到慈禧寝宫，请安问好之后，便准备为慈禧梳头。此刻慈禧心里正很高兴，又见李莲英来给她梳头，不觉嘴上的话也多起来："小猴崽子，学得怎么样啦？小心别挨我的板子！""回主子话，奴才没有学好，能伺奉主子，挨了板子心里也高兴。"李莲英面带微笑地说。慈禧略表夸奖地说："你倒真会说话。""奴才不敢。"李莲英跪在地上磕着头说。

李莲英年岁还小，个子又不高，给慈禧梳头时，双腿跪在椅子上，刚刚够上慈禧的头发，他开始有些忐忑不安。当他小心翼翼地梳完之后，两手拿起镜子，前后左右照着，让主子看了又看。他害怕慈禧会不高兴。过了一会儿，慈禧脸上终于露出笑容，李莲英的心里才像一块石头落地，轻松了许多。

"起来吧,日后还要尽心研习。"听慈禧放话,李莲英赶忙从椅子上下来,跪在地上忙说谢主子赏脸,并磕了一个响头。李莲英退出宫门,凉风吹来,才觉得汗水已浸透了边自己的内衣。

李莲英在慈禧太后听政和专政期间,说话占有很重的分量。除了奉迎阿谀属于第一流之外,他的专恣与阴诈,亦不亚于历代为恶的太监。有人曾怀疑李莲英可能和安德海一样,是个阴阳人。咸丰帝死后不久,安德海被诛,慈禧在性方面极为饥渴,心理反常,处事很乖戾,脾气极为暴躁。李莲英为平静慈禧的性情,便物色了一名面首献给慈禧。《历代名太监秘闻》一书中描述了事情经过:

慈禧很喜欢吃汤卧果,当时只有金华饭店做得最好,每碗四枚,花银需二十四两。金华饭店特别派了一名小伙子送往宫中。这小伙子叫史小明,每天未来之前,便有很多宫女等着他,送完汤卧果,立即被宫女们包围,一会儿就不见了。

李莲英很奇怪,命人查询,方知这史小明天生异禀,有历久不衰的功夫,故此受到宫女们的喜爱。所谓上梁不正下梁歪,慈禧公然和安德海秽淫,宫女们更来一个集体乱爱,搞得乌烟瘴气。

李莲英知道后,灵机一动,便偷偷告诉了西太后。西太后见这小伙子皮肤白皙,而身体又异常结实,大为欣赏,从此，便留在宫中，昼夜宣淫。不久，慈禧有孕了，生下一子，自然不能留在宫中，由李莲英密送给醇亲王抚养。这孩子便是光绪皇帝。光绪出生后，那史小明便被李莲英找机会杀死了。当然，这只是传闻。

到了同治最后一年，慈禧的老毛病又犯了，这次更严重，性情不但乖戾，而且残暴，把自己的儿子穆宗的皇后活活给饿死了。李莲英见情势不妙，唯一的办法，就是赶快为太后找一个新面首。

慈禧很喜欢听戏，尤其喜欢一出《翠屏山》，演拼命三郎石秀的，是名角杨月楼，一表人才，洒脱而有英气，慈禧甚是喜欢。

心思灵巧的李莲英，立即将杨月楼深夜密召入宫，杨月楼也因此成为西太后的禁脔。为了使他便于宫中进出，并署门籍，禄充供奉。

也是凑巧，有一天慈安有事找慈禧，刚好慈禧不在，慈安进入内宫寝榻，赫然发现杨月楼赤裸相陈。

慈安吓了一大跳，急急转身而去。这件事宫女们告诉了慈禧。杨月楼也吓坏了。

"宝贝儿，别怕，她不碍事！"慈禧若无其事地说。

随后，慈禧向李莲英使了眼色，并说："小李子！"

"喳！"

"准备两样可口的菜，我和月楼喝两杯，压压惊！"

"遵旨!"

一会儿酒菜摆上,杨月楼吃得满心欢喜,突然,腹中一阵绞痛,两眼发直,双眼暴裂,脸色铁青,一阵痉挛,随即不动了。

慈禧一挥手:"拖下去!"

(三)

人们在开玩笑时常常说:"你不老实,再给你扫扫苴。"根据李氏后人说,这句俏皮话是李莲英留下来的。

李莲英一生,在宫中几十年如一日,狡诈多谋,能窥人意,处处迎合主子的心意,终由散役小太监升至二品花翎顶戴、内廷大总管。举国朝纲国政,无不参与。慈禧太后到了晚年,竟然与李莲英相依为命,事多与商,言听计从,从之必果。因而使李莲英势焰熏天,权倾朝野,真可以说是一人之下,万人之上。

慈禧年轻守寡,并不本分,常叫李莲英日夜陪伴,捶敲按摩,嬉戏无间。慈安太后闻知后,曾不止一次地搬出祖宗家法,严厉斥责李莲英有失体统。李莲英深知慈禧太后对慈安太后恨之已极,况且多年来慈禧太后即已密令李莲英暗中监视慈安太后;因而李莲英也就不止一次地凭着自己一张巧嘴添油加醋，大造谎言，跪在慈禧太后面前，一把鼻涕一把泪地诉说慈安太后要谋害慈禧太后，并说要拿他先开刀等，使两宫关系更加恶化，促使慈禧下决心谋害慈安太后。慈禧曾一时称病不去临朝听政。事情也巧，这天中午慈安太后念及慈禧太后身体欠安，便到长春宫来看望慈禧，正遇上慈禧和李莲英并肩同坐在凤床上，慈禧的大腿还搭在李莲英的腿上。两人喜笑颜开，正开心解闷。慈安太后见此情景即刻大怒。李莲英吓得赶紧跪在地上，慈安太后以祖宗家法严斥李莲英一番，便丢下慈禧太后和李莲英愤愤回宫去了。慈禧太后闹了个没趣，便与李莲英多次密谋陷害慈安太后。

据传，有一次慈安太后偶患小疾，慈禧太后割肉为慈安太后作为药引子，换取慈安太后的信任。慈安太后一时感激，把咸丰皇帝的遗诏当着慈禧的面烧掉了。慈禧认为头上的紧箍咒已经取消，就更加无所顾忌了。

据当年出宫的一个老太监说，慈禧谋害慈安太后，利用传膳太监，在途中将毒药放在一碗汤里，慈安太后喝了以后，顿觉腹内剧痛，倒在地上猝死。皇上、太后用膳，在御膳房做好以后，一般由两个传膳太监送去，主要是为了路上互相监督，然后再由摆膳太监摆好。慈禧和李莲英为了使杀害慈安阴谋得逞，而又不露马脚，先是提前把慈禧宫内的两个传膳太监派给慈安太后。过了半个多月以后，忽然在一天午饭前，把这两个小太监叫到慈禧太后的寝宫来，让他们在

传膳途中将毒药放在碗里。当时这两个小监听了吓得腿直打哆嗦，脸色煞白。慈禧说，不要怕，有我做主，干好了赏你们银子；干不好，我要你们的脑袋。然后把一包药给了其中一个太监。遂命李莲英监视执行。而这两个传膳太监就在慈安太后暴崩的那天夜里失踪了。

据说后来珍妃的死，跟李莲英也有直接的关系。李莲英利用慈禧太后这棵大树，在后宫害死的人真是不计其数。

人们在开玩笑时常常说："你不老实，再给你扫扫茬。"根据李氏后人说，这句俏皮话是李莲英留下来的。据说李莲英当了副总管以后，有些太监很不服气，背地里说他是拍马屁拍上去的。这话慢慢传进了李莲英的耳朵里，李莲英大为光火，便自言自语地说："迟早我要收拾你们一下，让你们知道我的厉害。"一天，他把两个贴身太监叫到自己的房里，暗里对他们说："眼下有些人总说我的坏话，你们两个要暗中留心查访，看看是以哪几个为首，事情弄清了我要赏你们银子；查不清的话，你们和他们就是同伙，我要一起教训你们！"两个小太监听了很害怕，只得听命。

过了几天，两个小太监果真把事情查清，禀告了李莲英。李莲英说："好，我赏你们每人四两银子，以后再有什么情况，要按时向我回话。"

第二天，李莲英趁给慈禧梳头的机会对她说："有几个人净身不好，他们常给小太监们散布流言秽语，是不是检查一下，以防在宫中闹出对不起祖宗家法的事来。"

"真有这事？"慈禧半信半疑。

"奴才不敢撒半句谎，请太后明察。"

"既然如此，你去找毕、刘两家，给他们再查一查，确有这事，给他们再净一次身！"

李莲英听了，暗自高兴，一本正经地说："是，请太后放心，奴才遵旨去办。"

当天下午，李莲英便找到毕家，把他事先写好的名单交给毕五，说这几个人不老实，再给他们扫一次茬，净一次身。两人又小声嘀咕了一阵，李莲英便兴致勃勃地回到宫里。

因李莲英当年是在毕家净身进宫的，现在李莲英当了副总管，毕家不敢不言听计从。第二天一清早，李莲英便把那几个常说他坏话的太监叫到自己屋里，说："奉太后旨意，今天送你们到毕掌柜那里去检查，如果有谁净身不好，要第二次扫茬。"

这几个太监一听全吓坏了，知道李莲英这是有意要收拾他们，一下子全跪在地上求饶。李莲英板着脸说："这事我做不了主，太后的旨意谁敢违抗！"几个太监一见无效，只好跟着李莲英到毕五家去做检查，结果一个不剩地都给扫了茬。

（四）

后来打开了李莲英的棺椁，才发现李莲英只有一个头骨和两根小腿骨，其躯干和上肢都没有……

李莲英一生凭借权势大肆搜刮，卖官鬻爵，贪污受贿，所得财物，难以计数。他的财产数目，据说除庆亲王奕劻外，是无人能比的。因为他的财产过多，连他自己都不清楚自己到底有多少财产。他的账房先生，只知道账面上的浮财，而对金银珠宝、商号股票的数目，就不知道了。据当时在北京给他家赶轿车的林丙臣回忆说，他在李府二十多年，什么活也没干过，就是天天拉银子。李莲英在北京城内建有许多私宅；为了以防万一失宠，好有退路，他还在大城县李贾村老家建了一座庄园。

据蔡世英的《清末权监李莲英》中介绍：这座庄园在当时是十分宏伟壮观的。这个庄园里，大约有房屋二百三四十间，全部建筑以中路一处为轴心，东侧两路，西侧两路，后面全建有罩房。同时，还建有磨房、茶房、套具房、仓库、车库、鹰房、大厨房、小厨房和长工住房等。整个建筑布局全部是大四合院，都是青砖瓦房，磨砖对缝。当时要求每个工人每天只磨一块砖，磨多了则认为不合规定；所有泥口，都用糯米浆调和白灰黏合；地下一律采用青条石打基；全部院落，坐北朝南。

全部建筑，房屋高大，前廊后厦，明柱顶立，红漆门窗；院内遍地花卉，种以藤萝、葡萄等，掩映其中；室中陈设，桌椅多是楠木、紫檀、贝雕镶嵌制成，古玩字画，琳琅满目，美不胜收。屋顶有天花板，地面铺有地毯，华丽典雅。

东西各路的院落，完全按标准的四合院布局。进入大门，每一座影壁，都有不同的风格装饰，有的雕刻亭台楼阁，有的画以山川瀑布，有的镶嵌八仙聚会，有的装饰仙鹤金鹿。进入大门分别向东或向西，即进入前院，二门建在中轴线上。穿过二门，进入内院，再绕过东西耳房过道大门，则进入后院，正房为主人居室，东西配房为晚辈所住，各房皆以回廊相接。每座院落，又皆有月亮门相通，每至夜幕降临，大门上闩，院内灯火通明，四通八达。每座院落，又都砌有石头台阶，守夜打更护院人员，拾级而上，可登上屋顶，四下瞭望。全部院落外面，有土围子环绕四周，每个角上，各有炮楼一座，内放土炮一门。一到夜幕降临，每座炮楼，红灯高照，十六名打更护院人员，轮流敲打着木头梆子巡逻，清晰的响声，不时划破寂静的夜空；李家老小，男男女女，在尽情地消磨了一天的时光之后，又在这些护院人员的保护下，在那软床暖阁之中，度过一个又一个的夜晚。

李家的公子少爷,个个游手好闲,以吃喝玩乐为业。民国初年,篮球运动在农村根本还没见过,可是李家自己却建了一个篮球场。弟兄几个人数不够,打不起来,他们就出村去请些大户人家的子弟陪他们玩。其实被请来的人,也并不会打,只要陪他们玩就行。直到1930年前后,因家境日渐衰败,才不再请人打球了。

李莲英每次回庄园来,总要带上五六个小太监,侍候他的起居饮食。他每次回来,总是事先在北京打制很多每个重二两的小银锞子,每当他在村里散步时,便让小太监背着钱褡子,放上锞子跟在后面。走到街上,无论男女老少,只要见面一打招呼,喊一声"二老爷",就赏银锞子一个。凡进李府看望的人,除宴席招待外,也要赏银二两。因此,李莲英每次回到庄园,总是门庭若市。李莲英嗜好耍钱,每次回到庄园,黑天白日都要请人陪他打麻将,凡陪他赌钱的,开赏银四两,三顿宴席,晚上还有消夜。有时他还把从北京带来的小食品分给大家吃。他还在玩得高兴时,直言不讳地说:"我是一人之下,万人之上,今日有权今日贵,明日无权阶下囚。我要以宽厚仁慈待我乡民,深望吾辈后人,不忘我今日之所为,倘能传宗接代,只为求名。"

光绪三十四年十月,慈禧太后一死,李莲英深知他的末日即将来临。他长期陷在忧郁之中,惊悸不安,饮食日减,缠绵病榻,终于一病不起,于1911年旧历二月初四日亥时,死在南花园里，时年六十四岁。至此，这个赫赫有名的权奸，结束了他罪恶的一生。

李莲英安葬后，封墓顶时，用沙土、白灰、黄土和以蛋白、糯米汤灌浆。据说当年八里庄方圆十里内，各村的鸡蛋都被买得精光，尚不足用，而蛋黄则随地乱扔，时值阳春，很快变得腐臭难闻，弄得当地百姓看见鸡蛋都不想吃了。

对于李莲英之死，还有以下几种传说：

一说李莲英是在北京南花园内被人杀死的，头被杀人者抢走了。埋葬时只有一个身子，头是假的，传言是用白银或黄金制成的。

还传说李莲英有一个侄孙女，嫁到山东省无棣县。据说李莲英去探望侄孙女，并顺便到泰山一游，走到山东和河北的地方被人杀死。当时跟随的两个侍从吓得失魂落魄，只把一个血淋淋的人头用包袱兜回了北京，等再派人回去找他的尸体时，早已无影无踪了。

后来打开了李莲英的棺椁，才发现李莲英只有一个头骨和两根小腿骨，其躯干和上肢都没有，也没有脚骨；脚的部位仅有一双靴子，而且靴底完好；头上的辫子也完好，有三尺长，从上到下用类似黑丝线之类的东西连接在一起，上半部是头发，有一尺长，下半部则完全是丝线。